A. I. 닥터 III

한산이가(이낙준)

이비인후과 전문의, 136만 구독자를 보유한 채널 〈닥터프렌즈〉의 멤버이자 '한산이가'라는 필명으로 활발하게 작품을 연재 중인 웹소설 작가다. 대표작 『중증외상센터 : 골든 아워』가 넷플릭스 드라마로 제작되어 흥행에 성공했다. 웹소설 『군의관, 이계가다』 『열혈 닥터, 명의를 향해!』 『의술의 탑』 『닥터, 조선 가다』 『의느님을 믿습니까』 『중증외상센터 : 골든 아워』 『A.I. 닥터』 『포스트 팬데믹』 『검은 머리 영국 의사』 『중증외상센터 : 외과의사 백강혁』, 글쓰기책 『웹소설의 신』, 교양서 『닥터프렌즈의 오마이갓 세계사』를 썼으며, 어린이책 『AI 닥터 스쿨』의 감수를 맡았다.

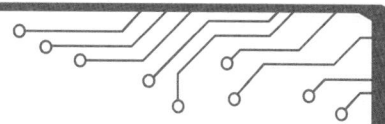

한산이가 지음

III

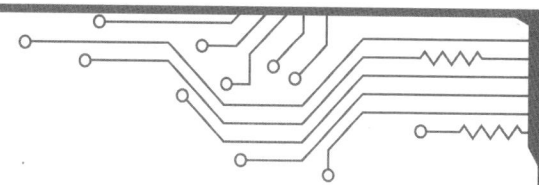

차례

천재의 증명	6
미국 가야 돼	39
첫인상	83
외래	105
다학제	127
도장 깨기	157
가진 거 내놔 보셔	189
왓슨	212
파티	235
헨리	266
진짜 이상하네	318
기적	349

천재의 증명

"이수혁이다."
"이번에 뭐라고? 조직구 탐식증? 뭐 그거 맞혔다며."
"저 선생님 아니었으면 그 환자 죽었을 거라던데."
"신현태 교수님이 앞에서 무릎 꿇었다는 소문도 있더라. HLH 프로토콜이 뭔지 몰라서."
"대박……. 그게 뭔데?"
"나도 모르지. 교수님도 모르는 걸 내가 어떻게 알아."

수혁이 응급실에 등장하자 여기저기서 수군거리는 소리가 들려왔다. 이 중 태반은 안대훈 때문이라고 보면 되었다. 녀석은 당시 현장에 같이 있었다는 감격과 더불어 수혁에 대한 미칠 듯한 존경심으로 인해 만나는 사람마다 붙잡고 입을 털어 대고 있었다. 원래 말이라는 것이 그렇듯 사람을 거쳐 갈수록 과장이 더해지고 있었는데, 대략 1주일이 지난 지금에 이르러서는 그야말로 가관이었다.

'미쳤나. 신현태 교수님이 왜 무릎을 꿇어.'

그걸 듣고 있는 수혁은 환장할 지경이었다.

[아마 속으로는 꿇었을 겁니다. 모르십니까? 이미 태화의료원 최고의 천재는 이현종이 아니라 이수혁입니다.]

'그야…… 뭐…….'

[물론 제 덕이죠.]

'넌 좀…….'

[아닙니까?]

'맞기는 맞는데…… 좀 조용히 해 봐. 환자 보러 왔잖아.'

수혁은 때와 장소를 가리지 않고 시끄럽게 구는 바루다를 진정시킨 후, 주변을 두리번거렸다. 누가 봐도 환자를 찾는 모양새였는데, 그걸 본 누군가가 부리나케 달려왔다.

"선배!"

우하윤이었다. 이제 3월 응급실도 막바지로 치닫고 있었기 때문에 처음 봤을 때보다는 상당히 여유가 있어 보였다. 일단 머리만 봐도 그랬다.

'감았네.'

[대단하군요.]

'뭐가?'

[제가 들여다본 인턴 때 수혁은 머리를 거의…….]

'시끄러워, 인마. 집중해. 흉통 환자야, 흉통.'

응급실에 와서 제일 빨리 진료받는 방법은 고래고래 소리치면서 의사 부르고, 성질내는 것이 아니었다. 그래 봐야 눈총만 받기 십상일 뿐, 절대로 진료 순서가 바뀌진 않았다. 그냥 들어올 때부터 가슴을 부여잡고 들어오면 그게 장땡이었다. 흉통은 그만큼 모든 의사에게 경각심을 불러일으킬 수 있는 주요 증상이었다.

[그래 봐야 18살짜리 환자 아닙니까? 아마 별거 아닐 겁니다.]

'그건…… 그건 그렇긴 하지. 그럼 빨리 보고, 나가서 맛난 거나 좀 먹자.'

[네. 하필 오프 15분 전에 콜이 와서…….]

'그래도 연락이 오면 받긴 받아야지. 아무튼, 빨리 보자고. 네 말대로 별거 아닐 수 있어.'

물론 모든 환자의 흉통이 의사들의 비상한 관심을 끄는 건 아니었다. 너무 젊은 환자의 흉통은 대개 양성 질환일 가능성이 크기 때문에 상대적으로 좀 덜한 경향이 있었다.

둘이 이러쿵저러쿵 대화를 나누는 사이, 하윤이 다가왔다.

"환자분은 저쪽에 계십니다."

"아, 그래. 환자 히스토리는 좀 어때?"

수혁은 마침 응급실을 지나다가 콜을 받고 온 참이라 유선상으로는 이것저것 묻지를 않은 상황이었다. 딱 환자의 나이, 이름 그리고 증상인 흉통 정도만 알고 있었다. 그렇게 통화를 나눈 장본인이 바로 우하윤이었기 때문에, 하윤은 부리나케 지금껏 자신이 문진한 바를 얘기하기 시작했다.

"그……. 일단 환자분이 통증이 있다고 한 지는 이틀째라고 합니다. 근처 내과 의원 방문해서 나이트로글리세린 1정을 투약받았으나 전혀 호전되지 않아서 온 거고요."

"나이트로글리세린?"

나이트로글리세린은 협심증이 의심될 때 써 볼 수 있는 약이었다. 동네 내과에서 아무한테나 주는 약은 아니라는 뜻이었다. 자연히 수혁의 눈이 가늘어졌다.

[음. 진짜 흉통인가.]

바루다 또한 마찬가지였다.

"네. 기저 질환으로는 뇌전증이 있어서 페니토인(항경련제) 300mg 복용 중입니다."

"페니토인? 얼마나?"

"14년……인가? 정도 됐다고 합니다."

"지금 18살인데 복용한 지 14년이 됐다고?"

"네."

뇌전증이 4살부터 있었다는 뜻이었다.

[소아 뇌전증이라. 음.]

수혁은 아까 응급실에 왔을 때와는 확연히 달라진 얼굴로 하윤과 어깨를 나란히 한 채 걸었다.

"음……. 심전도는 어때?"

"아, 여기 있습니다."

수혁은 여러 루트를 통해 내과 지원 예정인 인턴들에 대해 듣고 있었다. 그중에는 당연히 수석 졸업자이면서 내과에 지원하겠다고 나서 준 하윤도 끼어 있었다.

'일 잘한다더니, 정말이네.'

[빠릿빠릿하군요.]

흉통 환자를 노티하면서 심전도를 찍지 않는 놈들도 있는 세상 아니던가. 그 와중에 심전도 뽑은 것을 들고 다니는 인턴이 빛나는 것은 당연지사였다.

"흠."

수혁은 곧장 하윤에게서 넘겨받은 심전도를 들여다보았다. 몇 가지 정보를 그 즉시 파악할 수 있었다.

[정상 소견이군요.]

일단 심근경색은 아니었다.

'박동수가 90이야. 운동한 것도 아닌데 이렇게 빨라진단 건……. 통증이 심하거나, 출혈이 있다는 거지.'

[어쩌면 둘 다일 수도 있고요.]

'그렇지.'

다른 누군가가 보았더라면 그냥 정상이라고 생각했을 터였다. 판독에 정상이라고 쓰여 있으니까.

"심전도는 정상이었습니다."

여기 있는 우하윤처럼.

"두고 봐야지. 임상 양상이랑."

하지만 수혁은 약간의 의심을 더할 수 있었다. 지금껏 직접 쌓아 온 경험과 더불어 바루다와 함께 쌓아 올린 막대한 양의 지식, 그리고 케이스 덕분이었다.

"저분입니다."

"아."

환자는 하윤의 손가락 끝이 위치한 곳에 앉아 있었다. 통증이 무척 심한지 눕지도 못하고 있었는데, 이건 그냥 근육통 소견은 절대 아니란 뜻이었다.

[눈 사이가 멀군요.]

게다가 환자의 특징은 이뿐만이 아니었다. 바루다가 방금 언급했던 것처럼 눈 사이가 무척 멀었다. 단순한 외모적 특징일 수도 있겠지만, 의학적 원인이 있을 가능성 또한 배제할 수 없었다.

"가족 중에 뭐 심장병 있으셨던 분은 없나요?"

수혁은 그런 생각을 하면서 환자에게로 다가갔다. 수혁의 말에 환자는 잔뜩 인상을 찌푸린 채 고개를 가로저었다.

"저, 고아예요."

"선생님. 보육원에서 자랐다고 합니다."

그와 동시에 하윤 또한 아까 자신이 물었던 바를 알려 주었다.

"아, 그렇군요."

수혁은 자신과 같은 처지인 환자를 다시 한번 바라보았다. 원래도 환자를 볼 때 최선을 다하는 편이었지만, 어쩐지 마음가짐이 조금 달라지는 느낌이었다.

"통증은 어떤가요?"

"가만히…… 가만히 있으면 좀 나은데……. 움직이면 엄청 아파요. 어지럽고."

"어지럽다라."

증가한 심장 박동수. 몸을 제대로 가누지 못할 정도의 통증. 그리고 어지럼증.

[나이를 고려하면 말이 안 되는데…….]

'대동맥 박리를 의심할 만한 소견이지?'

[그렇습니다.]

대동맥 박리란, 말 그대로 대동맥이 찢어지는 병이었다. 그렇다고 막 밖으로 터져서 피가 튀어 나가는 건 아니었고, 대동맥을 이루는 여러 벽 중 안쪽 벽이 찢어지면서 그 안으로 피가 들어가는 것을 의미했다. 즉 밖으로 관찰되는 출혈은 없지만,

상당한 양의 피를 잃은 것과 같은 상황이 된다는 뜻이었다.

환자의 심장 박동수가 올라가고, 어지럼증이 발생하는 것을 설명할 수 있는 질환이었다. 게다가 놓치게 되면 환자의 생명을 잃을 수도 있는 병이기도 했다.

"일단…… 흉부외과 콜할래? 심초음파 좀 해 볼게."

응급실에서 해야 할 일 중 가장 급한 것은 당장 놓쳐선 안 될 질환을 감별하는 것이었다. 수혁은 심초음파를 준비하기로 했고, 하윤에게는 흉부외과 콜을 부탁했다. 인턴에게 다른 과 콜은 언제나 부담스러운 것이었지만, 하윤은 안대훈과 함께 이수혁을 존경하는 사람 중 하나였다. 게다가 내과 지원을 희망하는 인턴이었고.

"네, 선배. 근데…… 뭐라고 노티를 드려야 할까요?"

"아. 임상 증상 토대로 볼 때 대동맥 박리 의심된다고, 그렇게 말하면 바로 내려올 거야."

"대동맥 박리."

하윤은 수석 졸업 한 우수한 재원이었지만, 아직은 기껏해야 인턴일 따름이었다. 그것도 이제 겨우 3월 인턴. 그런 그녀에게 지금 상황에서 대동맥 박리를 떠올리는 건 거의 불가능한 일이라고 보면 되었다.

'역시……. 안대훈 선배 말이 맞아.'

덕분에 그걸 해낸 수혁이 무슨 신처럼 보일 지경이었다. 때

마침 수혁 뒤로 응급실 조명이 떨어지고 있어서 후광도 있어 보였다.

"알겠습니다, 선배!"

"응, 그래. 부탁 좀 할게."

수혁은 어쩐지 아까보다 씩씩해 보이는 하윤의 답을 뒤로한 채 다시 환자를 바라보았다. 환자는 여전히 등을 펴지 못한 채 앉아서 헉헉대고 있었다. 통증이 매우 심한 모양이었다.

"검사를 좀 해 볼게요."

"네? 아, 네."

"누울 수 있어요?"

"누우면…… 아픈데……."

"아주 잠깐이면 됩니다. 아주 잠깐이면 돼요."

"으……. 알겠어요."

환자는 무척이나 싫은 듯한 표정을 지어 보였지만, 일단 눕기는 누웠다. 어마어마한 통증이 있는 상황 아니던가. 이런 상황에서 의사 말을 어길 수 있는 환자는 극히 소수라고 보면 되었다.

수혁은 환자가 눕자마자 커튼을 치고는, 옆 처치실에서 들고 온 초음파 기기를 매만졌다. 레지던트 2년 차 주제에 여느 순환기내과 펠로우를 연상시킬 만큼이나 능숙해 보였다.

그럴 만도 했다. 이현종 밑에서 돌 때는 진짜 심장 초음파 검사를 도맡아서 하기도 하니까. 말도 안 되는 특혜라고 수군덕

대는 이들도 있기는 했지만, 수혁이 보여 주는 성과를 보고 나서는 모두 입을 다물어야만 했다. 적어도 앞에서는 그럴 수밖에 없었다.

"이게 좀 차갑습니다."

"아, 네."

환자는 차마 수혁을 마주 보지 못하고 고개를 옆으로 돌렸다. 심장 초음파를 하려면 윗옷 목 있는 곳을 아래로 끌어 내려야 했기 때문인데, 당연히 수혁은 아무 생각이 없었다. 그저 이게 박리냐 아니냐. 그것만 중요했다.

[음! 대동맥 뿌리 부근이 확장되어 있군요.]

'역류도 있어. 제대로 박동이 안 돼.'

[확실히 대동맥 박리를 시사하는 소견입니다. 좀 더 정확히 보려면 경식도 초음파를 보는 게 좋겠지만…….]

'그건 나 아직 할 줄 몰라. 너무 침습적이야.'

[뭐, 이것만으로도 흉부외과 쪽에서는 만족할 겁니다. 더 검사가 필요하다면 알아서 진행하겠죠.]

'그렇지. 음.'

사실 여기까지만 해도 내과의 역할은 일단 끝난 셈이었다. 흉통으로 온 환자의 원인 질환이 대동맥 박리였다는 것을 알아냈으니까. 수혁도 일반적인 상황이었다면 여기서 손을 뗐을 터였다. 하지만 이 케이스는 뭔가 좀 이상했다.

[원인이 대체 뭘까요?]
환자의 나이가 18살이지 않은가. 보통 이런 병이 생기기에는 너무 어리단 뜻이었다.
'소아 뇌전증에 양쪽 눈 사이의 거리…….'
[선천성 질환의 가능성을 의심하는군요.]
'아닌 거 같아?'
[아뇨. 타당한 의견이라고 생각합니다. 약간의 척추측만증도 동반되어 있으니, 더더욱 의심되긴 합니다.]
'흠.'
이런 경우엔 기저 질환을 확실히 감별해 주는 편이 좋았다. 애써 대동맥 박리를 치료했는데, 환자가 다른 이유로 사망하게 될 가능성도 있었으니까.
[일단 전신 검진을 하시죠. 어차피 흉부외과에서 오려면 시간이 좀 있습니다.]
'오케이.'
수혁은 급히 환자를 살피기 시작했다. 아까 살폈던 머리끝부터 발끝까지. 하지만 더 얻을 수 있는 정보는 없었다. 눈 사이의 거리와 척추측만증 정도가 전부였다.
"아— 해 보실래요?"
"네? 아, 네."
다음은 목이었다. 다소 뜬금없는 요청이었지만 환자는 받아들였다. 응급실에서 의사가 뭘 시키는데 거부할 수 있는 사람은 거의 없었으니까.

[목젖이 두 개로 나뉘어 있군요.]

'이만하면 뭔가 떠오를 거 같은데.'

[결체 조직의 약화를 일으키는 선천성 질환일 가능성이 크겠습니다.]

목젖이 두 개로 나뉘는 현상은 정상인에서도 대략 2% 확률로 나타날 수 있는 현상이긴 했다. 하지만 대동맥 박리가 일어난 환자에서 관찰되는 목젖 두 개는 아무래도 좀 의미가 다를 수밖에 없었다. 특히 지금껏 쌓인 지식이 많아도 너무 많은 수혁에게는 더더욱 그러했다.

'알겠다, 뭔지.'

[로이 디에츠 증후군이군요.]

'응. 아마……. 거의 확실해 보이는데.'

진단명을 맞혔음에도 불구하고 수혁의 얼굴은 그리 밝지 못했다.

아니, 조금 전보다도 오히려 더 어두워진 듯했다.

'로이 디에츠 증후군이라니…….'

로이 디에츠 증후군(Loeys-Dietz Syndrome). 이름도 생소하고, 발음하기도 어려운 질환이었다. 아마 절대다수의 의사들은 이런 병이 있는지조차 알지 못할 터였다. 엄청나게 드문 질환이기도 했기에, 학생 때 배울 만한 질환은 아니었다.

'예후가 안 좋겠는데.'

그에 반해 중증도는 어마어마한 질환이었다. 이 질환처럼 결체 조직의 결합력이 떨어지는 선천성 질환 중 그나마 유명한 것이 마르판 증후군(Marfan Syndrome, 손가락 등이 이상 발육하는 선천성 질환)인데, 로이 디에츠 증후군은 평균 수명이 26세로 측정될 정도로 예후가 훨씬 좋지 못했다.

"환자 어디 있죠?"

그사이 흉부외과에서 내려왔는지, 응급실이 소란스러워졌다. 뒤를 돌아보니 아니나 다를까 가운을 풀어 헤친 여러 명의 의사들이 보였다. 보통 내과계 의사들은 가운을 풀기는커녕 넥타이까지 하고 다니지 않던가. 그에 반해 흉부외과 의사들은 확연히 구분할 수 있을 정도로 외적인 차이를 보였다.

"아, 흉부외과 선생님."

수혁은 그중에서 본 적이 있는 사람을 향해 고개를 숙였다. 이현종과 함께 심혈관 조영술실에서 봤던 사람이었는데, 그 사람도 수혁을 대번에 알아보았다. 그리 놀랄 일은 아니었다. 수혁이 그날 본 환자로 NEJM에 논문을 냈으니까.

"그⋯⋯. 네, 뭐."

솔직히 그 환자를 본인이 봤다고 해서 똑같은 논문을 낼 수 있었을 거 같지는 않았지만, 그래도 뭔가 아쉬운 마음이 들었던 참이었다. 그래서 그런가, 수혁을 바라보는 눈초리가 아주 곱지만은 못했다.

"환자분 대동맥 박리 의심된다고요?"

그에 더해 튀어나오는 말도 싹싹하지는 않았다. 아니, 오히려 날카롭기 그지없었다.

[수혁을 질투하네요.]

바루다는 너무나도 익숙하다는 듯 심드렁한 어조로 그의 말투를 분석해 주었다. 수혁 또한 담담하기 그지없었다.

'인간들이 왜 이럴까.'

내과에서도 그렇고, 다른 과에서도 그렇고, 그를 마뜩잖아하는 사람들이 꽤 있어 왔기 때문이었다. 물론 백이 너무 든든한데다가, 실력까지 받쳐 주는 통에 앞에서 대놓고 까부는 놈이야 없었지만, 은근히 건드리는 놈들은 아주 많았다.

"네, 의심됩니다."

수혁도 약간은 삐딱하게, 짝다리를 짚은 채 대꾸해 주었다. 직급으로 따지면 저쪽은 펠로우고 이쪽은 레지던트라 차이가 있기는 해도, 어차피 다른 과끼리는 아저씨 아니던가. 상호 존중이 룰이라는 뜻이었다. 저쪽에서 먼저 그 룰을 어긴 마당에도 룰을 지켜 줄 정도의 호구는 못 되는 수혁이었다.

"뭐로 의심했는데요?"

"심초음파상 대동맥 뿌리 쪽에 확장이 관찰되었습니다."

"경식도(내시경)?"

"아뇨. 그냥 가슴 통해서 봤습니다."

수혁의 말에 흉부외과 펠로우가 회심의 미소를 지었다. 그래 봐야 뭐 별로 타격을 주고 말고 할 것도 없긴 했지만, 지금 한마디 더 면박 주는 것만으로도 만족이었다.

'이현종을 건드릴 수는 없잖아?'

생각 같아서는 이현종 원장에게 시비를 트고 싶었는데, 그 사람에게 시비를 트려면 흉부외과 과장도 좀 밀리는 감이 있지 않은가. 그러니 상대적으로 만만한 수혁을 털 수밖에 없었다.

"대동맥 박리 정확히 보려면 경식도로 봐야 하는데, 몰라요? 이수혁 선생님. 레지던트 2년 차죠? 왜 순환기내과 펠로우 먼저 안 보고 우릴 불러요?"

"경식도로 봐야 하는 건 알죠. 하지만 대동맥 박리의 임상 증세가 확실하고, 또 심초음파에서 확장 소견이 명확할 때는 최대한 빨리 CT 찍고 수술방으로 가는 게 원칙 아닌가요?"

당황할 줄 알고 툭 질렀는데, 수혁의 반응이 만만치가 않았다. 솔직히 레지던트 2년 차면 대강 싫은 소리 나왔을 때 이미 꼬리를 내렸어야 정상일 텐데. 이 녀석은 어떻게 된 게 눈 하나 깜짝하지 않고 말대답을 했다. 흉부외과 펠로우를 더욱 기가 차게 만드는 것은 딱히 수혁의 말에 허점이 없다는 뜻이었다. 명확할 때, 수술에 빨리 들어가야 한다는 건 너무도 당연한 일이었으니까.

'이런 젠장.'

하지만 펠로우는 전과 달리 레지던트 둘을 달고 내려온 참이었다. 여기서 물러서면 체면이 말이 아니게 될 터였다.

'괜히 건드렸나? 천재라더니……. 이 새끼…….'

한편으로는 벌써 후회가 되기도 했지만, 일단 또 한 번 질러 보기로 했다.

"원칙? 원칙이야 맞지. 하지만 레지던트 2년 차 눈이 얼마나 정확하길래 이렇게 확신을 하지? 환자 나이가 18세면 아닐 가능성도 고려해 둬야 하는 거 아닌가?"

아무래도 아까보다는 좀 더 억지가 섞여 있었다. 아니, 솔직히 거의 생떼 비슷한 느낌이라 할 수 있었다. 같이 따라온 레지던트 중, 수혁과 같이 인턴을 돌았던 친구는 벌써 고개를 돌리고 있었다.

'추합니다……. 선생님…….'

수혁이 천재라는 소문은 이제 비단 내과 안에서만 나도는 것이 아니었다. 아예 다른 병원에도 파다할 지경 아니었던가. 흉부외과고 뭐고 어디 구분할 거 없이 온 병원 구석구석 퍼져 있었다. 심지어 각 교수의 이수혁에 대한 반응까지도 돌고 있었는데, 그중 하나가 이현종의 장탄식이었다.

─하늘은 어찌하여 나보다 더한 천재 수혁을 낳고 다리를 다

치게 하셨는가.

이제야 겨우 자신의 모든 것을 전수할 만한 사람이 나타났는데, 다리가 다쳐서 순환기내과에 못 남는 사람이라는 것을 빗댄 일종의 시였다. 천생 이과답게 시라고 하기엔 좀 많이 어설 펐지만, 뜻은 명확하게 전달되었다.

'요새 아예 이현종 교수님 파트 돌 때는 심초음파 거의 수혁이가 본다던데……. 잘못 볼 리가 없잖아…….'

뒤에 있는 레지던트 중 하나가 전의를 상실했을 때쯤, 여유만만한 미소를 짓고 있던 수혁이 몸을 살짝 틀었다. 그러자 흉부외과 의사들에게도 환자의 외형이 눈에 들어왔다. 넓은 양쪽 눈 사이의 거리가 우선 눈길을 끌었다. 딱 봐도 뭔가 좀 이상할 정도로 넓었다. 외모의 개성이라기보다는, 의학적 해석이 필요할 정도였다.

"환자는 하이퍼텔로리즘(hypertelorism), 즉 양안 격리증이 있으며 목젖이 두 개로 나뉘어 있습니다. 거기에 심초음파상 뿌리가 확장되어 있는 소견까지 미루어 볼 때 한 가지 증후군을 의심할 수 있습니다. 이 증후군의 경우 대동맥 박리가 아주 흔하죠. 가장 흔한 사망 원인이 대동맥 박리일 정도로요. 이만하면 확실하지 않습니까?"

수혁은 일부러 질환명을 말하지 않고, 그 질환의 특징에 대해서만 읊었다. 마치 '이 정도는 다 알지?' 하는 얼굴을 하고서였다. 당연하게도 부록처럼 딸려 내려온 레지던트 둘은 아예 뭘 의심해야 하는지조차 모르는 얼굴이었다.

"알아?"

"아니."

"역시 천재……."

"그러니까……."

그저 이런 대화만 나누고 있었다. 즉 레지던트는 전원 전의를 상실했다는 뜻인데, 문제는 펠로우조차 비슷한 심정이라는 것이었다.

'머, 머리야 돌아라.'

아까부터 머리에 응원 문자를 끝도 없이 보내고 있었지만 돌아오는 답은 한결같았다.

'모르는 건…… 시간 끈다고 생각나지 않아…….'

그렇다고 모르쇠를 칠 수는 없는 노릇이었다. 저 앞에 있는 이수혁은 싹 다 알고 있는 것처럼 보였으니까.

'어쩌지?'

펠로우는 고민을 이어 나가다 일단 아무 말이나 해 보기로 했다.

"그, 그래……. 그……거."

"그거? 이름을 정확히 말해 보세요."

"내, 내가 이름을 모를까 봐?"

"아뇨. 제가 발음을 잘못 알고 있나 헷갈려서요. 원래 어떻게 부르시는지 한번 말씀해 보시죠."

"음."

수혁은 상대를 핀치로 몰아세우고 있었다.

[이야……. 이제 잘하네요?]

'너 덕분이지.'

수혁은 바루다의 깐족거림을 떠올리고는 보다 표독스러워진 얼굴로 펠로우를 바라보았다. 펠로우의 얼굴은 붉게 물들어 있었는데 이대로 더 두었다가는 터지는 거 아닌가 하는 염려가 들었다.

[흉부외과랑 영영 척질 거 아니면 이제 그만 푸시죠? 소문에 의하면 저 펠로우, 아마 임상 교원으로는 남게 될 확률이 높다고 합니다.]

'그래? 그럼…… 계속 얼굴 보겠네?'

[네. 수혁이 여기 교수가 된다면요. 자꾸 된 것처럼 말씀하시는데…….]

'그렇게 되지 않겠냐?'

[현재로서는 거의 100% 확신합니다.]

'근데 왜 그렇게 말해. 아무튼, 그럼 풀자.'

[네. 수혁, 그게 좋겠습니다.]

여기까지 생각이 미친 수혁은 재차 펠로우를 바라보았다. 펠로우는 여전히 뭐 마려운 강아지처럼 낑낑대고 있었다. 연신 수혁의 눈치를 살피면서였는데, 거의 꼬리를 수그린 것이나 마찬가지였다.

'추하다……'

'그러게 왜 덤벼서…….'

그 뒤에 있는 레지던트들의 얼굴은 굳이 분석이고 뭐고 할 것도 없을 정도로 명확할 지경이었다. 수혁은 곧장 입을 열었다.

"로이 디에츠 증후군. 저는 이렇게 알고 있는데 맞나요?"

그 말을 들은 펠로우는 저도 모르게 한숨을 내쉬었다. 자신이 떠올린 병하고는 아예 비슷하지도 않은 이름이었기 때문이었고, 또 한편으로는 언젠가 교수님에게 한 번쯤 들어 본 적 있는 이름이기도 했기 때문이었다.

"어, 그래……. 맞아."

그는 몇 번인가 더 안도의 한숨을 내쉬고는 고개를 끄덕였다.

"그럼 지금 당장 흉부 CT 찍고, 수술방으로 가야 하는 것도 맞죠?"

"어……. 그래."

"네. 감사합니다. 수술해 주시면 저희도 협진 형식으로 로이 디에츠 질환 관련해서 계속 협진 보도록 하겠습니다."

"응……."

펠로우는 어쩐지 축 처져 버린 어깨를 하고선 환자에게 다가

갔다. 그러곤 아까 수혁이 찍어 둔 초음파 영상을 확인하자마자 서둘러 CT실로 달려가기 시작했다. 수혁에게는 깝죽거리던 1인일 뿐이었지만, 뭐가 어찌 되었건 의사는 의사 아니던가. 사람 생명이 눈앞에서 왔다 갔다 하는데 더 시간을 지체할 생각은 없는 모양이었다.

[수술에 대한 조언까지는 필요 없겠죠?]

바루다는 급히 사라져 가는 흉부외과 펠로우를 보며 조잘거렸다. 수혁은 그런 바루다가 뒤통수만 있다면 톡 치고 싶다는 생각을 하며 대꾸해 주었다.

'저분이 하는 것도 아니고 교수님이 하시는 거야. 모르냐? 우리 병원 흉부외과…… 세계적인 레벨인 거.'

[하긴. 이현종이 키웠죠, 거의.]

이현종이 워낙에 공격적인 시술을 하다 보니, 그만큼 많은 환자를 살리기도 했지만, 또 그만큼 많은 합병증을 겪기도 하지 않았겠는가. 그 뒷수습을 한 게 태화의료원 흉부외과였다. 실력이 팍팍 늘어서 전 세계적인 레벨에 이를 때까지 뒤처리를 해 왔다는 뜻. 그럼에도 불구하고 명성은 이현종에게만 쏠리고 있으니 감정이 좋지 못할 만도 하기는 했다.

"선배……. 진짜 멋있어요……. 대체 로이 디에츠 증후군이 뭐예요?"

이러쿵저러쿵 떠들고 있으니, 그때까지 꿔다 둔 보릿자루처럼 서 있던 하윤이 입을 열었다. 돌아보니 완전히 선망의 눈동자를 하고 있었다.

'나 좋아하나?'

수혁으로서는 이런 생각이 들 법한 표정이었지만.

[오랜만에 욕 좀 할까요?]

바루다에게는 전혀 아니었다.

'아니, 하지 마.'

[할게요. 하고 싶네요.]

'그럴 거면 뭐 하러 물어봐?'

[유일한 입출력자인 수혁에 대한 예우라고 해 둘까요?]

'예우 지킬 거면 좀 확실하게…….'

[미쳤습니까? 휴먼?]

"흠흠."

수혁은 바루다의 정신 공격에도 굴하지 않고 일말의 기대를 품었다. 그리고 하윤을 보니, 역시나 학교는 물론이요, 병원 전체에까지 유명할 만한 모습을 하고 있었다.

'1등 졸업에…… 일도 잘하지…….'

보통 1등 졸업을 한다고 해도 3월부터 두각을 나타내기는 무척 어려운 법이었다. 특히 3월에 도는 과가 응급실이라면 더더욱 그러했다. 아무리 똑똑한 애도 바보처럼 어정거리기 일쑤였으니까.

'소문이 벌써 좋아.'

근데 하윤은 노티 하나만큼은 상당히 딱 부러진다는 평을 듣고 있었다. 때론 나름대로 임프레션도 잡아서 노티를 한다는 평인데, 정확도가 상당한 모양이었다. 그런 인재가 내과를 지원한다고 해서, 벌써 여러 교수님 입가에 미소가 드리워지고 있을 정도였다.

"뭐, 별거 아냐. 우연히 공부했던 내용이라."

수혁은 그런 하윤이 자신을 선망의 눈빛으로 바라본다는 사실이 새삼스러워 얼굴을 붉히며 입을 열었다.

[제발…… 체통을…….]

바루다는 그런 수혁에게 끊임없이 조언과 핀잔을 먹였지만 별 소용이 있진 않았다. 이미 수혁의 온 정신은 바루다가 아닌 하윤에게 쏠려 있었으니까.

"아……. 와, 전 진짜 처음 들어 봐요."

다행히 하윤은 수혁을 꽤 좋아하는 편이었다. 딱히 이성으로 좋아한다기보다는 사람 그 자체를 좋아한다는 편이 더 맞기는 하겠지만, 그래서 대화는 별 무리 없이 진행될 수 있었다.

"마르판이랑 조금 비슷하기는 한데…… 로이 디에츠 증후군은 훨씬 더 심해."

게다가 내용 자체가 의학적인 내용이다 보니 더더욱 물 흐르듯 이어지고 있었다.

"왜 그런 거예요?"

"그건……."

수혁은 그렇게 계속 대화를 하려다 말고, 응급실 스테이션 쪽을 돌아보았다. 응급실 레지던트 하나가, 하필이면 제일 무서운 털보가 이쪽을 바라보는 중이었다. 연차가 수혁보다 위이긴 해도 수혁을 이렇게 대놓고 볼 수는 없을 터였다. 내과는 응급의학과 입장에서는 시도 때도 없이 노티를 해야만 하는 과이지 않은가. 수혁이 원장 아들이 아니더라도 군이 척을 질 이유는 없다는 뜻이었다. 그 말은 역시나 좀 더 시간을 끌게 되면 하윤이 곤란해질 거란 얘기이기도 했다.

"근데 너 안 가 봐도 돼? 응급실 무섭지 않아?"

"아……. 저 이제 오프예요."

"응? 아, 그러고 보니……."

수혁은 그제야 하윤이 아까와는 조금 다른 차림새를 하고 있다는 것을 알아차릴 수 있었다. 그래 봐야 옷도 머리도 그대로에 신발만 크록스에서 운동화로 갈아 신은 것이긴 했지만, 이만하면 가운만 벗는다면 바로 나갈 수 있는 상태라고 볼 수 있었다.

"선배도 오프 아니세요?"

하윤 또한 수혁의 신발을 가리키며 입을 열었다. 평소라면 크록스를 신고 있을 텐데, 수혁 또한 운동화 차림이었다.

"귀신같네?"

"방금 알았어요. 생각해 보니까 제가 오프 거의 바로 전에 선배 불렀더라고요. 죄송해요."

"아냐, 아냐. 그럴 거 없지. 어차피……."

수혁은 무조건 네 잘못이 아니라는 듯 고개를 저었다. 약간은 거칠지 않나 싶을 정도로 거센 기세였다.

[어지럽지 않아요?]

바루다가 또다시 깝죽거렸으나, 지금까지 그랬던 것처럼 별 소용이 없었다. 수혁은 이미 하윤과의 대화에 정신을 쏟고 있었고, 게다가 지금은 시계를 보고 있었으니까. 원래 예정된 오프 시간인 8시에서 20분가량 지체되어 있었다. 그 말은 이 복잡한 환자를 불과 30분도 채 안 돼서 진단 내리고 합당한 과에 보냈단 뜻이었다.

"별로 안 늦었잖아."

수혁은 자신의 실력에 새삼 놀라며 이렇게 대꾸했다. 자연스럽게 응급실을 빠져나가면서였는데, 하윤 또한 그와 어깨를 나란히 하고 걷고 있었다. 사실 수혁은 지팡이를 짚어야 해서 보통 사람들보다는, 특히 성질 급한 보통의 의사들보다는 훨씬 느린 것이 정상인데, 하윤이 발을 맞춰 주고 있는 것이었다.

'역시 착해.'

[네, 착합니다. 착한 거예요. 착각하지 마세요.]

'아니, 누가 뭐래?'

[뭐라고 안 그러게 생겼습니까? 지금 얼굴 벌게 가지고.]

'괜찮아. 어두워서 안 보여.'

[어둡기는! 대낮처럼 환한데!]

바루다는 잠깐 자신을 상대해 주다가 휙 하고 돌아서 버린 수혁을 향해 투덜거렸다. 옛날 같았으면 이 정도만 해도 수혁이 개무시를 할 수는 없었을 텐데.

'자, 이제 조용히 하시고.'

[조용히는 무슨!]

[씹어요? 어? 씹네?]

[이수혁!]

이젠 수혁의 내공이 쌓였기 때문에 어느 정도는 바루다를 무시할 수 있게 된 참이었다. 심지어 바루다가 계속 떠들어도 별 변화가 없을 정도였다.

"혹시 약속 있으세요?"

하윤은 수혁이 속으로 바루다와 끊임없이 싸우고 있다는 것은 꿈에도 모른 채 질문을 던졌다. 수혁에게는 상당히 솔깃한 질문이라고 할 수 있었다.

'약속? 진짜 나 좋아하나?'

이런 말도 안 되는 생각을 하게 되었다고 하더라도 마냥 비난만 받을 정도는 아니지 않나 싶은, 그런 상황 아니겠는가.

[아니라니까요.]

물론 바루다의 의견은 달랐지만, 이런 것 따위는 수혁에게 더 중요한 정보가 되지 못했다. 의학적인 것 말고는 바루다도 틀릴 때가 있지 않은가.

[평상시에도 곧잘 맞거든요? 그리고 수혁……. 거울을 좀…… 보세요. 수혁은 박보검이 아닙니다…….]

팩트로 때리는 건 좀 아프긴 했다. 하지만 수혁은 이미 알고 있는 사실에 흔들릴 만큼 바보는 아니었다.

[이, 이왕 같이 나갈 거면…… 제 말이나 들으세요. 조언해 드리겠습니다, 수혁.]

게다가 이제 바루다는 수혁과 자신이 운명 공동체라는 사실을 아주 잘 알고 있었다. 수혁이 어디 가서 대접받으면 자신도 대접받게 된다는 걸 뼈저리게 알게 되었다는 뜻이었다. 지금까지 수혁과 함께 레지던트 생활을 해 왔으니, 모르는 게 더 이상한 일 아니겠는가. 그리고 그걸 반대로 말하면 수혁이 병신 되면 자신도 병신 되는 거나 마찬가지라는 얘기이기도 했다.

"아니, 없어. 그냥 바람이나 좀 쐬려고 했지. 왜?"

수혁은 상당히 적절한 대사로 하윤의 질문에 대꾸할 수 있었다.

[좋아요. 아시죠? 제가 수혁 머릿속에 있던 드라마, 영화 싹

분석한 거.]

'전에도 그렇게 했다가 조진 적 있지 않냐?'

[그때는 수혁을 주인공에 맞춰서 그랬습니다. 이젠 안 그래요.]

'이젠 어디에 맞추고 있는데?'

수혁은 하윤의 다음 말을 기다리면서 바루다에게 질문을 던졌다. 어차피 별로 좋은 얘기가 나오지도 않을 거라는 걸 알면서 그랬다.

[유해진?]

'뭐……. 그 정도면 아주 나쁘진 않네.'

[닮았잖아요.]

'닮았…….'

닮지는 않았다고 말하고 싶었으나, 그때 마침 하윤이 입을 열었다.

"그럼 저녁 드실래요? 저도 밥을 못 먹어서요. 어차피 기숙사 들어가면 혼자 라면이나 먹을 거 같은데."

"아……. 너도 기숙사로 들어왔구나."

"네. 시간 나도 도저히 집에 갔다 올 정신은 없더라고요."

하윤은 자신도 모르게 집이 있는 쪽을 돌아보았다. 태화의료원과 마찬가지로 강남에 있었는데, 그럼에도 감히 오프 때 항상 가 볼 엄두가 들지 않았다. 근무 자체가 길기도 하거니와, 너무 힘들어서 그냥 조금이라도 가까운 곳에서 더 자는 게 이득이었기 때문이었다. 수혁이야 집 자체가 없었던 사람이었기에 기숙사 삶에 대해서라면 기가 막히게 잘 알고 있었다.

"하긴 그렇지. 그럼……."

수혁은 그대로 말을 이어 나가려다가, 바루다의 말에 귀를 기울였다. 아까까지만 해도 쓸데없는 말만 하고 있던 녀석이었지만 지금은 썩 영양가 있는 말을 늘어놓고 있었다.

[병원 바로 맞은편에 모던 한식집이 있습니다. 특이하게 와인을 내오는 집이니 분위기 좋을 겁니다.]

'그건 어떻게 알았어?'

[며칠 전에 이현종과 신현태의 대화 내용을 저장해 두었습니다.]

'이건 왜 저장해? 의학 지식도 아닌데.'

[맛집이라지 않습니까. 잊었습니까? 그 둘, 병원에서도 상당히 유명한 식도락가입니다.]

바루다는 있지도 않은 혀를 날름거리는 듯한 말투로 주절거렸다.

'넌……. 인공지능이라는 애가 왜 이렇게 먹는 걸 밝히냐…….'

[미각에 대한 데이터 분석입니다.]

'웃기지……. 아니다, 됐다.'

뭐가 되었건 이번엔 도움이 된 셈이었다. 수혁이 알고 있는 병원 근처 맛집이란 곳은 결국, 그가 학생 때 친구들과 드나들던 허름한 분식집이나 이름 없는 치킨집 또는 피시방이었으니까. 하윤도 여기 학생이었으니 그런 곳에 같이 가도 별 부정적인 반응은 없겠지만, 어쩐지 수혁이 그러기가 싫었다.

"하윤아, 그럼 요 앞에 '작'이라고 한식집 있는데, 거기 갈래? 음식들이 퓨전이라 맵고 짜기보다는 좀…… 삼삼하다고 하더라."

"아, 전 처음 들어 봐요. 근데 맛있을 거 같아요. 이름이 짧으니까 되게 있어 보이네요."

"그렇지? 바로 건너니까 금방 갈 수 있을 거야."

문제는 음식점이 딱 정해지자마자 마땅히 더 할 말이 떠오르지 않는다는 점이었다. 이에 대해서는 바루다도 쉽게 해결책을 제시하지 못했다.

[보통 이럴 때 이제 비가 와서 여주인공을 안던데.]

영상으로 연애를 배운 놈 아니던가. 심지어 알콩달콩한 감정 따위는 알지도 못하는 놈이기도 했고. 수혁은 잠시 내가 왜 이따위 놈의 조언을 들으려고 했을까 하는 한탄을 내뱉은 후, 언제든지 자신 있는 화제를 꺼냈다.

"아, 아까 로이 디에츠 증후군 얘기하다가 말았지?"

바로 의학 관련한 얘기였는데, 다른 누군가와 만나면서 이런 얘기를 꺼냈다간 바로 차여도 할 말이 없을 법한 그런 주제였다. 의학도 지루한데, 이름도 낯선 로이 디에츠라니.

"아, 맞아요."

하지만 하윤은 다행인지 불행인지 일반인이 아니었다. 의대를 무려 1등으로 졸업한 재원이었고, 그럼에도 불구하고 내과에 관심을 보이는 열혈 의학도였다.

"그건 어떤 병이에요?"

게다가 아까 자신이 초진으로 봤던 환자와 관련한 얘기이기도 하지 않은가. 눈을 초롱초롱 빛내기 시작했다.

[드라마에서 이러면 바로 차이던데…….]

바루다는 그런 하윤의 반응이 이상한지 고개를 가로저었다. 그에 반해 수혁은 이게 바로 똑바로 된 반응이라는 듯한 얼굴로, 그러니까 아주 뻔뻔한 얼굴로 대화를 이어 나갔다.

"혈관이랑 두개 안면 쪽 발달하고 관련한 유전자 돌연변이가 원인이야. 유전자 이름이 뭐더라, 아, 그래 TGFBR 1, TGFBR 2. 요거 두 개."

"아……."

유전자 이름까지 떠드는 사람이 소개팅에 나온다면 어떻게 될까. 바루다는 아마 김치로 뺨을 후려 맞지 않을까, 뭐 그런 생각이 들었다. 그 장면을 보기 전까지는 감히 상상조차 할 수 없는 일이었는데, 실제로 방영이 되었기에 가능한 상상이었다. 하지만 하윤은 그야말로 비상한 관심을 보이고 있었다.

"그럼 TGF(세포 성장 인자) 시그널하고 연관된 질환인가요?"

"어, 어. 그렇지. 그렇지. 아는구나?"
"그래서 결체 조직의 연결이 약해지는구나……. 주된 증상은 그럼 뭐예요?"
"일단 양안 격리증이 특징이고, 목젖이 두 개로 갈라지거나 좀 심하면 경구개가 나뉘어."
"아……. 그렇겠네요."
"또 대동맥이 꼬이거나, 대동맥 박리가 아주 잘 생기지. 대동맥이 단단하게 형성이 되지 않으니까 어쩔 수 없어."
"어……. 그럼 예후가 안 좋겠는데요?"
당연한 일이었다. 대동맥이 약해서 생기는 박리라면 언제든지 재발할 수 있다는 뜻이니까. 수혁은 대화만으로 그것까지 유추하는 하윤을 보며 잠시 감탄했다는 표정을 지어 보이다가, 잠시 병원 쪽을 돌아보았다. 그런다고 환자가 보이는 건 아니었지만, 그 환자를 떠올리며 대꾸해 주었다.
"좋지 않지. 그래도……. 딱 맞춰서 적절한 약을 쓰면 더 오래 살 수 있어."
"어떤 약인데요?"
"일단 안으로 들어가서 더 얘기하자. 배고프다."
"아, 네. 선배. 선배랑 있으니까 시간 가는 줄 모르겠어요."
하윤의 말에 수혁은 또다시 행복 회로를 돌려 대기 시작했다.
'진짜 좋아하는 거 아님?'

문제는 이번엔 바루다도 딱히 다른 말을 꺼내지 못했다는 점이었다.

[사람이 좀 이상한 것 같습니다…….]

미국 가야 돼

'잘한 거 같냐?'

수혁은 하윤과 저녁을 마치고, 하윤을 기숙사까지 데려다준 후 다시 병원으로 돌아왔다. 내내 바루다에게 의견을 물어 가면서였는데, 솔직히 바루다도 이렇다 할 의견을 내기가 좀 그랬다.

[모르겠습니다.]

'몰라? 인공지능이 그런 것도 몰라?'

[하윤의 반응이 전형적이질 않습니다……. 원래 같았으면 아까 유전자 형질 얘기를 꺼냈을 때 게임 끝났어야 합니다.]

바루다는 그가 지금까지 수혁의 머릿속을 뒤져내 관람했던 수많은 드라마, 만화 그리고 영화 등등을 떠올렸다. 그중에서 수혁과 하윤, 이 둘과 같은 관계는 정말이지 단 한 번도 없었던 거 같았다. 끊임없이 이상한 주제로 이야기를 이끌어 나가는 남주. 그런데 그 남주를 나무라기는커녕 눈을 빛내는 여주. 영화로 나왔다가는 대번에 망할 거 같은 그런 스토리 아니던가.

'분위기는 좋지 않았나?'

[그……. 그랬던 거 같습니다.]

현실은 조금 다른 모양이었다. 바루다가 보기에도 이번 저녁 식사는 상당히 괜찮았으니까. 대화는 끊임없이 이어졌다. 그 대화의 태반이 질환에 대한 것이었다는 것이 상당히 이상했지만, 이어졌다는 것이 중요했다.

[일단 하윤의 표정이 무척 좋더군요.]

'그렇지? 그랬다니까.'

수혁 또한 눈만 감으면 하윤의 미소가 떠오를 듯 선명했다. 거의 한 시간 넘게 그 얼굴을 보다 온 참이니 그럴 만도 했다. 바루다는 마치 꿈꾸는 듯 변해 버린 수혁을 보며 재차 입을 열었다.

[그래도 너무…… 들뜨진 마십시오.]

평소와는 달리 톡 쏘는 말투가 아니었다. 오히려 걱정이 담뿍 묻어 있었다.

'왜?'

[수혁, 다리가 불편하지 않습니까? 이성 관계에서 상당히 불

리하게 작용할 겁니다.]

'음. 그건……. 그렇긴 하지.'

[제가 다리 관련한 연구를 찾아보고 있긴 하지만, 현재로서는 치료가 어렵습니다. 오늘 분위기가 좋긴 했습니다만, 너무 기대하진 마십시오. 그러다 상처를 받을까 우려됩니다.]

상처받을까 우려가 된다니. 수혁으로서는 약간 가슴이 뭉클해지는 순간이었다. 물론 하윤은 꿈도 꾸지 말라는 말투가 좀 마음에 걸리긴 했지만.

'웬일이냐? 네가 날 그렇게 다 걱정을 해 주고?'

[데이터 분석 결과 실연당한 수혁의 지적 능력은 그 이전과 비교했을 때 절반도 채 안 되는 것으로 나타났습니다. 과거 데이터에 나와 있는 사항이니, 걱정이 안 될 수가 없죠.]

'이 새끼가 아주 정성껏 돌려 돌려 까네?'

[까는 게 아니라…….]

'일단 있어 봐. 나라고 뭐 연애 경험이 없는 줄 아냐? 그냥 호의 정도라는 건 나도 안다고.'

수혁은 잠시 예과 시절 연애 경험을 떠올리다가, 이내 병동 스테이션 컴퓨터에 털썩 주저앉았다. 그가 1년 차 때부터 살고 있다시피 하고 있는 당직실이 있는 그 병동 스테이션인데, 이젠 이 컴퓨터도 거의 수혁 개인 컴퓨터처럼 되고야 말았다. 원장 아들이라는데 누가 감히 와서 사용하겠는가. 늘 자리가 비

미국 가야 돼

어 있었고, 이렇게 수혁이 오면 곧장 수혁이 쓸 수 있었다.

'환자 CT나 좀 보자.'

[아, 아까 그 환자 말씀이시죠? 좋습니다.]

'어이구……. 범위가…….'

[일반적인 대동맥 박리가 아니군요. 역시 로이 디에츠 신드롬에 합당한 소견입니다. 수술 후 조직 검사에서도 아마 비슷한 소견을 보일 겁니다.]

'그러고 보니 수술은 잘되고 있나?'

수혁은 그런 생각을 하면서 환자 차트를 띄웠다. 간호 기록을 보니 벌써 수술방에 들어가기는 했는데, 아직 종료가 뜨진 않은 상황이었다.

[어떻게 진행이 되고 있는지 궁금하군요.]

'그러게.'

마음 같아서는 당장 수술방에 들어가 보고 싶었다. 하지만 그러기엔 이 망할 놈의 다리가 문제였다. 억지로 들어갈 수야 있겠지만, 너무 힘겨운 일이었다. 들어가서 지팡이를 짚으며 돌아다니는 건 민폐였고.

'일단은 기다려 봐야지. 아마 새벽이나…… 아침은 되어야 끝날걸.'

[그럴 겁니다. 대동맥 박리가 이만큼 진행한 경우엔 재건술을 해야 할 텐데, 평균 수술 시간이 대략 8시간 이상입니다.]

'그래, 그럼 일단 자자.'
수혁은 애써 쓰린 속을 달래며 잠들었다.

▰▰▰▰▰

꿈에 어렴풋이 두 다리로 뛰는 꿈을 꾸었는데, 깨고 보니 역시 개꿈이었다. 신경이 다친 통에 굵기마저 가늘어져 버린 왼쪽 다리만 덜렁 시야에 들어올 뿐이었다.

그 다리를 볼 때마다 그 사고가 떠오르는 건 피할 수 없는 일이었다. 그때마다 사고가 없었으면 하는 생각도 들었지만.

'아냐……. 그랬다면 바루다를 만날 수 없었을 거야.'

물론 한 사람의 인생에 다리는 아주 중요한 신체 기관이라 할 수 있었다. 하지만 내과 의사의 길을 택한, 그것도 세계 최고의 내과 의사가 되기로 결심하게 된 수혁에게는 바루다가 더 소중했다. 실제로 이 바루다 덕에 온갖 혜택이란 혜택은 다 받고 있지 않던가.

타닥. 타닥. 여기까지 생각이 미친 수혁은 일단 머리만 대충 감아 낸 후, 당직 방을 빠져나왔다. 그러곤 곧장 자신의 자리처럼 쓰고 있는 컴퓨터 앞에 앉았다.

'환자 수술이…….'

[끝났군요. 3시간 전에.]

수혁이 우울한 생각을 하고 있는 동안에는 귀신같이 입을 다물고 있던 바루다가 비로소 끼어들었다. 수혁은 잠시 이 녀석이 좀 귀여워졌다는 생각을 하다가 이내 대화를 이어 나갔다.

'일단 테이블 데스(수술 중 사망)는 아니네. 중환자실로 갔어.'

[수술 기록을 보시죠.]

'오케이.'

[상행 대동맥 2.6cm가량 재건하고……. 대동맥 밸브도 재건했군요. 하행 대동맥도 7.2cm 재건. 엄청 큰 수술이었습니다. 확실히 태화의료원 흉부외과 수준이 높군요. 이런 수술을 해서 살려 놓다니.]

수혁은 그게 다 이현종 덕분이라는 말을 하려다 말고 계속 수술 기록이나 읽어 나가기로 했다.

'육안으로도 대동맥의 확장이 동반되었다고 하는데……. 음? 아직 유전자 검사 의뢰가 안 들어갔잖아?'

[새벽에 끝난 수술이라 그럴 수 있습니다. 혹시 모르니 협진 노트에 의견 남겨 주시죠.]

'아, 그게 좋겠네.'

비록 수혁은 지금 혈액종양내과를 돌고 있는 상황이긴 했지만, 조태진 교수 앞으로 입원해 있는 환자들만 보기엔 조금 많이 심심한 상황이었다. 루틴 환자들 보는 것 정도는 이제 수혁이나 바루다에게는 너무 간단한 일이었기 때문이었다. 수혁은 약간 가서 고생한다는 느낌으로 환자를 찾아다니고 있었는데, 바루다는 데이터 수집 목적의 배회라고 명명했다.

〈로이 디에츠 증후군 감별을 위한 유전자 검사 시행하시고, 해당 질환일 가능성이 임상적으로 무척 높으니 일단 '앤지오텐신 리셉터 블록커'를 쓰시는 것이 좋겠습니다.〉

수혁이 막 이렇게 적어 놓고 있을 때쯤, 그의 뒤에 서 있던 누군가가 헛기침을 해 댔다. 고개를 뒤로 돌려 보니, 이현종이 서 있었다. 아주아주 재밌는 것을 보았다는 표정을 지은 채였다.

"로이 디에츠 증후군? 이런 환자가 있었어?"

'그런 게 있었으면 바로 나한테 알렸어야지.' 뭐 이런 비슷한 표정 또한 짓고 있었다. 수혁이 바루다의 요구 반, 자신의 필요 반에 의해 환자를 찾아다니고 있다고 한다면, 이 양반은 순전히 자기의 의지로 반평생을 그렇게 살아온 사람이었다.

"아, 네. 어제 오프 나가기 전에 응급실에서 잠깐 봤습니다."

"유전자 검사도 한 게 아닌데…… 진단이 되디?"

"환자가 흉통을 주소로 왔는데, 대동맥 박리가 상행 대동맥 그리고 하행 대동맥 거의 전반에 걸쳐 있었습니다."

"얼굴이나 이런 데 특이점도 있었고?"

"네."

"흠……."

이현종의 표정이 점점 더 흥미롭다는 쪽으로 기울고 있었다.

그는 고개를 이쪽저쪽으로 갸웃거리다가 이내 어딘가로 전화를 걸었다.

"어, 나 오전 스케줄 뭐 있지?"

"아, 원장님. 오늘 진료부 회의 있으십니다."

전화를 받은 이는 비서였다. 비서는 그야말로 짙은, 짙은 한숨을 두 번인가 내쉬고는 진료부 회의란 아주 커다란 일정이 있음을 알려 주었다. 보통의 원장이라면 여기서 알았다고 하고 끊겠지만, 이현종은 달랐다.

"일단 나 없이 시작 좀 하고 있어."

"네? 그건 안 됩니다! 원장님 없이 무슨 진료부 회의를 해요."

"나 어차피 오늘 회의 있었던 것도 모르는 사람이야. 들어간다고 달라지는 게 있겠어?"

"아니⋯⋯ 그⋯⋯."

실로 맞는 말이긴 했다. 여태 이현종은 회의를 잘 안 들어오기도 했지만, 본인이 주관해야 하는 회의에서도 졸 정도로 무심한 편이었으니까. 그 때문에 아주 여러 차례 싫은 소리를 들었지만, 별 소용은 없었다. 이현종의 논리가 워낙 단단했기 때문이었다.

"돈 버는 건 경영전략부에서 알아서 하라고 해. 뭘 진료부에서 돈 얘기를 해. 다들 진료 보느라 바쁜데. 나도 지금 뭐 딴거 하러 가는 게 아니고 환자 보러 가는 거니까, 알아서 해. 알아서."

"아니……. 원장님…….."

"갈 때 샌드위치랑 커피 사 갈게. 햄 모차렐라 치즈로. 그거 제일 좋아하지?"

"그건 맞는데. 아니, 그게 아니라."

"나 간다."

"원장님!"

이현종은 그렇게 막무가내로 각 과 과장들이 모이는 회의를 제치곤 재차 수혁을 바라보았다. 수혁은 처음 이현종을 볼 때부터 이미 이 원장이라는 작자가 자신과 함께 환자를 찾아가 볼 거라는 걸 알고 있었지만, 그래도 이만한 회의까지 제칠 줄은 몰랐기 때문에 약간은 놀란 얼굴을 하고 있었다.

"뭐 해? 안내해."

이현종은 그런 수혁을 보며 너무도 당당하게 입을 열었다. 수혁으로서는 조금 곤란한 상황이었다.

"어……. 네. 근데 흉부외과 중환자실에 있는데……."

"어? 왜? 우리가 안 받았어?"

이현종은 심장 관련한 환자는 다 자기가 봐야 한다고 생각하는 인간이었기 때문이었다. 흉부외과 쪽도 충분히 황당하게 생각하겠지만, 수혁이 보기에도 퍽 황당했다.

"수술해서요. 우리가 수술하는 과는 아니잖습니까."

말 그대로 내과이지 않은가. 왜 수술 케이스까지 건드는 건지 이해가 잘 가지 않았다.

"수술만 하고 나머지 관리는 우리가 하면 되지. 중환자를 우리보다 잘 보는 과가 있어?"

물론 이현종의 논리는 언제나 완벽했다. 아니, 완벽하다기보다는 억지를 쓸 수 있었다.

"그거야……. 그렇긴 하죠."

게다가 이현종, 이수혁 한정으로 하면 사실이기도 했다. 현재 이 커다란 태화의료원을 통틀어 봐도 여기 있는 이 둘만큼 환자를 잘 보는 사람은 없었으니까.

"그래. 그러니까 일단 가서 보고. 받아 오자."

"저 근데……. 저 아직 혈종 도는데."

"응? 아, 맞다. 너 아직도 레지던트지."

"아직도라뇨……. 이제 2년 차인데. 대외적으로는 그래도 아들인데 너무 관심 없으신 거 아니에요?"

"하하. 너무 잘하니까 그렇지. 하하."

이현종은 민망하다는 듯 껄껄 웃고는 다시 전화를 걸었다. 이번에 전화를 받은 사람은 역시나 조태진이었다.

"어, 태진아."

"네, 원장님."

"너 어디냐?"

"저……. 이제 병동 회진 돌리고 병동 가고 있어요."

"수혁이랑?"

"네. 아, 얘랑 도니까 요번 달은 아주 편한데요?"

조태진은 아주 쌩쌩한 목소리로 대꾸했다. 당연한 일이었다. 수혁은 그냥 교수라고 보면 되었으니까. 수혁이 맡은 환자는 정말이지 단 한 순간이라도 신경 쓸 이유가 없었다.

"어……. 그래, 오늘 회진은 너 혼자 돌아."

"네?"

"내가 수혁이 잠깐만 빌릴게."

"아니……. 무슨, 안 돼요."

"오늘 하루만 빌릴게."

"아니……. 아니, 왜요!"

"떽. 원장한테 소리를 지르고 그래. 너도 현태 닮아 가냐? 막 개겨?"

"아니, 그건 아니고요."

"그럼 끊어."

"어……."

그리고 이현종은 그런 조태진의 기분을 완전히 잡쳐 놓은 후 수혁을 바라보았다. 남을 기분 나쁘게 하면 할수록 기분이 좋아지는 건지, 아니면 희소병 환자를 보러 가게 된 사실이 좋은 건지, 아주 밝은 얼굴이었다.

"다 됐다. 가자, 수혁아."

"어……. 네."

✂✂✂✂✂

"아……. 그래서 응급실로 온 거야?"
"네. 흉통이기는 한데, 환자가 너무 젊으니까 인턴이 보다가 저한테 노티했습니다."
이현종은 가는 시간도 아까운지 연신 환자에 관해 물었다. 수혁 또한 이현종과 의학 관련한 대화를 하는 건 무척 즐기는 편인지라 상당히 열심히 말을 받아 주었다.
[잘 들으십시오. 이현종은 진짜 명의니까요.]
심지어 바루다 또한 적극적인 자세를 취했다. 그가 말한 대로 이현종은 명의였기 때문이었다. 단지 지식적인 측면에서만 그런 것이 아니라, 경험이나 생각마저도 그러했다. 한마디로 배울 점이 아주 많은 사람인데 그 배움을 딱히 꽁꽁 싸매고 있지 않았다.
"음. 트리아지(치료 우선순위 분류)를 어떻게 하는 거야. 흉통이면 흉통이지. 젊은 사람들이 그거 조금 아프다고 응급실까지 오겠어? 여기까지 왔으면 일단 증상 무시하면 안 돼."
"아……. 그것도…… 그렇네요."
지금만 해도 그렇지 않은가. 수혁이나 바루다는 18살이라는 환자 나이에 집중해 처음에는 그 심각성을 제대로 인지하지 못했었는데, 이현종은 바로 그게 문제라는 식이었다. 그가 말한 대로, 젊은 사람이 오죽하면 이렇게 큰 병원에 왔겠는가. 시간도 오래 걸리고, 돈도 비싼데. 그만큼의 불편감이 있다는 뜻이었다.

"젊은 사람뿐만이 아냐. 어지럼증도 있지? 그거 단순 유병률로 보면 당연히 이석증이 제일 많지. 제일 많은 정도가 아니라 압도적이야. 근데 태화의료원 응급실 통계로 봐도 그럴 거 같아?"

"음. 그건…… 잘 모르겠습니다."

수혁이나 바루다나 외부로 발표된 통계는 빠삭했지만, 오히려 내부 통계에는 무지한 편이었다. 애초에 별로 볼 일이 없다는 생각이 있기도 했다. 어차피 임상적으로 중요한 것은 개인적인 경험이 아니라 보편적인 통계였으니까. 도리어 한 병원의 통계에 너무 얽매이면 비틀린 정보를 얻을 수 있다는 것이 바루다의 지론이었다.

수혁도 다르지 않았지만 이현종이 그 통계를 들먹거리고 있으니 이건 또 무시하기가 어려웠다. 수혁은 저도 모르게 귀를 기울였다.

"태화의료원 응급실 통계에서도 물론 이석증이 더 많기는 하지. 그런데 거의 근소해. 신경과적 원인의 어지럼증하고 이석증으로 인한 어지럼증이 거의 근소하게 나온다고."

"그……럴 수가 있습니까?"

상식으로만 보면 말이 안 되는 얘기였다. 이석중과 뇌혈관 질환의 유병률 차이는 열 배는 우습도록 많이 났으니까.

"너도 그놈의 근거 중심 의학에 매몰됐구나."

이현종은 헉하는 얼굴을 하고 있는 수혁을 보며 쯧쯧 혀를 찼다. 물론 그도 근거 중심 의학을 매도하고자 하는 건 아니었다. 오히려 신봉하는 축에 속했다. 하지만 이현종은 수많은 경험을 통해 한 발짝 더 뒤에서 바라볼 수 있는 시각을 갖추게 되었을 뿐이었다.

"수혁아. 너 만약에 열나면 바로 응급실 가겠냐?"

"아뇨. 일단은……. 약을 먹어 보거나, 동네 의원에 가겠죠."

"그래. 근데 열이 42도야. 그럼 어떻게 할래?"

"그럼 바로 응급실……. 아?"

이현종은 무턱대고 성깔을 내거나 가르치려고 드는 대신 일단 질문을 던졌다. 똑똑한 녀석들이라면 이 질문을 통해 스스로 뭔가 배우게 되기 마련인데, 수혁은 당연히 깨닫는 바가 있었다.

"증상의…… 정도가 다르겠군요. 특히 태화의료원이라면."

"그래. 어지간해서는 여기로 안 와. 어지러워서 여기까지 오게 된 사람이라면, 그 정도가 일반적인 거랑은 아예 다른 거라고. 너 이석중 환자, 인턴 때 본 경험 있지?"

"네."

어지럼증은 중년 이상의 여성에게서 상당히 흔한 증상이었고 그중에서도 이석증은 가장 흔한 원인이었다. 제대로 인턴을 돌았다면 당연히 본 경험이 있었다.

"그 환자들 죄다 토하고, 난리였지?"

"네. 어휴······. 그······ 네."

눈앞이 빙빙 돌아가고 있으니 먹었던 것을 다 토하는 것도 무리는 아니었다. 물론 그 토사물을 뒤집어써 가며 진료를 봐야 하는 의료진들은 무척 애를 먹기 마련이었다. 이러한 이유로 이석증이란 인턴들에게 그리 유쾌한 병명은 아니었다.

"근데 그 이석증, 다 그런 건 아냐. 대부분은 그냥 핑글 하는 느낌이라고."

"아······. 그렇습니까?"

"그래. 그런 환자들은 다 동네 이비인후과로 가. 여긴 걸러진 환자들이 온다고 보면 돼."

"아······."

"흉통도 똑같아. 우리가 흔히 양성 증상이라고 보는 흉통은 대개 동네 병원으로 가. 일단 여기까지 왔으면, 그 환자는 심각한 환자라고 봐야 해. 안 그러면 놓쳐."

"그렇군요. 와······. 진짜 원장님하고 대화하다 보면 배우는 게 많습니다."

수혁은 정말 진심을 담아 고개를 숙였다. 최근 바루다와 팀을 이루어서 이것저것 진단명을 맞히다 보니, 마음 한쪽에 교만함이 똬리를 틀기 시작한 것이 사실이었다. 하지만 지금 이현종의 말을 듣고 있다 보니 역시 아직 멀었단 생각이 들었다.

"뭘 또 그렇게까지. 나야말로 너한테 배우는 게 많지."

이현종은 허허 웃고는 앞을 가리켰다. 이제야 겨우 본관 3층에 있는 흉부외과 중환자실에 도착한 모양이었다. 고개를 돌려 보니 과연 중환자실로 향하는 문이 보였다.

삑. 수혁은 자신의 명찰을 가져다 대어 문을 연 후, 안쪽으로 걸어 들어갔다. 그도 상당한 유명 인사지만, 뒤이어 들어온 이현종은 원장이지 않은가. 당연하게도 중환자실 간호사 중 몇몇이 황급히 달려왔다. 일단 머릿속으로 이현종 앞으로 입원한 환자는 없다는 걸 떠올리면서였다.

"원장님, 여기는 어쩐 일이세요?"

그중 제일 먼저 다가와 입을 연 사람은 흉부외과 중환자실의 수간호사였다. 원래 같으면 스테이션에 나와 있기보다는 안쪽에 들어가서 간호 인력 관리를 하겠지만, 보통 흉부외과와 같은 외과 계통 과들은 회진을 수술 들어가기 전에 몰아 돌기 때문에 수간호사도 미리 나와서 기다리고 있는 상황이었다.

"아……. 어제 여기 입원한 환자 보려고 왔지."

이현종은 수간호사와 안면이 있을 뿐 아니라, 말을 놓는 사이였기 때문에 상당히 편안한 태도로 입을 열었다. 수간호사는 친분이 있는 사이이니만큼 이현종의 괴벽에 대해 잘 알고 있었다. 그래서 '여기 댁 환자 없는데요.'와 같은 쓸데없는 소리는 꺼내지 않았다.

"어떤…… 환자요?"

"그……. 로이 디에츠 증후군."

"네?"

"아, 대동맥 박리라고 해야 알아듣나?"

"아……. 네네. 그 여자 환자분 말씀하시는 거죠? 이리로 오세요. 새벽에 수술 끝나서 아직 정리 중이에요."

보통 외과에서는 환자의 진단명보다는 수술명으로 기억하는 경우가 흔했다. 흉부외과야 외과 중에서도 가장 험한 외과에 해당하니 이러한 전통도 강했다. 심지어 간호사들도 마찬가지였다.

"여기 있습니다."

"아."

무심결에 이현종을 따라 환자를 보러 오게 된 수혁은 자신도 모르게 숨을 들이켰다. 생각했던 모습보다도 환자의 몰골이 너무 끔찍했기 때문이었다. 내과계 중환자실 환자들도 물론 중했지만, 이렇게 상처가 덕지덕지 나 있진 않았다. 게다가 몸 안과 밖으로 연결된 수많은 관들은 기괴한 인상을 주기에 충분했다.

[인턴 때도 본 거 아닙니까?]

'그땐 내 환자가 아니었잖아.'

[느낌이 다르다는 말입니까?]

'그래.'

[이해하기 어렵군요.]

'너는⋯⋯. 너는 그럴 거야.'

당장 어제 봤던 모습이 겹쳐 보였기에 수혁은 상당히 심란해져 있었다. 그에 반해 같이 온 이현종은 적극적으로 환자 상태를 살피고 있었다. 일단 수술 기록을 까 봤고, 환자의 활력 징후와 모습 그 자체를 관찰했다.

"아직 유전자 검사 안 나갔나?"

"네, 그런 지시는 없었습니다."

"그럼 나가."

"어⋯⋯. 주치의 연락 없이요?"

"어, 나가. 내가 책임질게. 어차피 여기 보니까 사회복지과로 연락 가게 되어 있던데⋯⋯ 그럼 비용 관계없는 거 아니야? 내가 처리할게."

"아⋯⋯. 네, 알겠습니다."

심지어는 처방도 제멋대로 내리고 있었다. 사실 환자에게는 잘된 일이었다. 그냥 임상적인 추정만으로 내린 진단과 유전자 검사로 확실히 감별된 진단은 아예 다른 것이었으니까.

"그리고 왜 앤지오텐신 인히비터 안 들어가? 아까 협진에 의견 남기는 거 봤는데."

"아직 주치의 선생님이……."

"뭐 하느라 아직도 안 봐?"

"오늘 5시에 나왔어요, 이 환자."

수간호사는 이제 막 7시를 지나고 있는 시계를 가리켰다. 그 말은 이 환자의 주치의가 겨우 자리에 누운 지 한 시간 반 정도 되었다는 뜻이었다. 그러니 이해를 하라는 뜻이었는데, 이현종은 딱히 그런 종류의 이해심을 발휘하지는 않는 사람이었다.

"뭔 상관이래? 환자가 있으면 의사가 봐야지. 아무튼, 아직 안 봤다는 핑계 대지 말고 약 줘."

"그…… 노티 없이요?"

"잔다며. 그리고 나 순환기내과 교수야. 이 병, 아주 잘 알아. 이러다 또 터져."

"그……. 네. 알겠습니다."

수간호사는 뭐라 대꾸를 하려다 말고 고개를 끄덕였다. 어차피 흉부외과 교수가 온다 해도 지금보다는 고성이 오가긴 하겠지만, 결과가 달라지진 않을 터였다. 결국 이현종이 이길 것이 분명했다.

"검체는 병리과로 보냈다고 되어 있네. 이건 수술방에서 보낸 거지?"

"네? 아, 네. 검체는…… 중환자실 소관은 아닙니다."

"좋아. 그럼 일단 처방 낸 거 지시대로 하고. 수혁아. 넌 나랑 병리과로 가자."

"네? 병리과요?"

이제 다 끝났나 하고 있던 수혁은 어리둥절하다는 표정을 지어 보였다. 물론 이현종은 별로 설명할 생각이 없었다. 그냥 수혁을 데리고 나갔다.

"소문은 들었지만……. 역시 이현종 원장님은 괴짜시네요."

그렇게 휑 하고 나가 버린 이현종을 바라보던 선임 간호사 하나가 중얼거렸다. 그러자 수간호사가 고개를 가로저었다.

"이만하면 양반인 거야. 옛날에 우리 왕 교수님 계실 적엔 진짜 매일 싸웠어. 딱 여기. 무슨 권투 선수도 아니고…… 주먹다짐도 했다니까?"

"네? 진짜요?"

"그래. 이렇게 가면…… 다행인 거야."

"그럼 처방은 일단 주치의 쌤이나 교수님 의견 기다리는 거죠?"

선임 간호사는 이현종에 대한 수간호사의 감정이 별로라는 걸 느끼며 질문을 던졌다. 어딜 감히 내과가 와서 처방인가 하는 생각도 있었고, 당연히 자신이 속한 흉부외과에 대한 자부심도 섞여 있었다. 하지만 수간호사는 이번에도 고개를 가로저었다.

"아니, 그대로 해."

"네? 왜요?"

"이현종 원장님이…… 잘못한 것도 많았는데, 적어도 의학적인 판단에서 잘못된 적은 없더라. 괜히 천재라고 하는 거 아냐. 그냥 그대로 해."

"아……. 네."

중환자실 측 일이 정리되는 사이, 수혁은 이현종과 함께 벌써 병리과 사무실 앞에 도달했다. 어차피 제일 많은 검체가 나오는 곳이 3층 수술실이라 병리과도 3층에 위치해 있는 덕이었다.

이현종은 출입문 옆에 달린 초인종을 냅다 눌렀다. 그러자 곧 안쪽에서 목소리가 들려왔다.

"응급 검체예요?"

아직 정규 검체 시간은 아니었기 때문이었다.

"아니. 환자 보러 왔어요."

"환……자? 여기 환자는 없는데요."

검체만 있는 곳이 병리과였다. 당연하게도 상대는 이게 무슨 소린가 하는 얼굴이 되었다. 옆방에서 일과 전 회의를 주관하려던 과장은 '이놈이 또 왔네.' 하는 얼굴이 됐다.

"혹시 원장님이에요?"
인터폰을 붙잡고 이렇게 물었더니, 이현종이 고개를 끄덕였다.
"아, 철용이냐? 문 열어. 검체 하나만 꺼내 주고."
"지금 회의……."
"회의 내내 초인종 소리 듣고 싶어?"
"아뇨. 지금 열게요."
수혁은 그런 이현종을 보며 한 가지 의문이 들었다.
'혹시 제일 싸움 잘해서 원장이 됐나?'
[지금 태도를 봐서는 충분히 가능성 있는 가설이라고 생각합니다.]
덜컥.
결국 병리과 문은 열리고야 말았다. 바로 앞에서 원장이라는 사람이 뻗대고 있으니 어쩔 수 없는 일이었다. 게다가 병리과 과장으로서는 도저히 이 이현종과 이수혁을 홀대할 수 없는 이유가 있었다. 개인적인 이유였는데 동시에 절대적인 이유이기도 했다.
"회의 중인데……."
"NEJM 실어다 준 게 누군데, 회의를 운운하고 있어."
"에이 그건……. 저도 동참하긴 했잖아요."
"너 나 아니었으면 거기 실었겠냐?"
"그건……. 그건 아니긴 하죠."

"다음에 또 싣고 싶지? 그럼 말 들어."
"네네. 알겠습니다, 원장님."
일전에 수혁이 알아낸 '관상동맥의 해부학적 변이'에 대한 논문에 과장의 이름도 실리지 않았겠는가. 병리과가 워낙에 해부학적인 지식이 깊기도 하고, 또 그에 대한 자료가 방대해서였는데, 실제로 그 기여도가 어마어마하지는 않았다. 그 사실을 과장 또한 알고 있었기에 설설 기고 있었다.
"이거 환자 등록 번호거든? 검체 좀 보여 줘. 현미경은 우리가 알아서 볼게."
"아, 네. 그……."
"왜 이렇게 헤매?"
"아니, 제가 직접 슬라이드 찾아 본 건 워낙 오래돼서요."
"적폐네, 적폐야."
이현종의 말에 과장의 표정은 상당히 볼만해졌다. 지금 적폐란 단어에 어울릴 법한 행동을 하고 있는 건 과장이 아니라 이현종이었다. 하지만 진짜 적폐는 눈앞에서 대놓고 운운할 수 있는 게 아니었기 때문에 꾹 참았다. 기껏해야 수혁의 동정 어린 눈빛이나 받을 수 있을 따름이었다.
[이현종이 진짜 세기는 세네요.]
'실력 있는데, 지위까지 높잖아. 학번도 높고.'
[그럼 수혁도 높아지면 저렇게 되는 겁니까?]

'왜. 갑질하고 싶어?'

[수혁은 하기 싫나요?]

'그건······.'

당연히 아니라는 말이 나올 거 같았는데, 막상 듣고 보니 선뜻 나오지 않았다. 갑질을 당해 보기도 하고, 소소한 갑질을 해 보기도 하다 보니 확실히 좋은 게 좋았기 때문이었다.

[노력합시다, 우리. 다행히 실력은 제가 받쳐 주니까요. 수혁이 처신만 제대로 하면 올라갈 수 있습니다.]

'아니, 너 약간 의도가 불순해진 거 같은데.'

[제 유일한 입출력자인 수혁에게 영향을 받았다고 해 두죠. 물론 세계 최고의 진단 및 치료 목적 내과 의사를 만들겠다는 목표는 흔들림 없습니다. 수혁도 이 점은 양지해 주십시오.]

'나도 그렇거든?'

둘이 이러쿵저러쿵 싸워 대는 사이, 레지던트 하나가 뛰어와 이현종을 현미경실 안으로 일단 데려다주었다.

현미경은 무려 너덧 명이 동시에 볼 수 있도록 만들어져 있었고, 디지털 사진을 찍을 수 있는 설비도 갖추고 있었다. 원래 일하는 곳에서 쓰는 현미경보다 훨씬 좋았는데 이건 연구용이자 교육용이었다.

"검체도 가져다드리겠습니다."

"어, 그래. 고마워."

"아닙니다, 원장님."

레지던트는 이현종과 수혁이 각자 자리에 앉자마자 다시 밖으로 향했다. 과장은 같이 나갈 생각을 하기보다는 그냥 이현종 원장 옆자리에 앉았다. 약간 황당한 일이었다. 회의네 뭐네 하고 있었으니까.

"뭐야?"

"아시잖아요. 사실 회의 그렇게 중요한 것도 아닙니다. 할 말도 없어요. 매주 똑같은 사람끼리 하는 거 뭐…….."

"그걸 핑계로 문을 안 열려고 했어?"

"죄송해요. 근데 대체 무슨 검체 때문에 온 거예요?"

과장은 그렇게 물으면서 수혁의 눈치를 살폈다. 생각해 보니까 이 두 사람 콤비가 현재 태화의료원 최고의 천재 콤비이지 않던가. 한가한 시간도 아니고, 예정된 시간도 아닌데 이렇게 둘이 갑자기 들이닥쳤다는 건 반드시 뭔가 있다는 뜻일 터였다.

'또 NEJM……?'

1저자나 교신 저자를 받긴 어렵겠지만, NEJM의 2저자라면 충분히 가치 있는 일이었다.

[뭔가 바라는 게 있군요.]

'그러니까. 이건 내 눈에도 훤히 보이네.'

바루다는 그런 과장의 얼굴을 보며 쯧쯧 혀를 찼다. 수혁도 남몰래 동참했으나 결코 티를 내지는 않았다.

[잘해 주긴 합시다. 아무리 이현종이 석좌 교수라 해도 정년까지 10년도 안 남았습니다. 그때까지 자립할 힘이 있어야 합니다.]

'자립할 힘이라.'

신현태도 있고 조태진도 있기는 했다. 하지만 이현종처럼 멱살 딱 잡고 버텨 주진 않을 터였다. 아니, 그럴 만한 능력이 되지 못했다. 그들은 내과 안에서만 힘을 발휘할 수 있는 교수들이었으니까. 물론 앞으로 더 클 수도 있겠지만, 이현종만큼 클 수 있냐고 하면 고개가 절로 저어졌다.

[네. 여기저기 발 넓은 교수가 되어야 합니다. 병원은 실력만으로 돌아가지 않습니다.]

'어떻게 그런 걸 다 아냐?'

[수혁이 보는 걸 저도 보니까요.]

약간은 밑도 끝도 없는 듯한 말이면서도 상당히 의미심장한 말이었다. 하지만 수혁도 어쩐지 알 것 같은 기분이었다. 진짜배기 국회 정치에 비할 바는 아니겠지만, 병원 정치라는 게 교수의 행보에 영향을 미친다는 것을 보아 왔기 때문이었다.

수혁은 최대한 친절해 보이는 미소를 지어 보였다. 과장은 당연하게도 그 미소에 더 밝은 미소로 화답해 주었다.

"로이 디에츠가 의심되는 환자가 있다고 해서. 아직 유전자형은 안 나왔는데, 검체 어떻게 보이나 좀 보려고. 사실 나도 한 번도 직접 본 적이 없거든."

"아? 그럼 케이스 리포트……?"

"응? 아니, 무슨 모든 환자를 다 논문으로 연결해. 그런 건 아니고. 그럴 정도로 드물긴 한데……. 이미 알려질 만큼 알려진 병이야. 그 병인지만 알아보면 어렵지 않아."

"아……."

과장은 눈에 띄게 실망했다는 듯한 표정을 지어 보였다. 하지만 이내 나중에라도 또 논문을 쓸 기회가 있다는 생각이 들었기에 허허 웃어 보였다.

'저기 이수혁이라는 친구가…… 장난 아니라고 했었지.'

과장은 지금으로부터 수십 년 전, 그러니까 눈앞에 있는 이현종이 아직 레지던트였던 시절을 떠올렸다. 그때 이현종 주변에 있던 교수들은 모두 횡재였다. 논문 쓰는 기계가 있는데, 그게 자기 아랫사람이 아니던가. 이현종 덕에 부교수에서 정교수 단사람이 한 트럭이라고 해도 과언이 아니었다.

'저 친구가…… 포스트 이현종이 되지 않으려나.'

과장은 그런 기대를 품고 계속 따스한 미소를 지어 보였다. 어지간한 레지던트였다면 과장씩이나 되는 교수의 이러한 어필에 조금이라도 마음이 흔들렸을 텐데.

[애쓰네요.]

'그러게. 참……. 애쓰시네.'

수혁에게는 어림도 없는 일이었다. 이미 이현종이나 신현태 등등에게 이보다 더한 어필을 받았기 때문이었다.

"여기 있습니다."

그사이 레지던트 하나가 검체를 들고 왔다. 슬라이드라고 해서 달랑 한 장이 아니라 여러 장이었다. 검체가 워낙에 컸으니 당연한 일이었다.

"아, 줘 봐."

"네."

"수혁아, 네가 조정할래? 나 사실 현미경 잘 못 봐."

이현종은 그렇게 전달받은 슬라이드를 수혁에게 전해 주었다. 옛날 같았으면 한 번쯤 겸양을 떨었을 수혁이었으나, 이젠 더 그렇지 않았다.

[어필하시죠. 나는 천재다, 한번 외치세요!]

'미친놈아.'

물론 바루다의 말을 따라 난데없이 '천재다!'라고 외치지도 않았다.

"네. 제가 보겠습니다."

"그래."

그저 담담하게 슬라이드를 받아 현미경 위에 올려놓고는 능숙하게 배율을 조정해 들어갈 따름이었다.

[그래요, 이렇게.]

당연히 바루다의 도움을 받아 가면서였다. 의학적인 지식 같은 거야 수혁도 신경 써서 최대한 기억을 하려고 하지만, 이런 단순 기술 같은 것까지 기억하는 건 무리였기 때문이었다.

'이놈 봐라.'

물론 남들은 바루다가 보이지 않았기 때문에, 그냥 수혁이 대단해 보일 뿐이었다. 이현종이야 그냥 그렇다 치고 있었지만, 과장은 상당히 놀란 상태였다.

'논문만 잘 쓰는 줄 알았는데…… 현미경도 잘 보네?'

어지간한 병리과 레지던트들보다 더 빨리 현미경을 조정하고 있는 데다가, 딱 중요해 보이는 지점을 잡아냈기 때문이었다.

"여기가 대동맥 단면입니다. 벌써 좀 이상해 보이는데요?"

"그래? 정상이랑 달라?"

수혁의 말에 이현종이 질문을 던졌다. 당연한 일이었다. 병리과는 그의 전공이 아니었으니까. 그렇다는 것은 곧 내과 레지던트에 불과한 수혁이 이걸 아는 건 정말 이상하다는 얘기였는데, 수혁은 너무나 당연하다는 듯 설명을 이어 나가고 있었다.

"네, 여기 지금 40배율인데 일단 400배율로 올려서 보면, 미디얼 믹소이드 디제너레이션(medial myxoid degeneration, 안쪽 점액질의 퇴화)이 아주 명확하게 보입니다. 즉 연결 조직이 약화되어 있습니다."

"맞아?"

이현종은 무조건 맞겠지 하는 얼굴로, 그러니까 아주 뿌듯한 얼굴로 과장을 바라보았다. 그에 반해 과장은 정말이지 무슨 말로 표현해야 할지 모를 얼굴을 하고 있었다.

'미쳤나.'

일단은 욕이 튀어 나갈 뻔한 것을 간신히 참아 낸 것이 제일 큰 성과였다. 방금 수혁의 표현은 실로 정확하다 못해 대단한 수준이었으니까.

'이걸……. 이 소견이 그렇다는 걸 어떻게 안 거야.'

세포 단위로 일어나는 변화를 알아맞힌 셈이었다. 솔직히 지금 1년 차부터 4년 차까지 다 데려온다고 해도, 방금 수혁이 말한 것처럼 정확하고 빠르게 정답을 맞힐 수 있는 사람이 있을까 하는 의구심이 들었다. 교수인 자신도 수혁보다 조금 늦게 맞힌 거 같았으니까.

"맞냐고."

이현종은 아까보다도 더 확신에 찬 얼굴로 과장을 바라보았다. 과장의 얼굴에 피어난 표정을 보아 하니, 과연 수혁이 맞아 보였기 때문이었다.

"아, 아. 네. 맞습니다."

"병리도 잘하네."

"그, 그러니까요. 뭐……. 따로 가르치나요?"

"말이 되냐? 내가 할 줄 모르는데 뭘 가르쳐."

"그럼 어떻게……."

"나도 몰라, 쟤는 진짜 그냥 천재야."

"그……. 그렇네요."

과장은 뭔가 다른 말을 하려다 말고 그냥 고개만 끄덕였다. 배우지 않은 것을 안다는데 천재지, 그럼 달리 뭐라 불러야 한단 말인가. 이현종은 그런 수혁이 자기 제자라는 게 너무도 자랑스러운 듯 껄껄 웃다가, 다시 수혁을 바라보았다.

"아, 그러니까. 이 환자 로이 디에츠 맞는 거지?"

"네. 그렇습니다."

"좋아. 진짜 이렇게 보이는구나. 음. 거참, 세상엔 신기한 병이 많단 말이지."

이현종은 그렇게 말을 하면서 몸을 일으켰다. 이제 신기한 병에 대한 소견은 다 봤으니 되었다는 얼굴이었다.

"뭐 해? 가자, 이제."

"아, 네."

수혁은 진짜 이렇게 남의 과에 폭풍처럼 왔다가 별말도 없이 가도 되나 하는 생각이 들긴 했는데, 뭐 어쩌겠는가. 원장인데. 그것도 역대 원장 중에서 제일 힘이 센. 과장조차도 별말 못 하고 인사만 올릴 따름이었다. 그렇게 이현종은 깡패처럼 들어왔다가 강도처럼 방을 나섰다.

둘은 내과 병동이 있는 암센터 쪽을 향해 되돌아가기 시작했는데, 속도가 그렇게 빠르진 않았다. 애초에 별로 서두를 이유도 없거니와, 수혁이 느렸기 때문이었다. 둘이 대화할 시간이 상당히 생겼다는 뜻이었다.

"신기한 병이지?"

"아, 네. 근데 예후가 좋지 않아서……."

"빨리 진단해서 약을 줬으면 또 모르겠는데…… 이미 한 번 터져서 어떻게 될지 모르겠다."

당연히 처음에는 의학 얘기였는데, 돌연 이현종이 주제를 틀었다. 비서에게 걸려 온 전화를 끊고 나서였다.

"아……. 맨날 회의야. 아."

"왜 그러세요?"

"내가 얘기했었나?"

"네?"

"너 미국 가는 거 있잖아."

"아, 네."

"그거 승인 났어. 다음 달 신현태 스케줄이지? 그때 미국 가야 해."

"네?"

다음 달이라면 결국, 다다음 주라는 얘기였다. 수혁의 눈이 동그래진 것은 당연한 일이었다. 8월인 줄로만 알고 준비를 안 하고 있었으니까.

"뭘 그렇게 놀라? 미국 가는 건 알고 있었잖아."

"그건……. 그야 그렇지만……. 8월이었잖아요."

"아……. 그랬나?"

이현종은 태화의료원 내과 의국이 아이오와주립대학교병원과 자매결연을 맺은 이래, 그러니까 지난 10년간 매번 8월에 보내왔다는 사실을 곧장 떠올리지는 못했다.

매번 가장 우수한 레지던트를 보내오긴 했지만, 심지어 그중에서 무려 9명이나 되는, 즉 90%에 달하는 인원이 지금 이 태화의료원 교수거나 또는 교수가 되기 위한 과정을 밟고 있음에도 불구하고 이현종의 개인적인 관심을 끈 이는 단 한 명도 없었기 때문이었다. 천상천하 유아독존으로, 자신이 제일 똑똑하다고 생각하는 사람이었으니 무리는 아니었다.

"예. 저 그래서…… 그때 휴가까지 맞춰 놨는데……."

"그랬어? 그럼 그것도 옮겨. 너 언제 미국 가 보겠냐, 또."

"아니……."

원장이야 휴가 옮기는 게 쉽겠지만, 일개 레지던트에게는 그리 쉬운 일이 아니었다. 대학 병원이라는 곳은 그야말로 마른 오징어도 쥐어짜면 물이 나온다는 심정으로 사람을 굴려 대는 곳이지 않은가. 그중에서도 레지던트는 말 그대로 거주민 수준으로 굴려 댔기 때문에 사람 하나 빠지는 게 엄청 큰일이었다.

"걱정 말고. 현태가 알아서 처리하기로 했어."

"아, 과장님도 아시는 거예요?"

"너 왜 그 말 하면서 안도했다는 표정이 되냐?"

"아니……. 그건 아닙니다."

아무래도 이현종보다는 신현태가 이런 종류의 일 처리하는 데 있어서는 훨씬 신뢰가 갔다. 이현종은 약간 보통 사람은 아니었으니까.

"아무튼, 다다음 주야. 그……. 너 외국 나가 본 적 있냐?"

그랬기에 수혁의 다소 무례할 수 있는 반응에도 그다지 신경을 쓰지 않았다. 대신 참스승의 마음으로 질문을 던졌다. 돌연 수혁의 어려운 가정 형편이 떠올랐기 때문이었다.

'요즘 애들이 흙수저네, 흙수저네 떠들어 대지만…….'

적어도 의대생 중에 수혁만큼 집안이 어려웠던 애는 없을 터였다. 이현종 때와는 달리 부모에게 아무 도움 받지 않고 의대에 오는 건 정말 어려운 일이 되었으니까. 그런 와중에 수혁이 고아에 보육원 출신이었다는 걸 알았을 땐 정말로 놀랐다. 의대에 들어온 것도 놀라웠지만, 수혁에게는 짙은 그늘이 져 있지 않았으니까.

'어쩌면 머리가 좋은 것보다도…….'

멘털이 강한 것이 수혁의 가장 큰 강점일 수도 있겠단 생각이 들 지경이었다. 그렇지 않은가. 다리를 다친 것도 신경 쓰지 않으면 티가 나지 않을 정도였으니.

때문에 이현종을 비롯한 다른 교수들은 수혁의 어려운 사정을 자주 깜빡하곤 했다. 다행히 이번엔 그나마 세심한 편에 속하는 신현태가 귀띔을 해 줘서 미리 챙길 수 있었다.

"아, 아뇨."

역시나 수혁은 외국에 나가 본 경험이 전혀 없었다. 바루다 또한 토종 인공지능이었기 때문에 외국에 대한 지식이라곤 수혁이 지금까지 본 영화나 드라마를 통해서 알아낸 것이 전부였다. 그러니 외국에 나가기 위해서 뭐가 있어야 하는지 전혀 알지 못할 수밖에 없었다.

"비자는 챙겼어?"

"비자요?"

"여권은."

"아."

"안 물어봤으면 사고 칠 뻔했네."

이현종은 고개를 절레절레 저어 대고는 어디론가 전화를 걸었다.

"이제 오세요?"

비서였는데, 상당히 반가워하고 있었다.

"아니, 이리로 좀 와 봐."

"오늘 회의라니까요?"

"안 끝났어?"

"아직요. 그러니까 빨리 와요."

"네가 와야 하는데. 지금 급한 일 터졌어."

"하아."

비서는 이현종과 상당히 격 없이 지내는 편이었다. 이현종이 워낙에 그런 성격인 데다가, 이 비서와 같이 일한 지가 오래된 덕이었다. 때문에 이현종은 비서에게 익숙했고, 비서 또한 이현종에게 익숙했다.

"뭔데요."

비서는 어차피 더 말을 섞어 봐야 전혀 소용없을 거란 걸 잘 알고 있었다.

"그 우리 수혁이 일인데."

"이수혁 일이요?"

수화기 너머로 무언가가 바닥에 끌리는 소리가 들려왔다. 아마도 비서가 몸을 일으키고 있는 모양이었다.

"어. 참, 여기 별관에서 암센터 가는 길."

"네네. 갑니다……. 뭐 준비해 갈 건 없어요?"

"음……."

이현종은 잠시 수혁을 돌아보았다.

"너 지갑 있지?"

"지갑이요? 네."

"그럼 키만 챙겨 와."

"네."

비서는 가타부타 이유를 묻지 않았다. 그저 이현종이 시킨 대로 키를 챙겨서, 오라고 한 곳으로 올 뿐이었다.

"아, 왜요."

표정이 그렇게 좋진 않았지만.

"넌 비서가 되어서는 원장 앞에서 그렇게 얼굴을 구기냐?"

"원장이 원장 일을 안 하니까 그렇죠."

"어이구."

맞는 말이긴 해서 이현종은 더 뭐라 하진 않았다. 대신 수혁의 어깨를 툭툭 두드려 주었다.

"얘, 다다음 주에 미국 가야 하는데. 비자도 없고 여권도 없어. 해결 좀 해 줘. 건강 검진 서류는 어차피 뭐 작년에 한 거 있어서 될 거야."

"네? 비자랑 여권?"

"그래. 어렵지 않잖아."

"그럼 원장님이 해 주시지."

"난 회의 들어가야지."

"와······. 진짜······. 와······."

비서는 차마 욕은 하지 못하고 원장과 수혁을 번갈아 바라보았다. 원장을 바라볼 때는 '이게 사람인가.' 하는 얼굴이었고, 수혁을 바라볼 때는 '이게 사람인가요?' 하는 얼굴이었다.

물론 이현종은 남의 눈 따위 신경 쓰는 사람이 아니었기 때문에 곧장 자리를 떴다. 정말 저대로 회의에 들어갈지는 미지수였지만, 어쩌겠는가. 일단 비서는 원장이 시킨 일은 해야만 했다.

"그, 이수혁 선생님 맞으시죠?"

"네. 아이고, 괜히 저 때문에."

"아뇨, 아뇨. 원장님 원래 그래요. 그리고 진짜 어려운 일은 아니에요."

"그렇구나."

"일단 비자부터 해결하죠."

"네, 대사관으로 가나요?"

"음."

비서는 수혁의 말을 듣고는 아, 이래서 자기를 붙여 주었구나 하는 얼굴이 되었다. 원장 앞에서도 딱히 표정 관리를 안 했던 사람인지라 수혁 앞에서는 더더욱 거침이 없었다.

"왜, 왜요?"

"그……. 단기 체류는 그냥 여기서 신청하면 돼요. 아, 여권이 없구나. 하……."

그는 잠시 한숨을 푹 쉬더니, 차 키를 꺼내 흔들어 보였다.

"원장님 차 타고 갑시다. 다행히 여기 강남구청은 3일이면 나오니까……. 얼추 시간은 될 거예요."

"아, 네."

수혁은 그렇게 비서를 따라 이현종의 차를 탔다.

[와우, 차 좋네요.]

'그러게. 확실히 원장이 좋긴 좋다.'

[할 수 있습니다. 40대 원장 해 보죠.]

'너 왜 이렇게 세속적으로 변했어…….'

[그래서 싫어요?]

'아니, 좋다고.'

태화의료원의 원장은 곧 태화그룹의 임원 대우를 받는 사람이란 뜻이었다. 당연하게도 에쿠스 차량이 지급되었다. 원래는 기사도 지원이 된다는데, 이현종은 그 돈을 그냥 비서에게 더해 주고 있었다. 비서로서는 감히 상상하기 어려운 연봉을 받게 된 셈이었고, 그게 그가 이현종에게 충성을 다하는 이유이기도 했다.

"자, 갑니다."

"네."

수혁은 그렇게 비서의 도움을 받아 여권도 발급받고, 비자도 발급받았다. 그 과정에서 한 가지 알게 된 사실이 하나 있었는데, 아주 좋은 일이었다. 다른 사람 같으면 그렇게까지 좋아할 일인가 싶을 수도 있겠지만, 적어도 수혁이나 바루다에게는 그러했다.

[군 면제군요, 수혁.]

'그러게. 다리 다친 게 또 이렇게 전화위복이 되네. 원래도 뭐……. 대강 예상은 하고 있었지만.'

국가 기관에서 공식으로 인정을 받아서 그런가 좀 더 기분이 좋았다. 구청 직원에 따르면 수혁은 당연히 현역 면제인 데다가, 예비군은 물론이고 민방위도 면제였다. 병원 차원에서 장애 등록을 해 주었으니 어찌 보면 당연한 일이긴 했지만.

'친구들이 부러워하겠네.'

수혁은 손에 들린 10년짜리 복수 여권을 촤라락 펼쳐 들고는 중얼거렸다. 확실히 10년이라 그런가, 친구들이 들고 다니던 1년짜리 단수 여권보다 훨씬 두꺼웠다.

[내일이군요. 짐 다시 한번 챙기시죠.]

'아, 그럴까. 이것도 도와주셔서…… 참 감사하네.'

바루다의 말에 침대에 누워 있던 수혁은 벌떡 일어나 비서가 사다 준 캐리어 가방을 뒤적거렸다. 하도 옷이 없어서 캐리어를 사면서 옷도 같이 사야만 했다. 그 외에도 변압 코드에 노트북을 비롯한 각종 기기들까지 죄다 들어가는 기내용 캐리어였다.

[전화 오는데요?]

그렇게 한참을 설레는 마음과 함께 짐을 뒤적거리다 보니, 바루다가 불렀다. 가운 호주머니에 넣어 둔 전화기가 울리기 시작했기 때문이었다. 이상한 일이었다. 오늘은 당직이 아니었으니까.

[방금 그 생각 굉장히 슬펐습니다. 당직이 아니면 울리지 않는 핸드폰이라니…….]

'시끄러워, 인마. 네가 맨날 공부하라고 닦달해서 그런 거 아냐.'

[그런 것치고는 원래도 딱히 가깝게 지내는 동기가 없지 않나요?]

'몰라.'

수혁은 바루다의 멘털 공격을 훌훌 털어 내고는 핸드폰을 집어 들었다. 1년 차 안대훈이었다.

'아, 해결 안 되는 환자가 있나 본데?'

[진짜 개념 없네요. 내일 출국인 사람을 부르다니.]

'뭐 그래도 애는 착하잖아.'

[그냥 수혁을 숭배하죠. 그래도 추종자니까 일단 받으시는 게 좋겠습니다.]

수혁은 전화를 받았다.

"선생님! 늦은 시간에 죄송합니다. 혹시……. 제가 감히 주무

미국 가야 돼

시는 걸 깨운 건 아닌지요?"

그러자 안대훈의 어쩐지 점점 더 공손해지는 말투가 들려왔다.

"아니, 아냐. 왜?"

"다름이 아니고 선생님께서 내일 미국 가시지 않습니까?"

"그렇지. 환자 얘기 아니구나?"

"네. 그건 아니고……. 저희 팬클럽이 가시는 길에 조촐한 선물을 하나 마련해서요."

"어?"

수혁은 여러 가지 의미를 담은 의문을 표했다. 일단 선물을 마련했다는 것이 무슨 얘기인가 싶었고, 또 하나는 언제 팬클럽이 생긴 건지가 궁금했다.

"저희 지금 당직실 앞에 있습니다. 잠시만 나와 주시면 영광이겠습니다. 성가시다면 그냥 문고리에……."

"아니, 아니. 나갈게. 뭘 문고리에 걸어."

"네, 그럼 기다리고 있겠습니다. 선생님. 존경합니다."

"너는……. 아니다."

수혁은 절레절레 고개를 저어 대고는 밖으로 나섰다. 상당히 민망해하는 얼굴을 하고서였는데, 바루다는 그런 수혁이 잘 이해가 가지 않는 모양이었다.

[수혁, 안대훈 입장에서는 수혁이 당연히 존경스러울 겁니다.]

'이렇게까지 존경스러울까?'

[그럼요. 손대는 환자마다 살지 않았습니까?]

'그건……. 이번 달은 좀 그랬지.'

제아무리 진단을 잘해 낸다고 해도, 제아무리 올바른 치료를 한다고 해도, 도저히 살려 낼 수 없는 환자들도 있기는 있었다. 현대 의학 최고의 의사가 되어 봤자, 현대 의학의 한계 안에 갇혀 있었으니까.

그런데 이번 달은 운이 좋았단 말도 좀 부족하게 느껴질 만큼 환자들의 예후가 다 좋았다. 아마 경험 적은 안대훈이 보기엔 그 모든 것이 다 수혁 덕이라 여겨질 수도 있었다.

"아, 선배!"

상념을 깨운 사람은 하윤이었다.

"어?"

"저희 팬클럽 부회장입니다."

언제나처럼 극진한 얼굴로 고개를 숙인 건 안대훈이었고.

"아…….""

그러니까 수혁의 팬클럽이란 결국, 이 둘이었다. 실망해도 좋을 만한 타이밍이었는데 어쩐지 입꼬리가 말려 올라갔다. 단연코 안대훈 때문만은 아니었다. 둘이 내민 선물 때문만도 아니었고.

"선배, 아이오와는 진짜 깡촌이거든요. 밤에 진짜 심심하실 거예요. 이거 가져가시면 좀 나을지도 몰라요."

"아……. 이거…….."

"전에 보니까 학생 때 만화책방 아르바이트도 하실 정도로 만화책 좋아하셨다고 해서. 많지는 않은데……. 이거 가져가세요."

"그, 그래. 고마워."

"그리고 이거. 미국 안 가 보셨다길래. 간단한 회화책이에요. 영어 잘하시겠지만 전 처음 외국인 앞에 서니까 떨리더라고요."

"오……. 고마워."

하윤이 앞에 서 있었다는 것, 그리고 그녀가 이렇게까지 마음을 써 준다는 것이 좋았다. 물론 여전히 바루다가 말해 준 대로 인간적인 호의 범주 안에 있기는 하겠지만.

'아닐 수도 있지 않나?'

[솔직히 모르겠네요. 우하윤은 이상한 인간입니다.]

아닐 가능성도 생긴 것 같았다.

첫인상

아이오와주립대학. 미 중부에 있는 아주 한적한 대학인데, 생각보다 미국 내 순위는 높은 대학이었다. 특히 의과대학으로 한정 지으면 거의 랭킹 10위 안에 드는, 상당히 저력 있는 대학이었다.

[건물이 되게 낮네요.]

바루다의 첫인상은 이러했다. 수혁도 크게 다르진 않았다.

'그러게. 높지가 않네. 근데 어디까지가 병원인 거지?'

수혁은 이현종, 신현태 등 아이오와 쪽으로 연수를 다녀오거나, 또는 그냥 학회차 다녀와 본 경험이 있는 교수들이 해 주었던 말을 떠올렸다. 그들의 말에 따르면 세계적인 레벨까지는 아니겠지만, 적어도 미국 내에서는 준수한 성적을 내고 있는 병원이라고 했다. 그 말은 곧 태화의료원과 엇비슷하거나 약간 더 나은 부분도 있을 거라는 얘기인데, 지금 눈앞에 보이는 병원은 도저히 그렇게 보이진 않았다.

[모르겠습니다. 기껏해야 저기까지 아닐까요?]

'엄청 오래된 거 같네. 음. 사람도 없고…….'

[오늘이 일요일이라서 그런 거 아닐까요?]

'태화의료원 일요일에 환자가 없디?'

[아, 음. 그건 그렇네요.]

바루다는 빠르게 수긍했다. 생각해 보니 태화의료원은 주말이고 연휴고 간에 관계없이 언제나 북적거리는 곳이었기 때문이었다. 그에 비하면 이곳 아이오와주립대학교 부속 병원은 한가롭기 그지없었다.

'맞지?'

[네. 주소는 정확합니다. 숙소는…… 여기 바로 맞은편이니까, 네, 거기. 거기 맞네요.]

'숙소는 좋네.'

[그러게요.]

수혁은 바루다의 동의와 함께 일단 병원 맞은편에 위치한 작은 주택으로 향했다. 키는 미리 얘기 들었던 대로 화분 밑에 있었다.

덜커덕. 나무로 된 문을 열고 들어서니 퀴퀴한 먼지 냄새가

풍겨 왔다.

[면역 약한 사람은 곰팡이균에 감염되겠습니다.]

나름 냄새에 대한 분석도 가능하게 된 바루다가 못마땅하다는 듯한 말투로 중얼거렸다. 그의 분석 결과를 들어 보니 과연 그럴 만도 했다.

'아스페르길루스가 공기 중에 있어?'

[네.]

'새로운 암살 시도인가.'

[수혁의 면역은 지극히 정상이니 전혀 걱정할 필요는 없습니다.]

'그럼 그걸 왜 분석하고 앉았어.'

[연습이죠, 연습. 아무튼, 더럽게 더러운 집이군요.]

바루다는 수혁이 발을 디딜 때마다 새로이 생성되는 발자국을 보며 어이가 없다는 듯한 표정을 지어 보이는 듯했다. 아마도 수혁의 표정을 토대로 흉내 내는 것일 뿐이겠지만, 수혁에게는 정말로 바루다가 그런 감정을 느끼고 있는 것 같이 여겨졌다.

'그래도 크다. 전기랑…… 가스, 수도 다 잘 들어오고.'

방이 무려 세 개에 화장실도 두 개나 되는 2층짜리 집이었다. 원래 수혁과 같은 레지던트에겐 제공되지 않는 숙소였고, 외국에서 1년 또는 2년 동안 연수를 오게 되는 교수급 인사에게 제공되는 숙소이기에 그러했다. 더러운 것도 그저 청소되지 않아 그랬을 뿐, 전체적으로 낡은 느낌을 주진 않았다. 심지어 TV나 침대 등 거의 모든 기기들이 죄다 빌트인으로 구비가 되어 있어서 어지간한 호텔보다도 더 나아 보였다.

[일단 청소하려면 엄청 시간이 오래 걸릴 겁니다. 마트부터 다녀오죠. 오면서 보니 마트가 일찍 닫는 거 같던데.]

'아, 그래. 그게 낫겠네.'

아이오와는 일종의 대학 도시라고 보면 되었다. 이게 무슨 말인가 하면, 아이오와 내에서 가장 큰 산업체가 바로 대학이라는 뜻이었다. 대한민국에서는 상상조차 하기 어려운 일이었지만, 워낙에 땅덩이가 넓은 미국에서는 그리 드문 일도 아니었다. 아무튼, 그렇기 때문에 모든 상업 시설의 수가 상당히 부족했고 또 어딘가에 몰려 있었다. 수혁에게는 불행하게도 병원 앞은 해당 사항이 없었다.

'더럽게 넓네……. 아직도 대학인 거지?'

버스를 탔는데, 30분을 가도 대학이었다.

[그렇네요. 무슨 놈의 대학이…….]

'그럼 설마 아까 병원 옆에 있던 건물……. 그거 다 병원인 건가?'

[아까 같았으면 정신 나갔냐고 했겠지만, 이 모습을 보니 가능성이 있겠습니다.]

'그럼 배울 게 있을 수도 있겠다.'

[그래야죠. 여기까지 왔는데.]

원래 이런 식으로 단기 연수를 오게 되는 레지던트는 반쯤은 휴가 오는 심정으로 오게 마련이었다. 의국에서도 포상 형식으로 보내 주는 편이었고. 하지만 수혁은 달랐다. 이미 바루다를 얻은 이상 미국으로 건너와서 의사 생활을 할 수도 있는 거 아니겠는가. 어차피 실력으로는 세계 최고가 되고야 말 테니까. 때문에 마음가짐이 조금 달랐다.

[여기 같은데요?]

'오.'

아무튼, 수혁은 곧 버스에서 내려 마트로 향했다. 그저 마트에 들어갔을 뿐이었지만, 확실히 외국은 외국이었다. 일단 놓여 있는 물건들이 달랐고, 오가는 사람들이 달랐고, 쓰이는 언어가 달랐다.

'동시통역이 되는구나.'

[물론이죠. 이 정도야 뭐.]

하지만 전혀 두렵진 않았다. 바루다가 대상의 억양이나 말투까지 재현해서 고대로 수혁에게 전달해 주었으니까. 단순히 영어를 잘하는 사람이 아니라, 그냥 원어민이 되었다고 보면 되었다. 덕분에 수혁은 어려움 하나 없이 사려고 했던 물건들을 모조리 산 채, 숙소로 되돌아올 수 있었다.

[왜애애애애앵!]

그리고 다음 날 아침 언제나처럼 바루다의 알람과 함께 몸을 일으킬 수 있었다.

숙소 1층은 어제와는 달리 완전히 깨끗해져 있었다. 2층도 있기는 한데, 어차피 혼자 살면서는 올라갈 일도 없을 거 같아 무시하기로 했다.

'여유롭네.'

[첫날은 10시까지 오라고 했으니까……. 한 3시간 남았습니다.]

'미리 가서 분위기나 좀 보지 뭐.'

[그게 좋겠습니다.]

제아무리 대우를 받고 있다고는 해도 레지던트는 레지던트 아니던가. 게다가 수혁은 자기 환자뿐만이 아니라, 어디라도 어려운 환자가 있다고 하면 찾아가는 사람이었다. 당연히 어마어마하게 바빴는데, 지금은 너무 여유로웠다. 맡겨진 환자도 없었고, 노티해 올 1년 차도 없었다. 덕분에 수혁은 텀블러에 커피를 홀짝이며 바로 길 건너에 있는 병원에 느긋하게 걸어갈 수 있었다.

"이쪽으로 오세요."

우선 어제 못 보던 모습 하나를 볼 수 있었다. 입구 쪽에서 차에서 내린 환자들이 휠체어를 지급받아 병원 복도로 향하는 모습이었다.

[비만…… 환자들이군요.]

'미국은 진짜 좀 다르긴 하구나.'

고도 비만 환자들이었는데, 적어도 수혁은 한 번도 직접 본 적이 없을 정도로 비만한 환자들이었다.

[질환군이 대한민국과는 다를 수밖에 없겠습니다.]

'배울 수 있는 기회가 있다, 이건가?'

[그렇죠. 그렇게 배워서 최고의 의사가 됩시다. 돼서 돈도 많이 벌고…….]

'거기서 또 돈 얘기가 왜 나와.'

[돈 싫어요?]

'아니, 좋아.'

수혁은 점점 더 자신과 닮아 가는 바루다와 함께 껄껄 웃으며 병원 안쪽으로 들어섰다. 어제는 차마 안쪽까지 들어가기가 그래서 돌아섰던 바로 그 문이었다.

문 바로 안쪽으로는 병원 지도가 그려져 있었다. 그걸 들여다보고 나서야 수혁은 어제 자신이 설마설마했던 것이 사실이었음을 깨달을 수 있었다. 정말로 이 주변에 보이던 모든 건물들이 병원이었다.

[연구 시설만 따로 두 개의 건물이군요.]

'어마어마하구나…….'

수혁이 있는 태화의료원은 국내 제일의 연구 시설을 자랑하는 병원이었다. 최고의 기업에서 후원하고 있으니 그럴 수밖에 없었다. 그런데 그 규모가 기껏해야 지하 한 층 정도일 뿐이었다. 여긴 아예 건물이 두 채였고.

[이러니까 연구에서 형편없이 밀릴 수밖에 없겠군요……. 아, 한 동이 더 있네요. 여긴…… 화이자에서 지어 준 건물입니다.]

'제약 회사 펀딩이구나. 어쩐지 논문을 쏟아 내더라니…….'

신약으로 돈을 번 제약 회사가 그 돈으로 또 신약을 만드는 시스템이 거의 완벽하게 갖추어진 곳이 바로 미국이라는 곳이었다. 신약을 만드는 비용에는 비단 연구 비용만 들어가는 것이 아니라, 협력 병원에 대한 후원금도 포함이 되어 있었다. 바로바로 임상 시험을 하고, 그 결과를 분석하기 위함이었다. 어마어마한, 그야말로 천문학적인 비용이 들어갈 수밖에 없는 일이었다. 국내 제약 회사들이 상대되지 못함은 두 번 말할 가치조차 없었다.

[아무튼, 이 건물이 내과군요. 운이 좋네요.]

'그……. 음. 그렇네.'

운이 나빴으면 걸어서 20분 거리에 있는 건물일 수도 있었다. 가령 안과가 그러했다.

"처음 보는 가운인데, 어디서 왔어요?"

그렇게 한참 지도를 보며 바루다와 떠들고 있으니, 누군가 인사를 건네 왔다. 고개를 돌려 보니 머리가 새하얀, 백인 의사였다.

"아⋯⋯. 저는 한국에서 왔습니다."

"북, 아니면 남?"

"남한입니다. 대한민국이요."

"아하⋯⋯."

수혁이 짧은 대화를 나누는 동안 바루다는 대상의 얼굴을 분석했다. 자신이 보유하고 있는 데이터베이스와 비교하는 작업이었는데, 적어도 의학계에서는 상당히 유의미한 일이었다.

[허, 사인 받으시죠.]

'왜, 왜?'

[커밍스입니다. 이비인후과 쪽으로 알아주는 명사죠.]

'설마 그 교과서 이름?'

[네.]

지금도 그러했다.

"혹시 닥터 커밍스 되십니까?"

"오? 절 아세요? 아, 이비인후과입니까?"

"아뇨. 전 내과인데, 이비인후과 쪽도 재미있게 공부했던 기억이 있습니다."

사실 수술이야 못해도 이비인후과적인 지식은 어지간한 전문의 못지않을 터였다. 수혁은 교과서를 그대로 머릿속에 저장할 수 있는 인간이었으니까. 그러자면 먼저 읽어야 한다는 것이 좀 문제이긴 했는데, 그건 바루다가 해결해 주었다. 매일 밤 안 읽으면 지랄하는 방식으로.

"오……. 내과. 그럼 지금 의국으로 가나요?"

"아뇨. 10시까지 오라고 했는데, 그냥 병원 구경이나 할 겸 일찍 왔습니다."

"음, 음. 역시 한국 사람. 부지런해."

커밍스는 방금 한 말이 무슨 대단한 농담이라도 된다는 듯 껄껄 웃으며 수혁을 바라보았다. 누가 봐도 이게 안 웃기냐는 듯한 표정이었기에 수혁도 따라 웃어 주었다.

"그럼 제가 안내를 좀 해 줄게요. 아주 실용적인 곳으로만."

"아, 바쁘지 않으시다면……. 네, 감사합니다."

"그래요. 영어를 아주 잘하네요? 발음이 아주 좋은 건 아닌데, 악센트가 좋아서 알아듣기는 더 편해요."

"그…… 네. 공부 열심히 했습니다."

수혁은 차마 '바루다가 일러 주는 대로 따라 하고 있습니다.'라고 말할 수 없어 거짓말로 둘러댔다. 물론 남들은 결코 알아차릴 수 없는 종류의 거짓말이었기에 그 저명한 닥터 커밍스도 홀랑 넘어가고야 말았다.

"여기가 제일 맛있는 카페테리아예요. 점심에만 파는 피자가 솔직히 시카고에서 파는 지오다노보다 맛있어. 아니, 그 정도는 아니지만……. 적어도 아이오와에서는 제일 나아요."

그러곤 안내를 해 주었는데, 정말로 실용적인 안내였다. 드넓은 병원 내에서 어디가 맛집인지, 어디 커피가 나은지, 어디로 가는 것이 지름길인지 등등. 입담도 상당히 좋아서 정신없이 따라다니다 보니, 어느새 9시가 가까워져 오고 있었다.

"어어. 난 외래 가야 해서. 즐거웠어요. 또 봐요."

"아, 네."

"참. 이름이 뭐랬죠?"

"이수혁입니다."

"아, 닥터 리. 알겠습니다. 하하. 좋은 시간 되세요."

그렇게 커밍스와 헤어진 수혁은 곧장 내과 의국으로 향했다. 지팡이를 짚고 워낙에 오래 돌아다닌 터라 힘들어서 더 돌아다닐 수가 없어서였다.

"누구세요?"

딱 의국에 들어서려고 하니, 웬 사복 차림의 남자 하나가 질문을 던져 왔다. 커밍스처럼 금발에 푸른 눈동자를 지닌, 전형적인 백인이었다.

"아, 이번에 한 달 연수 오게 된 태화의료원 이수혁입니다."

"태화?"

"대한민국 태화요."

"아……. 그…… 네, 뭐. 연수…….."

그는 곧 엄청 떨떠름한 표정을 지어 보이더니 쓱 하고 고개를 돌리면서 중얼거렸다.

"아, 귀찮게……. 한 달 배우면 또 얼마나 배운다고……. 후진국에서 죽어라 오냐……."

'뭐래?'

수혁의 안내를 맡은 것으로 보이는 아이오와주립대학교병원 내과 3년 차 닥터 스티브는 절대 수혁은 들을 수 없을 만한 크기의 소리로 중얼거린 참이었다. 제아무리 수혁이 바루다를 탑재하고 있다고 해도 안 들리던 게 들리는 건 아니지 않은가. 당연히 그의 말을 들을 수는 없었다.

[후진국에서 온 놈 가르쳐야 한다고 귀찮아하는군요.]

하지만 볼 수는 있었다. 그리고 바루다는 입술을 읽어 낼 수 있었고, 수혁에게도 방법을 알려 주었다. 인공지능에게는 퍽 쉬운 일 같았지만 사람인 수혁에게는 아니었다.

'후진국?'

[미친놈인가? 감히 이 바루다 님을 탄생시킨 대한민국을 후진국이라고 해? 죽일까요?]

'응? 죽인다니……. 뭔 소리야, 인마.'

[제 위대한 조국을 비하했으니 죽어 마땅합니다.]

'조국이라니…….'

바루다의 반응은 아주 의외였는데, 곰곰이 생각해 보면 또 그럴 수도 있나 뭐 이런 생각도 들긴 했다. 아무튼, 녀석의 말대로 대한민국은 녀석을 만들어 준 나라였으니까. 인공지능 주제에 어딘가에 소속감을 느끼고 있다는 것이 좀 이상하긴 했지만.

[스티브……. 이 자식…….]

'아니, 너 갑자기 내 몸 통제하고 그러는 건 아니지?'

수혁은 바루다의 격렬한 반응에 우려를 표했다. 혹시나 바루다가 자신의 몸을 이용해 스티브를 죽이거나 위해를 가할까 봐서였다. 냉정하게 생각해 보면 180을 훌쩍 넘고, 100kg도 넘어가 보이는 스티브를 한쪽 다리가 불편한 수혁이 어떻게 하기란 거의 불가능한 일이겠지만, 아주 없던 일도 아니지 않던가. 비록 아주 잠깐이었고, 아주 간단한 발화이기는 했지만, 이전에도 바루다가 수혁의 입 정도는 통제했던 일이 있었으니까.

[무슨 소립니까? 제가 무슨 기생수도 아니고. 그런 건 불가능합니다.]

'그래, 그렇지?'

[그래도 복수는 해야겠어요.]

'무, 무슨 복수?'

[의사가 할 만한 복수라는 게 달리 있겠습니까? 콧대를 납작하게 눌러 주겠습니다. 후진국에서 온 의사한테 발리면 어떤 표정이 될지 벌써부터 궁금하군요.]

'그……. 뭐, 그래.'

동기가 불순하기는 한데, 뭐가 어찌 되었건 결론이 마음에 안 들지는 않았다. 바루다가 최선을 다하겠다고 한 것이나 마찬가지였으니까. 아마 이곳 미국에서라도 녀석과 대적할 수 있을 만한 의사는 거의 없지 않겠는가. 사실 태화의료원이면 세계적인 수준인데, 거기서도 그랬으니.

[일단 스티브에 대해 알아보죠……. 아, 이현종이 이 병원과 주고받았던 메일에 스티브에 관한 파일이 있었네요.]

'응?'

[특이한 이력이네요. 부모가 둘 다 아이오와주립대학교 교직원이라 평생 여기서 살았습니다. 미국에서는 보통 고등학교, 대학교, 병원 모두 지역이 다르다던데. 아무튼, 전형적인 시골 사람이군요.]

'여기가 시골인가?'

[공항에서 숙소 올 때 양옆으로 펼쳐져 있던 옥수수밭 못 보셨습니까?]

'아, 하긴.'

대학 건물이 워낙 장엄하게 들어서 있어서 초라하다는 인상을 주진 않지만, 그렇다고 화려한 동네는 결코 아니라고 할 수 있었다. 특히 서울과 비교하자면 그 비교가 미안해질 정도로 처졌다.

거기까지 생각이 미치자, 적어도 수혁은 아까보다는 좀 더 너그러운 마음이 들었다. 그냥 아무것도 모르는 시골 청년이 지껄인 말이란 생각이 들어서였다. 그에 반해 바루다는 정반대로 사고를 굴렸다.

[감히 깡촌 출신이 대한민국 최고 기업 태화그룹의 총아인 나를 무시했다 이거지?]

사실 스티브가 무시했던 건 바루다가 아니라 수혁이었지만, 돌아 버린 바루다는 이미 정상적인 사고가 불가한 상황이었다.

그렇게 시간이 좀 더 흐르자, 한숨을 쉬고 있던 스티브가 물끄러미 수혁을 바라보았다.

"일단 이리로 와요. 영어는 하죠?"

아주 도발적인 발언이었고, 이건 수혁의 기분 또한 상하게 만들기에 충분했다.

'이 새끼 봐라? 영어는 하냐고?'

사실 바루다가 없을 땐 그렇게까지 훌륭한 영어 실력을 갖추고 있진 못했지만, 기분이 나쁜 건 나쁜 거 아니겠는가. 그 점에서만큼은 바루다도 수혁과 통했다. 강대한 적을 앞두고 있는 시점에서 쓸데없이 시비를 걸 만큼 멍청하지도 않았고.

"네, 잘합니다."

이렇게 대꾸를 했더니, 돌아오는 말이 더 가관이었다.

"와, 자기 입으로 잘한다고 말하는 동양인은 처음 보네. 진짜 잘해요?"

심지어 일부러 더 빨리 말하는 느낌이었다. 물론 바루다에게는 전혀 문제가 되지 않았다. 그의 연산 처리 속도가 오히려 스티브보다 훨씬 더 빨랐으니까.

"네. 근데 어디 가는 거죠?"

"아. 일단······. 교수님 인사부터 하려고요. 닥터 앨리슨이라고 혹시 알아요?"

스티브는 네가 알 리가 없지, 하는 얼굴로 수혁을 돌아보며 물었다. 그에게는 퍽 아쉽게도 수혁은 앨리슨을 아주 잘 알고 있었다.

[앨리슨이면 순환기내과 쪽이군요.]

'심혈관계 논문에 자주 이름이 보이더라.'

[그중에서 제일 유명한 논문이라고 한다면 역시······.]

심지어 그가 쓴 논문도 줄줄 꿰고 있었다.

"네. 작년 12월에 미국심장학회지에 실렸던 '향후 5년간 심혈관계 질환을 겪을 확률을 예측할 수 있는 인자들'이라는 이름의 논문을 인상 깊게 읽었습니다."

"오……. 오. 그, 그랬군요."

바루다는 약간은 당황한 듯한 얼굴로 고개를 끄덕이고 있는 스티브를 보며 회심의 미소를 지었다.

[이 새끼 이거, 모르고 있던 모양인데요?]

'그러게. 잘난 척만 할 줄 알지 공부는 안 하는 거 같아.'

사실 수혁도 바루다를 만나기 전이라면 공부보다는 오프 시간에 어떻게 하면 나가서 놀까, 또는 어떻게 해야 전문의 따고 많은 돈을 벌 수 있을까에 대해 더 심도 깊은 고민을 했을 테지만, 이미 사람이 바뀐 상황이지 않은가. 어지간한 대학교수들보다도 더 공부를 중요시하는 인간이 되어 있었다.

"일단, 안으로 들어가요."

"네. 그러죠."

아무튼, 앨리슨 교수의 연구실은 그렇게 멀리 떨어진 곳에 있진 않았다. 원래 내과 의국이 있는 층 전체가 교수 연구실로 쓰이고 있는 곳이라 그러했다. 아무래도 땅덩이가 좁은 서울보다는 땅 씀씀이가 넉넉할 수밖에 없어 보였다.

"교수님, 한국에서 온 이수혁입니다. 오늘부터 한 달간 연수 예정입니다."

노크와 함께 안으로 들어선 스티브는 앨리슨에게 수혁을 소개했다.

"아."

앨리슨 교수는 짤막한 신음을 흘려 대곤 수혁을 아주 묘한 얼굴로 바라보았다. 아무래도 이름을 들어 본 적이 있는 모양이었다.

'이게…… 이현종 교수가 자랑하던 그 친구란 말이지?'

원래 같으면 수혁과 같은 연수생을, 그것도 한 달짜리 단기 연수생을 알아보는 건 정말이지 말도 안 되는 일이었다. 아이오와주립대학교병원은 그 자체가 상당히 좋은 병원일 뿐만 아니라 교육이 아주 잘 이루어지고 있는 병원으로 유명했기에 그리했다. 이번 달만 해도 수혁처럼 단기 연수생으로 오는 인원이 너덧은 될 지경이었다. 물론 연수생들이 내는 돈이 재정적으로 도움이 되는 게 제일 큰 이유이긴 했지만, 한 과의 과장이 단기 연수생을 알아보는 건 굉장히 드문 일이었다.

'빨리 보여 주고 싶어서 일정을 당겼다고 했었는데……. 흠.'

이현종은 비단 한국에서만 유명한 사람이 아니었다. 오죽하면 별명이 월드 스타 이현종이겠는가. 심지어 한번은 국제심장학회 회장 후보로 거론된 적이 있었다. 그때까지만 해도 한국의 위상이 그렇게까지 높지는 못한 데다가, 한국의 순환기내과 의사 중 이현종을 질시하던 사람들의 입김으로 인해 무산되기는 했지만, 이현종은 앨리슨도 인정하는 명의였다.

'뭐 딱히 특별해 보이는 건 없는데.'

지팡이가 좀 인상적이긴 했지만, 이건 엄밀히 말하면 약점이지, 개성은 아니지 않은가. 앨리슨은 아직은 잘 모르겠다는 얼굴로 고개를 끄덕였다.

"태화의료원에서 왔죠? 앞으로 한 달간 잘 지내봅시다. 아무래도 한국하고는 시스템이 많이 다를 거예요. 배워 가는 게 있을 거라고 생각합니다."

스티브와는 또 다른 자부심이 느껴지는 발언이었다. 배워 가는 게 있을 거라니, 어지간한 자신감이 아니고서는 할 수 있는 말이 아니지 않은가. 물론 어투나 표정 등이 사뭇 달랐기 때문에 그리 기분 나쁘게 들리진 않았다. 오히려 친절하게 느껴질 지경이었다.

"네, 앨리슨 교수님. 평소 교수님이 쓰신 논문에서 많이 배웠는데, 이렇게 직접 뵙게 되어서 영광입니다. 특히 작년 12월에 미국심장학회지에 실렸던 '향후 5년간 심혈관계 질환을 겪을 확률을 예측할 수 있는 인자들'이라는 이름의 논문을 인상 깊게 읽었습니다."

"아, 오. 그거 읽었어요?"

대학 병원 교수들의 특징을 특정하는 건 거의 불가능한 일이었다. 워낙에 이상한 인간들도 많고, 또 워낙에 수도 많기 때문이었다.

하지만 한 가지 공통된 점이 있기는 했다. 바로 자신이 쓴 논문을 읽은 사람에게 호감을 갖는다는 점. 제아무리 앨리슨이라고 해도 그건 마찬가지였다.

"네. N수(개체 수)가 10만 단위로 이루어진 연구는 드물지 않습니까? 그런데 그렇게 많은 변수까지 대입시킨 연구라……. 정말 인상이 깊었습니다. 유용하기도 했고요."

"하하. 그거 쓰느라 고생깨나 했죠."

앨리슨은 정말로 기분이 좋은지 껄껄 웃어 댔다. 당연한 일이었다. 그냥 읽기만 한 게 아니라, 자신이 고생하고 고민했던 지점을 딱 짚어 주었으니까. 그렇게 웃던 그는 돌연 창문 밖을 가리켰다. 아름드리나무가 사방에 널린, 아름다운 정원이 있는 쪽이었는데, 앨리슨이 가리킨 곳은 정원이 아니라 그 너머에 있는 거대한 건물이었다.

"아, 저기 제 연구소가 있어요. 시간 되면…… 안내를 해 줄까 하는데, 괜찮죠?"

"네, 물론입니다. 영광입니다."

수혁은 진심을 담아 고개를 끄덕였다. 임상 수준이야 솔직히 태화의료원이나 아이오와주립대학교병원이나 별 차이가 있진 않을 터였다. 그저 태화의료원이 너무 우수하기 때문일 뿐, 아이오와주립대학교병원 수준이 떨어져서는 아니었다. 하지만 연구 역량은 비교하기가 좀 우스울 정도로 차이가 났다. 애초에 들이붓는 돈 차이가 어마어마하기에 그러했다.

[잘됐군요. 참고가 될 겁니다.]

'그래, 뭐 배우는 게 있겠지.'

그런 연구소를 들러 본다면 뭔가 노하우를 얻을 수 있지 않나 뭐 이런 생각이 들었다. 수혁이 잠깐 생각에 빠져 있는 사이, 앨리슨이 천천히 몸을 일으켰다.

"아, 오늘 조영술이 있어서. 이만 가 볼게요. 오늘 이수혁 선생 스케줄은 어떻게 되지?"

스티브를 향해 질문을 던지면서였다. 스티브는 호주머니 속에 들어 있던 수첩을 뒤적거리고 나서야 답을 할 수 있었다.

"네. 오늘은…… 혈액종양내과 행크 교수님 입원 환자 워크 업하는 거 참관입니다."

"아……. 스티브 선생이 지금 행크 주치의인가?"

"네."

앨리슨은 고개를 끄덕이는 스티브에게서 수혁 쪽으로 고개를 돌렸다.

"그래. 그럼 잘 보고……. 내일 오전에 콘퍼런스에서 보죠."

"네, 교수님."

그러곤 곧장 밖으로 나가 버렸다. 그러자 순한 양처럼 있던 스티브가 돌연 태도를 바꾼 채, 수혁을 바라보았다.

"논문 그거, 여기 오느라 읽어 본 거죠? 잘됐네요. 앨리슨 교수님 까다로운데, 그나마 앨리슨 교수님 참관할 때는 덜 혼나 겠어요."

자기가 그렇게 사니까 남들도 그렇게 사는 줄 아는 모양이었다. 수혁은 대번에 뭐라 할 생각이 들었는데, 의외로 바루다가 말렸다.

[외래에서 발라 줍시다. 내과 의사답게, 지식으로.]

외래

"음?"

"행크 교수님. 오늘 참관할…… 그…… 아, 한국에서 온 이수혁입니다."

"아……. 그래, 그래. 네가 좀 잘 챙겨."

"네, 교수님."

행크는 스티브와 아주 짤막한 인사를 나누고는 수혁을 향해 고개를 돌렸다.

"그래요, 반가워요."

악수를 건네면서였는데, 손이 어찌나 큰지 진짜 솥뚜껑만 했다. 수혁은 그 큰 손을 보면서 약간은 의사다운 궁금증이 일었다.

'장갑 사이즈가 대체 몇일까.'

[9? 8반? 모르겠네요. 수혁이 7이죠?]

'어. 진짜 크네······.'

그냥 보기에도 컸던 행크의 손은 잡고 보니 더더욱 거대하게 느껴졌다. 거기에 더해 팔뚝에는 북슬북슬한 털까지 잔뜩 나 있었기 때문에 의사보다는 어쩐지 형사나 산적 같은 느낌을 주었다.

[대머리군요.]

게다가 행크는 머리털이 하나도 없었다. 애매하게 남아 있었으면 우스웠을 수도 있었을 텐데, 아예 하나도 없으니까 조금은 무섭다는 인상을 주었다. 물론 수혁은 그러한 속내를 드러낼 정도의 애송이 시절은 넘어간 지 오래였기 때문에 전혀 티를 내거나 하진 않았다.

"네, 교수님, 이수혁입니다. 잘 부탁드립니다."

"네, 뭐. 참관인데. 첫 환자······ 누구지?"

행크는 약간은 귀찮다는 듯한 얼굴로 고개를 끄덕였다. 예의 없게 느껴질 수도 있는 모습이었지만, 어떻게 보면 또 당연한 모습이기도 했다.

―가면 대강 시간 때우면서 놀다 와.

―아이오와랑 시카고랑 가깝거든? 주말마다 놀다 왔어.

이게 수혁이 이곳에 오기 전, 선배들에게 들었던 조언 대부분이었으니까. 그 말은 곧 가는 사람이나 받는 사람이나 그저 반쯤은 놀러 온다는 생각이었다는 것이다. 그게 벌써 수년째 이어져 내려오고 있는데 행크와 같은 교수들에게 열의를 기대하는 것은 무리란 얘기기도 했다.

[놀라게 해 주고 싶은 사람이 점점 더 많아지네요.]

물론 수혁과 바루다는 생각이 좀 달랐지만.

"첫 환자분은 1번 방에 오셔서 기다리고 계십니다."

"아, 그래? 그럼 일단 가서 진찰하고 있어. 토마스 씨지?"

"네."

"오케이. 난 너네 다녀오는 동안 차트 검토 좀 하고 있을게."

"네. 그럼 저는……. 저기 연수생이랑 다녀오겠습니다."

"어. 뭐……. 얌전히 있겠지만, 그래도 주의는 시켜."

"네."

말은 이렇게 했지만, 행크나 스티브나 그럴 리가 없다는 것을 아주 잘 알고 있었다. 동양권에서 오는 의사들은, 특히 한국에서 오는 의사들은 얌전하기 짝이 없었으니까. 막상 말하는 거 보면 영어를 아주 못하는 것도 아닌데도 마치 꿀 먹은 벙어리처럼 있다가 가는 경우가 대단히 많았다.

때문에 스티브는 별걱정 없이 수혁과 함께 1번 방으로 향했다. 너무 방심하고 있던 탓에 수혁이 어떤 표정을 짓고 있었는지는 미처 눈치채지 못했다.

'흠. 외래가 무슨 수술실처럼 방이 많네?'

[그러니까요. 특이하네요.]

복도를 따라 1번부터 4번까지 방이 쭉 늘어서 있었는데, 딱히 행크 말고 다른 교수가 사용하는 것처럼 보이진 않았다. 혼자 다 쓰는 모양이었다. 확실히 미국은 규모가 좀 다르긴 하다는 생각이 들었다.

"토마스 씨. 안녕하세요."

"아, 네. 안녕하세요."

"처음 뵙겠습니다."

"네, 반가워요."

"잠깐 차트를 볼게요."

수혁이 잠시 주변을 둘러보는 사이 스티브가 환자에게 인사를 건넸다. 행크가 하도 친근하게 이름을 불러서 재진 환자인가 했는데 옆에 뜬 차트를 보니 신환(새로운 환자)이었다.

[멜라노마. 흐음, 피부암이네요?]

'드문 암인데.'

[코카시아 인종(백인)에서는 그렇게 드물지 않죠.]

'아, 그렇지. 인종별 차이가 있지. 피부암은.'

[직접 보는 건 처음인데, 위치도 희한하네요.]

'그러니까. 비강(코의 안쪽)에 멜라노마라니.'

수혁은 아까보다도 좀 더 흥미가 돈 얼굴로 환자를 돌아보았다. 적어도 대한민국에서는 본 적이 없는 환자였고, 아마 앞으로도 볼 일이 거의 없을 만한 환자이지 않은가. 인종 구성이 다른 미국이나 유럽으로 가야 쉽게 접할 수 있는 케이스라는 뜻이었다. 여기 왔을 때 잘 봐 두지 않으면, 나중에 혹 다른 케이스를 접할 때 실수할 가능성도 있었다.

"자, 일단 비강 안쪽을 볼 건데요. 마취 먼저 하겠습니다."

스티브는 차트를 보고 상당히 당황스럽다는 표정을 지어 보였지만, 일단은 친절하게 웃으며 환자에게로 다가갔다. 수혁을 대할 때와는 전혀 다른 태도였다. 싸가지 없다고 느껴질 정도로 말을 함부로 하던 녀석인 것을 감안하면, 상당히 놀라운 변화였다.

"약간 불편합니다."

수혁은 스티브가 아주 조심스러운 태도로 환자의 비강에 국소 마취액 뿌리는 것을 바라보았다. 이런 모습도 한국에서는 단 한 번도 본 적 없는 광경이었다. 비강 뒤쪽의 비인두라면 몰라도, 비강 내부 관찰에서까지 마취액을 뿌리는 경우는 없었으니까.

[환자에게 최대한 불편감을 주지 않으려고 노력하는군요.]

'이건 배울 점인데.'

[싸가지 없는 놈 주제에……. 배울 점이 있긴 있군요.]
'아마 시스템이 이렇겠지.'
[그럴 겁니다.]
설마 스티브 혼자만의 생각은 아니지 않겠는가. 그냥 이곳 병원의 시스템이 이렇다고 봐야 했다. 태화의료원의 시스템도 후지다고 볼 수는 없었지만, 태화는 사람 생명을 효율적으로 살리는 데만 초점이 맞추어져 있었다. 그에 반해 이곳은 환자를 불편하지 않게 하는 데도 소홀히 하지 않고 있었다. 비강 내시경이라는 상당히 간단한 술기조차도 손을 닦고, 장갑을 끼고 한다는 것만 봐도 알 수 있었다.

"코피가 나거나 하진 않았나요?"

"통증은요?"

"귀는 괜찮으세요?"

스티브는 마취액이 효과를 보일 때까지 기다리는 동안 이런저런 질문을 던졌다. 수혁이 보기에 딱히 지금 질환과 연관이 없어 보이는 질문들도 있었다. 시간 낭비가 되겠지만, 저런 식으로 하면 적어도 안 물어봐서 놓치는 것은 없을 것 같았다.

"자. 그럼 안을 좀 보겠습니다."

"네."

"약간 불편합니다."

"네."

스티브는 충분히 기다린 후에야 비강 내시경을 코안으로 밀어 넣었다. 그래 봐야 아주 약간 들어갈 뿐이었다. 그냥 넣었어도 그렇게 불편하진 않았을 터였다.

아무튼, 모니터를 통해 멜라노마가 모습을 드러냈다. 좌측 비강의 외측 벽에 자리하고 있었는데, 일반 점막과는 달리 시커먼 색이었다. 주변으로는 염증을 일으킨 건지, 아니면 괴사를 일으킨 건지 피딱지가 앉아 있었다.

'저런 색이구나. 기억했어?'

[물론입니다. 데이터베이스화하도록 하겠습니다.]

바루다는 즉시 멜라노마의 형태와 색을 데이터에 집어넣었다. 물론 이미 공부한 내용에 있기는 했지만, 이렇게 직접 보는 것은 아무래도 좀 느낌이 달랐다.

"음."

한창 수혁과 바루다가 난생처음 보는 케이스에 부산을 떨고 있을 무렵, 스티브가 어두운 얼굴이 되어 한숨을 쉬었다. 그러곤 환자에게 고개를 숙인 후, 방을 나섰다.

수혁은 연수생으로 온 것이지, 의사로 온 것이 아니었기 때문에 혼자 남아도 할 수 있는 것이 없었다. 수혁은 스티브의 뒤를 따라 방을 나왔다.

"으음."

바로 행크에게 돌아갈 거라 생각했던 스티브는 복도에 서서

서성거리고 있었다. 무언가 고뇌에 빠진 듯한 얼굴이었는데, 바루다는 어쩐지 그 이유를 알 것 같았다.

[저 새끼도……. 방금 질환은 처음 본 거 같은데요?]

환자를 보긴 봤는데, 개뿔도 모르겠는 의사의 표정이었다. 수혁에게도 익숙한 표정이었으니 바루다가 분석하지 못했을 리가 없었다.

'그런가 본데? 하긴 그냥 멜라노마야 코카시안에게 많긴 하겠지만…… 비강 내에 발생하는 건 드물지.'

[위험 요소가 자외선이니까요.]

자외선에 많이 쬐면 쬘수록 많이 생기는 암이 자외선이라고는 평생 가도 단 한 번도 볼 수 없는 위치인 비강 내에 생겼다. 아주 잠시만 생각해 봐도 무척 드문 컨디션 아니던가. 제아무리 미국에서 수련받고 있는 스티브라 해도 처음 봤을 수 있다는 얘기였다.

"아……. 뭐라고 말씀드리지."

스티브는 누가 옆에 있다는 것도 잊은 채 중얼거리다가 마침내 수혁을 발견했다.

'얘가 알 리가 없는데.'

물론 도움이 될 거란 생각이 들지는 않았다. 그가 살고 있는 아이오와보다 서울이 훨씬 대도시였고, 시카고조차 서울과 대등하다는 평가를 받기 어려웠지만 그의 머릿속에 대한민국은 후진국이었으니까. 직접 보기 전에는 깨지기 어려운 편견이었다.

'그래도……. 혹시 모르잖아?'

어차피 이대로 행크에게 돌아가면 교육을 빙자한 토론이 시작될 터였다. 행크는 다른 교수들과 마찬가지로 질문하는 것을 무척 좋아하기 때문에 자신의 무식은 금세 들통이 나고 말 터였고, 그렇게 되면 가뜩이나 줄어들고 있는 상급 병원 스태프 자리에 자신을 추천해 줄 가능성이 줄어들게 된다는 뜻이기도 했다. 기껏 전문의를 따고도 별 볼 일 없는 병원으로 가서 일할 수는 없지 않은가. 스티브는 여전히 별 기대는 없는 얼굴로 수혁을 바라보았다.

"그……. 연수생?"

"네, 스티브."

"혹시 방금 본 질환……. 뭔지 알아요?"

"알죠."

"역시 몰……. 응? 알아요?"

수혁은 대수로울 것도 없다는 얼굴로 스티브를 바라보았다. 넌 그것도 모르냐는 표정을 지으면서였는데, 아예 바루다의 조언까지 받아 가면서 지은 표정이었다.

'와……. 띠껍다…….'

덕분에 수혁은 세상에서 제일 띠꺼워 보이는 표정을 지을 수 있었고, 그런 종류의 표정은 만국 공통인지라 스티브에게도 그

띠꺼움은 가감 없이 전달될 수 있었다.

'더 묻고 싶지 않은데……'

하지만 안다고 하는데 어쩌겠는가. 모르는 놈이 물어봐야지.

"그……. 좀 알려 줄 수 있어요?"

"모르고 들어간 거예요? 외래?"

"환자 이름만……. 이름만 알고 들어간 거예요. 초진이잖아요."

"멜라노마를 몰라요?"

"아니……. 그건 알죠……. 하지만 비강에 생긴 건…… 처음 봅니다."

그럴 터였다. 방금 바루다가 찾아낸, 이전에 수혁이 읽었던 내용을 보니까 그럴 거 같았다.

[익스트림리 레어……. 극히 드물다는 표현을 쓰는군요.]

'케이스 리포트감이었다, 이거지?'

[네.]

극히 드물다는 표현은 의학계에서는 잘 안 쓰는 말이었다. 퍼센트라는 훨씬 객관적인 지표가 있으니까. 그런데도 썼다는 건, 정말 드물어서 통계로 잡히지도 않는다는 얘기였다. 그런 질환을 평범한, 물론 미국이긴 하지만, 내과 3년 차가 안다는 건 말도 안 되는 일이라고 보면 되었다.

"하긴 드물긴 하죠."

"보, 보신 적이 있어요?"

"많이 봤죠. 논문도 많이 봤고."

"아, 그, 그렇군요."

"아까 본 환자는 아주 전형적인 모습이던데……."

"그……."

스티브는 아까와는 확연히 달라진 표정으로 수혁을 바라보고 있었다. 차마 대놓고 가르쳐 달라고 하진 못하고 뭐 마려운 강아지처럼 낑낑대고 있었다. 당연하게도 수혁이나 바루다는 그의 의도를 알아차렸지만, 굳이 도움을 줄 생각은 전혀 없었다. 아니, 도움이 아니라 개박살 내고 싶은 마음만 가득했다.

끼익. 수혁은 입을 여는 대신 문을 열었다. 행크가 앉아 있는 바로 그 문이었다.

"와, 정말 인상적인 진료였습니다."

수혁은 행크를 바라보며 허허 웃었다. 그러곤 최대한 늦게 들어가려고, 그 짧은 시간에 구글링하기 시작한 스티브를 끌어다 안으로 들여보냈다.

"여기 스티브 선생님이 너무 능숙하시던데요?"

"그래요? 스티브가 똑똑한 편이긴 하지. 그럼 진찰한 결과 좀 말해 봐."

"어…… 그…….."

"왜 그래?"

행크의 말이 끝나기가 무섭게, 수혁이 입을 열었다.

"알려 주신다고 했잖아요. 어려운 것도 아니라고 하면서."
누가 봐도 때려죽이고 싶을 만큼 밉상 얼굴을 하고서였다.
'이, 이 개새끼가?'
스티브는 수혁을 잡아먹을 듯한 눈빛으로 바라보았다. 아마 밖이라면 그렇게 어렵지도 않을 터였다. 스티브는 180이 훌쩍 넘어가는 거구였고, 수혁은 그냥 평범한 체격인 데다가 한쪽 다리가 불편했으니까. 하지만 이곳은 병원이었고, 심지어 행크 앞이었다.
"왜 그래?"
행크는 자신의 민머리를 긁적이면서 입을 열었다. 얼굴에 옅은 짜증이 지나갔는데, 아마도 원하는 답이 나오지 않아서일 터였다. 제자랍시고 먼저 진료를 보게 했는데 다녀와서 아무 말도 안 하고 있지 않은가. 그것도 연수생 앞에서. 어차피 별 신경도 안 쓰이는 연수생이라곤 하지만, 그 앞에서 망신당하는 건 또 다른 얘기였다.
"그……."
"뭐, 너 왜 그래? 가서 본 걸 얘기하라고."
"그…… 네. 알겠습니다. 음."
"그래. 잘하면서."
행크는 스티브를 다그쳤다. 당하는 스티브로서는 죽을 맛이었다. 아는 것도 없는데 아는 척을 해야 한다니. 해 본 사람은 다 아는 고통일 터였다. 하지만 어쩌겠는가. 교수가, 그것도 스티브가 지망하고 있는 혈액종양내과 교수 중 가장 영향력이 큰 행크가 기다리고 있는데.

"그……. 일단 환자는…… 멜라노마입니다."

"그건 알아. 아이오와 시티 병원에서 소견서 보내왔잖아. 진단명 붙여서."

"어…… 네. 코피를 흘리기 시작한 것이 6개월 됐고……. 코가 막히기 시작한 건 한 달 전입니다."

"으음."

증상에 관한 얘기는 사실 별 새로울 것이 있진 않았다. 물론 의료진마다 반복해서 확인하는 것이 중요하긴 했다. 의료진도 질문을 놓칠 수 있지만, 일단 환자가 자신의 증상을 점검하다 보면 생각지도 못했던 단서를 떠올릴 수도 있었으니까. 하지만 안타깝게도 지금 스티브가 말하고 있는 내용은 소견서에도 다 있는 내용이었다.

생각보다 스티브가 오랫동안 진료를 보는 바람에 행크는 벌써 소견서를 두 번이나 읽은 참이었고, 그 말은 곧 지겹다는 뜻이었다.

"아니, 네가 본 걸 얘기하라고."

"아……. 네. 비강 내에…… 멜라노마가 있습니다."

행크는 스티브의 말에 한숨을 푹 쉬고는 고개를 가로저었다.

그러고는 즉시 날카로운 눈빛을 하더니, 마구 캐묻기 시작했다.

"크기는?"

"어. 한 2cm?"

"깊이는?"

"그건……. 모르겠습니다."

"멜라노마에서 제일 중요한 게 뭔데?"

"기, 깊이입니다."

"그걸 확인 안 했어?"

"그…….."

아까까지만 해도 덩치가 좀 위압적이긴 하지만 웃는 상이었던 대머리 행크는 그야말로 형사와 같은 느낌으로 확 변해 있었다. 마치 취조라도 하듯이 질문을 던져 대는데, 그 앞에 서 있지도 않은 수혁의 오금이 다 저려 올 지경이었다.

"아무튼, 비강 내 멜라노마라 이거지?"

"네, 네."

"예후가 어떻지? 보통?"

제대로 된 답이 나오지 않자, 행크는 다리를 앞에 놓인 탁자 위에 올려놓으며 질문의 성질을 바꾸었다. 케이스에 대한 질문이 아니라, 질환 그 자체에 대한 질문이었다. 원래 같으면 이쪽이 훨씬 쉬웠다. 병에 대한 질문에 답하는 건 학생 때부터 해 왔던 일이었으니까. 하지만 질환에 대해 아예 모르는 상황이라면 얘기가 좀 달랐다.

"그……."

"몰라?"

"좋……을까요? 수술로 제거 가능하다면?"

"어휴. 그럼 치료를 수술로 하나?"

"어……."

행크는 계속 우물쭈물하기만 하는 스티브를 보며 고개를 다시 한번 가로저었다.

"아는 게 없구나, 너? 이 질환에 대해서."

"그……. 죄송합니다. 공부하겠습니다."

"이제 9월이면 4년 차인데. 그럼 곧 전문의인데 이걸 몰라?"

"그……."

"나 원. 아무튼, 음."

행크는 그대로 진료실로 직행하려다 말고 벽에 걸린 시계와 수혁을 바라보았다.

'시간이 좀 남긴 하는데.'

원래 같았으면 케이스에 관한 심도 있는 토의가 이루어졌어야 했다. 그 과정에서 레지던트는 배우고, 교수는 자신의 지식과 계획을 점검할 수 있었다. 환자에게는 조금 지루한 과정일 수 있겠지만, 대학 병원으로 오게 된 이상 어쩔 수 없는 과정이기도 했다. 그편이 좀 더 안전하고, 정확하기도 했다.

'물어나 볼까. 어차피 알 거 같진 않은데…….'

행크는 잠깐 더 고민하다가 이내 입을 열었다. 아까 스티브가 그랬던 것처럼 전혀 기대감이 서려 있지 않았다. 당연한 일이었다. 사실 이 질환은 너무 드문 것이었으니까. 게다가 아이오와주립대학교병원의 내과 레지던트도 모르는 것을 저 변방의 레지던트가 알 것이란 생각이 들지는 않았다.

"그……. 연수생 생각은 어때요?"

이름도 기억하지 못했는지, 호칭은 연수생이었다. 게다가 생각이 어떠냐니. 질문도 성의 없지 않은가.

[이 새끼들이 정말 하나같이.]

'발라 줘?'

[네. 준비됐습니다. 시작하죠.]

'좋아.'

하지만 수혁은 질문이 그렇다고 해서 답변을 소홀히 할 생각은 없었다. 방금 말한 것처럼 본때를 보여 줄 심산이었으니까.

"일단 비강 내에 발생하는 멜라노마는 무척 드문 병입니다. 얼마 전까지만 해도 케이스 리포트감이었죠."

"오."

행크는 그대로 문고리를 잡으려던 손을 멈추었다. 적어도 수혁의 답이 스티브의 그것보다는 훨씬 그럴싸했기 때문이었다. 뒤를 돌아보는데, 수혁은 아직 입을 멈추지 않은 상태였다.

"하지만 이제는 케이스 리포트가 상당히 쌓여서 더 이상 미지의 병은 아닙니다. 이 환자……. 토마스의 경우에는 상당히 전형적인 양상을 보이고 있고요."

"음, 음. 그래. 더 해 봐요."

행크의 표정이 아까와는 상당히 달라져 있었다. 뭔가 말하는 투가 아주 노회한 의사의 그것과 닮아 있었기 때문이었다. 이건 분명 논문을 아주 많이 써 봤거나, 또는 아주 많이 읽고 분석한 사람의 말투였다. 그러니까, 일개 레지던트가 교수 수준의 발언을 하고 있다는 뜻이었다.

"일단 좌측 비강 외측에 발생해 있는데, 이것도 전형적인 양상입니다. 코피가 6개월 전에 생겼다고 진술한 것으로 볼 때, 적어도 발생 시기는 6개월 전일 겁니다. 그런데 크기가 2cm라면 조직학적 특성이 아주 공격적이진 않을 것이라 예측할 수 있죠. 물론 이건 예측입니다. 얼마든지 달라질 수 있습니다."

"호……."

수혁의 발언이 이어지면 이어질수록 행크의 자세가 점점 더 바뀌었다. 심지어 처음에는 못마땅하다는 얼굴을 하고 있던 스티브조차도 그러했다.

근거와 예측이 딱딱 이어지는 것이 마치 잘 짜인 한 편의 추리 소설을 보는 듯하지 않은가. 원래 내과학이라는 것이 일정 부분 그런 면을 가지고 있기도 했지만, 즉석에서 이런 식의 답변을 아니, 거의 발표에 가까운 발언을 할 수 있는 사람은 거의 없었다.

'뭐야, 이거?'

행크는 미쳤나 하는 생각을 하면서 연신 고개를 주억거렸다. 물론 수혁은 여기서 중단할 생각 따위는 전혀 없었기 때문에 말을 계속 이어 나갔다.

"깊이가 예후에 중요하긴 하지만, 육안으로 확인이 가능하진 않았습니다. 조직 검사를 하기 전에 MRI를 반드시 찍어 보는 것이 좋겠습니다. 다행히 환자를 처음 진료했던 병원에서는 조직 검사를 하지 않았기 때문에 원형 그대로 검사가 가능할 겁니다."

"그래, MRI……."

"또한 조직 검사는 아예 수술장에서 제거하면서 나가는 것이 좋겠습니다. 괜히 어설프게 손을 댔다가 인위적인 전이를 일으킬 수도 있습니다. 비강 내 멜라노마는 다른 위치에 있는 멜라노마와는 많이 다르니까요."

"그렇죠. 전이되는 사례가 있었습니다."

"네. 또……. 일단 정확한 것은 조직학적 특성을 봐야겠지만, 뭐가 되었건 자외선이라는 자극이 없이 발생한 멜라노마이기 때문에 예후가 그리 좋지는 않을 겁니다."

"그렇지. 행태가 좀 다릅니다."

일반 피부암의 경우엔, 예를 들면 콧잔등이라든지, 목뒤라든지 하는 곳처럼 대개 자외선 노출이 높은 부위에 생기기 마련이었다. 그런 부위의 멜라노마도 물론 무섭지만, 그래도 제거가 상대적으로 쉬운 편이었고, 약도 잘 듣는 편이었다. 그에 비하면 비강 내에 발생하는 멜라노마는 아예 다른 암이라고 봐도 좋을 지경이었다.

"물론 환자의 나이가 평균 발생 나이인 60세보다는 젊어서……. 조금 낫기는 하겠지만, 지금까지 발표되었던 케이스 리포트를 토대로 분석한 결과를 보면 5년 생존율이 겨우 40%밖에 되지 않습니다. 이 점에 대해서도 환자분에게 충분히 전달해야 할 거라고 생각합니다."

"와우."

그냥 완벽한 답변이라고 보면 되었다. 심지어 행크가 머릿속으로 떠올리고 있던 내용보다도 더 좋았다. 그는 자신도 모르게 감탄을 터뜨리고는 손을 휘휘 내저었다. 수혁이야 그게 뭔 의미인지 전혀 알지 못했지만, 스티브는 알고 있었다.

'진짜……. 진짜 놀랐구나.'

행크는 그렇게까지 감정 표현이 풍부한 인간이 아니었다. 애초에 혈액종양내과라는, 그러니까 대학 병원에서도 가장 죽음과 맞닿아 있는 과의 의사가 그러기란 쉬운 일도 아니었다. 그런 행크가 이런 모습을 보이는 경우는 딱 두 가지였다. 기가 막힌 발표를 들었거나, 아니면 신약이 발표됐거나.

"이름이 뭐라고요?"

"이수혁입니다."

"이수혁……. 병원은?"

"태화의료원입니다."

"아, 거기. 거기 논문 많이 내던데. 조…… 누구더라?"

"조태진 교수님이 활발히 논문을 내십니다."

"아, 맞아. 그런 이름이었어. 미안해요. 한국 이름은 저한테 좀 어려워서."

"아닙니다, 저도 다른 나라 사람 이름은 잘 기억하지 못하는 편이라."

무척 놀란 얼굴의 행크는 다시 한번, 이번에는 상당히 성의 있게 수혁의 호구 조사에 들어갔다.

"지금 4년 차? 3년 차?"

"아뇨, 2년 차입니다."

"2년 차? 와우."

행크는 평생 낼 감탄사를 오늘 다 터뜨리기로 작정이라도 했는지 연신 '와우'를 연발했다. 그렇게 한참을 '와우' 하더니 재차 수혁을 돌아보았다.

"주말에 뭐 해요?"

"네? 뭐 별건 없습니다. 차도 렌트하지 않아서……. 그냥 숙소에 있을까 하고 있었습니다."

수혁은 자신의 불편한 다리를 톡톡 두드렸다. 이런다고 운전을 못 하는 건 아니었지만, 운전에 자신이 없다는 말을 구구절절 하기보다는 핑계 대는 편이 보다 있어 보여서 하는 짓이었다. 다행히 만국 공통으로 아주 잘 먹혀들어 갔다.

"아, 미안해요."

"아닙니다. 괜찮습니다."

"실례가 안 된다면……. 토요일 저녁에 내과 교수들끼리 조촐한 파티가 있는데, 한번 오시죠. 다들 음식을 잘해서 올 만할 겁니다. 제가 라이드해 드릴게요."

"아, 감사합니다."

"그때 교수들한테 소개를 좀 해 드리죠. 연수생들이 워낙 많이 왔다 가서 사실 그렇게 신경을 못 쓰는데……. 그래도 이름이라도 알면 더 신경을 쓸 겁니다."

"네, 감사합니다."

"그럼, 갈까요?"

"네."

행크는 스티브 대신 수혁의 어깨를 두드린 채 외래로 향했다. 그러곤 수혁이 세운 계획대로 진료를 본 후, 수혁과 스티브를 또 다른 환자에게로 보냈다.

이번에는 2번 방이었다. 아무래도 여긴 환자가 방에서 기다리고, 의사가 그 방으로 가는 시스템인 듯했다. 낯설기는 하지만 두려울 건 전혀 없었다. 이번에 확실히 알았으니까.

'내 실력이…… 미국에서도 통해.'

[당연하죠, 이 바루다가 있으니까요.]

'당연하다고 하기엔 너무 들뜬 거 아니냐?'

[사실 그렇습니다. 제가 만들어진 이유가 미국의 왓슨에 대항하기 위해서였으니까요.]

'아무튼, 이번엔 뭘까?'

[뭐든 상관있습니까? 수혁과 내가 모르는 질환은 이제 거의 없습니다.]

다학제

"정말, 정말 대단했어."

행크는 진심으로 감탄했다는 얼굴로 중얼거렸다. 병원 3층에 위치한 카페테리아에서 음식을 씹어 대면서였다. 생긴 것만 봐서는 무조건 고기만 먹을 거 같았는데, 정작 행크가 먹고 있는 건 샐러드였다.

"아뇨. 어차피 정해진 프로토콜에 대해 말씀드렸을 뿐입니다."

수혁은 가만히 행크의 입안으로 사라져 가는 양상추, 토마토, 치즈 등을 바라보고 있다가 고개를 저었다. 그는 마른 몸에 어울리지 않게 두껍고 기름기가 좔좔 흐르는 수제 버거를 먹는 중이었다.

[이 맛이야. 음. 햄버거는 미국인가.]

수혁의 입맛도 당연히 이쪽을 선호하기는 했지만, 태반은 바루다 때문이라고 보면 되었다. 유일한 입출력자인 수혁의 건강을 지켜야 하느니 어쩌느니 떠들어 대는 것이 무색할 만큼이나 열심히 기름진 것을 요구하고 있었다.

"프로토콜을 다 아는 게 대단한 거야. 혈액종양 파트……. 그 중에서도 내가 맡고 있는 고형암은 항암 프로토콜이 계속 변하고 있잖아. 레지던트들은 진짜 못 따라온다고."

행크는 꿀 먹은 벙어리처럼 구석에서 샌드위치를 질겅거리고 있는 스티브를 가리켰다. 사실 스티브가 그렇게 많이 부족한 사람인 건 아니었다. 레지던트 때는 혈액종양내과만 도는 게 아니지 않은가. 그 수련의 목표가 혈액종양내과 전문의가 되는 데 있는 것도 아니었고. 내과의 전반적인 지식과 술기 능력을 갖춘 일반 내과 전문의를 만드는 것이 목표였다.

"근데……. 그걸 닥터 리는 하고 있던데. 혹시 혈액종양내과를 지망하고 있나?"

때문에 레지던트들이 아주 업데이트된, 또는 아주 고차원적인 지식을 가지고 있으리라고는 기대하기가 무척 어려웠다. 특히 행크와 같은 혈액종양내과 의사들에게는 더더욱 그러했다. 암은 다른 질환에 비해 아직 현대 의학이 풀어야 할 숙제가 산더미처럼 남아 있는 분야였으니까. 솔직히 혈액종양내과 의사들에게도 어려운 분야였다.

그런데 수혁은 오늘 외래에서 시종일관 압도적인 지식을 보여 준 참이었다. 당연하게도 혈액종양내과 지망이겠거니 하는 생각이 들 수밖에 없었다.

"아, 아닙니다. 아직 세부 분과는 정하지 못했습니다."

"오, 그렇지. 당연히…… 응? 못 정했다고?"

"네. 아직 정하지 못했습니다."

"그런데……. 항암 요법을 그렇게 잘 알고 있어?"

행크는 도무지 믿지 못하겠다는 얼굴이 되었다. 그도 그럴 것이 수혁은 그 다양한 암종의 병기와 그에 따른 특성은 물론이요, 치료법에 나타날 수 있는 합병증, 그 합병증에 대한 관리법까지 줄줄줄줄 읊어 댄 참이었다. 벌써 10년도 넘게 혈액종양내과 전문의로 살아온 행크조차도 놀라 자빠질 정도로 정확했거늘, 지망도 아닌 분야였단 말인가. 행크는 급기야 입에 넣었던 치즈를 흘리고도 알아차리지 못하는 지경에 이르고야 말았다.

"그냥……. 제가 보는 환자들에 대한 예의라고 생각합니다. 그래서 공부를 열심히 했습니다. 내과 의사는 공부한 만큼 환자를 살릴 수 있으니까요."

"허……."

너무도 훌륭한 대답이었다. 내과 의사는 공부한 만큼 환자를 살릴 수 있다니. 행크는 허허 웃으며 고개를 가로젓고는, 또

다시 스티브를 돌아보았다. 바로 오전까지만 해도 그럭저럭 쓸 만한 레지던트에 해당됐던 스티브가 이렇게 모자라 보일 수 있다니. 어처구니가 없을 지경이었다.

[크, 진짜 연기력 하나는 죽여줍니다.]

수혁의 답변에 감명을 받은 건 행크뿐만이 아니었다. 도리어 수혁의 머릿속에 자리한 바루다가 더 크게 놀랐다.

[내과 의사는 공부한 만큼 환자를 살릴 수 있다. 와…… 이거 어디서 읽은 겁니까?]

'그냥 떠올랐어.'

[좌우명처럼?]

'아니, 그냥 어떻게 답해야 멋지게 답했단 소리를 들을 수 있을까 생각했더니 바로 떠오르던데.'

[오…….]

바루다는 진심으로 감복했다는 표정을 지어 보였다. 표정이라고 해 봐야 언젠가 수혁이 지었던 표정을 재현하는 것뿐이었지만.

'그, 그거 하지 마.'

수혁이 잠시 자기 자신의 얼굴을 마주하고 있는 것 같은 기시감에 빠져 있는 동안에도 바루다는 감탄하기를 주저하지 않았다.

[수혁은 천재군요.]

'천재? 천재까지는 모르겠지만 머리는 좋은 편이지.'

[연기의 천재…….]

'연기라니, 새꺄. 나도 진짜 환자 생각하긴 한다고. 기억 안 나냐? 밤새워 가면서 남의 환자도 보던 일이?'

[그건 의사라면 누구나 해야 하는 일 아닙니까?]

'그……. 아니다, 됐다.'

수혁은 바루다가 프로그래밍된 인공지능이라는 걸 상기한 채 고개를 가로저었다. 이 깡통 녀석이 언제 의대를 다녀 보고, 또 언제 선후배들을 만나 봤겠는가. 만약 그랬다면 이런 말을 이토록 뻔뻔스러운 얼굴로 늘어놓지는 못했을 터였다. 세상엔 그렇지 않은 의사가 훨씬, 훨씬 많았으니까.

"아, 이럴 게 아니라……."

수혁이 바루다와 함께 쓸데없는 일로 논쟁을 벌이고 있는 동안 행크는 그 많던 샐러드를 후룩 비워 버렸다. 그러곤 수혁의 어깨를 쿵쿵 두드려 댔다. 어찌나 힘이 좋은지 두드릴 때마다 누군가가 혼신의 힘을 다해 때리는 듯한 느낌이 일 지경이었다.

"억."

"오후에는 뭐 해? 닥터 리?"

물론 행크는 고통을 선사할 의도가 전혀 없었다. 그저 아주 밝은 표정을 지어 가며 수혁을 바라보고 있을 따름이었다. 그 미소마저도 상당히 위압적이고, 또 공포스럽긴 했지만.

"그……. 저는 모릅니다."

"아참. 연수생이지. 스티브, 너는 알지? 네가 담당이잖아."

수혁은 황급히 고개를 가로저었고, 행크의 시선은 스티브를 향해 돌아갔다. 찬밥 신세가 되어 묵묵히 밥만 먹고 있던 스티브였던지라 이미 밥을 다 먹은 지 오래였다.

"어……."

"어? 몰라? 설마?"

행크는 뭔가 후진 대답에 고개를 갸웃거렸다. 그냥 다른 교수가 저렇게 해도 무서울 텐데, 행크의 인상은 미국에서도 독보적인 수준이었다. 자연히 스티브의 태도가 빠릿빠릿해지기 시작했다.

"아니, 연수생 첫 주는 오후에 진료 스케줄이 빕니다."

"왜?"

"시차 적응 문제도 있고……. 병원 위치 안내도 필요하고요. 길 잃는 연수생도 있어서요. 오후엔…… 음. 크리스티앙이 안내를 해 줄 계획이었습니다."

"닥터 리, 안내가 필요해요?"

행크가 보기엔 병원 안내 같은 건 하등 쓸모없는 일이었다. 물론 수혁이 아니라 다른 연수생이었다면야 안내를 받든, 어디 짱박혀서 쉬고 있든 별 신경을 쓰지 않았을 터였다. 하지만 수혁은 너무 우수한 녀석 아니던가. 적어도 지난 10년간 가르쳐 온 레지던트에 학생, 연수생 모두 통틀어서 이렇게 인상적인 녀석은 처음이었다. 그런 녀석이 여기 고작 한 달 와 있는 것도 좀 서글픈 일인데, 그 시간을 허투루 써? 그건 안 될 일이었다.

[지도는 이미 데이터화시켰습니다. 적어도 길 잃을 일은 없습니다.]

'좋아. 뭔 놈의 안내야. 미쳤어? 미국까지 왔는데.'

[그러니까요.]

'뭐, 선배들 보면 대충 놀면서 보낸 모양이긴 하다만……'

시간이 아깝다고 생각한 것은 수혁도 마찬가지였다. 그 또한 미국에 온 이상 시간을 그냥저냥 보낼 생각 따윈 추호도 없었으니까.

태화의료원도 분명 좋은 병원이지만, 발전 가능성 또한 있는 병원이지만, 여긴 미국 아니던가. 명실공히 전 세계 의학을 선도하는 나라라고 보면 되었다. 이곳에 올 만한 가치가 있었는지, 또는 와서도 성공 가능성이 있을지 여부를 반드시 이번 한 달 안에 확인해야만 했다.

"아뇨. 괜찮습니다. 어제 대강 지리는 익혔습니다."

"오. 그렇다는데?"

"그럼……. 그럼 아무것도 예정된 스케줄은 없습니다."

"거참. 대강대강 하네."

행크는 뭔가 자기 병원이 얕잡아 보일까 봐 걱정이라도 된다는 듯한 얼굴로 스티브를 돌아보았다. 그 순간 스티브는 고개를 푹 숙였다. 다행히 행크는 딱히 그를 문책하거나 하진 않았다.

원래 연수생은 꿔다 놓은 보릿자루처럼 두고 시간 좀 죽이다가 돌려보내는 그런 존재들이었으니까. 1년 이상 오는 장기 연수생이라면야 모르겠지만, 단기 연수생들은 애초에 뭔가 배울 생각이 있어 보이는 녀석들이 적기도 했고.

'어쩐지 얘한텐······. 뭔가 좀 보여 주고 싶어지는데.'

하지만 수혁에게는 그러고 싶지 않았다. 수혁의 입에서 '아이오와주립대학교병원 별거 없더라.' 하는 말이 나오면 정말 가슴이 아플 거 같았으니까.

"그럼 오후에 있을 다학제 콘퍼런스에 참석하지."

"다, 다학제요?"

그 말에 스티브가 눈을 동그랗게 뜬 채 행크를 바라보았다. 행크는 그런 스티브를 뚱한 눈으로 마주했고.

"왜. 뭐 문제 있어?"

"무, 문제가 있죠······. 외래는 환자분께 연수생 참관 동의를 받을 수 있지만, 다학제는······. 그건 아니잖습니까."

수혁은 이건 또 무슨 뚱딴지같은 소리인가 하는 얼굴이 되었다.

[뭔 소리죠?]

바루다 또한 마찬가지였다. 아마 한국이었으면 연수생이 다학제에 오는 건 그냥 당연한 일이었을 터였다.

'아니······. 그것보다 아까 그럼 일일이 먼저 동의를 받고 진

행했다는 건가?'

[그런가 본데요?]

수혁은 잠시 학생 때를 떠올렸다. 실습 학생 시절에도 지금처럼 외래에 참관하고 심지어 수술방도 들어가고 했었다. 하지만 단 한 번도 그 참관을 환자에게 허락 맡은 적은 없었다. 그러나 미국은 툭하면 고소가 진행되는 나라 아니던가. 아예 그럴 만할 거리를 만들지 않겠다는 생각이 거의 전원에게 퍼져 있었다.

"동의는 받으면 되잖아?"

"아니……. 다학제 환자분들에게요?"

"그래. 내가 알아서 할게. 다학제 참석 인원에 닥터 리도 올려."

"어……. 과장님……."

"스티브. 혈액종양내과 과장은 나야. 내가 주관하는 다학제에 내가 참석자를 결정하지도 못해?"

"그……. 아닙니다. 음. 올리겠습니다."

"그래."

행크는 스티브를 먼저 콘퍼런스 룸으로 보낸 후, 수혁을 바라보았다.

"전화 좀 하고 갈 테니까, 내과 병동 5층 콘퍼런스 룸으로 오면 돼. 요샌 한국에서도 다학제를 한다고 들었는데, 맞나?"

다학제란 한 명의 암 환자를 두고 연관된 과 의사들이 모두 모여 진단, 수술, 항암에 대해 토의하는 것을 뜻했다. 대한민국의 모든 병원에서 시행되는 건 아니었지만 적어도 태화의료원 급에선 이미 활성화된 지 오래였다.

"네."

"하긴, 태화의료원은 좋은 병원이지. 하지만 차이가 좀 있을 거야."

행크는 최근 한국에서도 꽤 좋은 논문이 나오고 있고, 우수한 치료 성적을 거두고 있는 병원들도 상당히 많다는 걸 떠올렸다. 하지만 여전히 차이는 있었다. 시스템이 아예 달랐으니까.

[제발 그랬으면 좋겠군요.]

'그러니까.'

수혁도 그러길 바랐다. 솔직히 외래만 봐서는 여기가 태화의료원보다 나은 점이 있는 곳인가 싶긴 했으니까. 확실히 환자 하나하나에 들이는 시간은 많았지만, 그렇다 해서 교수가 환자를 대면하는 시간까지 절대적으로 긴 건 또 아니었다. 더구나 조태진이 내리는 결론이나, 행크가 내리는 결론이나 비슷하기도 했고. 어느 정도는 기대감이 깎여 나가 버린 상태라고나 할까.

"네, 교수님."

아무튼, 수혁은 제발 좀 다르길 바라며 콘퍼런스 룸으로 향했다. 바루다는 아까 말했던 대로 지도를 숙지하고 있었기 때문에 이동에는 전혀 어려움이 없었다.

'헐.'

[다르긴…… 한데요?]

그렇게 안으로 들어선 수혁은 화면에 떠 있는 명단과 할애된 시간을 보고 숨을 들이켰다.

'8명이나 해?'

[각기 30분씩……. 4시간이에요.]

'이 사람들 진료 안 하나? 정규 일과 없어?'

[이게…… 정규 일과 같은데요? 그렇지 않고서야 이렇게 많은 과 교수들이 이 시간에 모일 수가 없잖아요.]

'아…….'

수혁의 말대로 콘퍼런스 룸은 복작거렸다. 그냥 되는 대로 막 진행하는 게 아니라 자리가 딱 잡혀 있는 듯했다.

[맨 앞이 교수들 자리군요.]

'혈종, 외과, 이비인후과, 흉부외과, 신경외과에…… 방사선종양, 핵의학, 영상의학, 병리과까지 총출동이네.'

[다학제라는 게 원래 그런 거 아니겠습니까?]

'그렇긴 하지만…….'

태화의료원의 다학제는 이렇게 규모가 크지 못했다. 한 번에 한 명의 환자만 선별해서 진행해야 했기 때문이었다. 당연히 수술과는 딱 한 과에서만 왔고, 심지어 그 과 인원들조차 다 오지 못하는 경우가 태반이었다.

대한민국 의료에서 다학제는 진료의 일환이 아니라, 그냥 의사들이 알아서 하는 일종의 소학회 같은 느낌이었기 때문이었다. 다학제를 한다고 해서 돈을 주기는커녕 그거 한다고 다른 진료에 방해가 된다고 시간마저 오후 6시 이후로 밀어 버린 마당 아니던가.

[대낮인데……. 이렇게 많이 모일 수 있다니. 환자는 누가 보는 걸까요?]

'그러니까……. 병원을 놀러 오나.'

수혁이나 바루다에게는 한창 환자 보고 수술할 시간에 콘퍼런스 룸이 꽉 찬 것부터가 어처구니없는 일이었다.

"닥터 리. 여기 서 있지 말고 저리로 가지."

그렇게 잠시 두리번거리고 있으니, 행크가 어깨를 두드렸다.

"아, 네네."

"원래는 교수들이 앉는 자리인데, 오늘 닥터 제레미가 휴가라. 거기 앉으면 돼."

굳이 말로 듣지 않아도 교수 자리란 건 쉽게 알 수 있었다. 주변에 앉은 사람들 면면이 다들 나이가 지긋했으니까. 수혁으로서는 상당히 부담스러운 자리란 뜻이었다.

하지만 그렇다고 또 거부하기도 뭐했다. 행크라는 외국인 교수가 권하는 자리 아닌가. 수혁은 두 손을 가지런히 모으고 앉았다.

"아, 네."

"편히 앉지. 별로 신경 안 쓰니까."

그러자 행크는 주변에 다리를 꼬고, 심지어 주머니에 손을 넣은 채 껄렁대고 있는 한 명을 가리켰다.

"쟤 1년 차야."

"아?"

"여긴 원래 그래. 한국이랑은 달라."

"아, 네. 알겠습니다."

수혁은 고개를 끄덕이며 손을 좀 편하게 내려놓았다. 그렇다고 다리를 꼬거나 하진 않았지만.

"다학제 콘퍼런스 시작하겠습니다. 첫 환자분은 토마스, 남자 67세. 본원에서 시행한 건강 검진에서 경부 식도에 2cm가량 되는 덩이가 관찰되어 조직 검사를 시행하였고, 선암으로 진단되어 금일 입원하였습니다. 익일 수술 예정으로 다학제 논의드립니다."

그사이 다학제 콘퍼런스가 시작되었다. 그와 동시에 바루다가 고개를 갸웃거렸다.

[어려울 거 없는 환자 아닙니까?]

이미 전면에 뜬 세 개의 화면 중 가장 우측에는 내시경 사진이, 중앙에는 CT가, 왼쪽에는 PET CT가 떠 있었다. 일반 레지던트들은 모를 수도 있겠지만, 적어도 바루다나 수혁은 아니었다. 이미 딱 보자마자 플랜이 딱딱 세워졌다.

'음. 그냥 절제술하고 당겨다가 이어 주면 되는 거 아닌가?'

[그렇습니다. 절제 마진을 아무리 여유롭게 준다고 해도, 위치가 저기면 그렇게 어려운 일도 아닙니다. 정 안 될 거 같으면 소장이라도 떼어 와서 이식하면 되고요.]

'수술 후 처치도 그냥 항암……하면 되는 거 아냐?'

[그러니까요.]

하지만 교수들은 아주 심도 있는 토의를 하기 시작했다. 시작은 행크였다.

"환자 지금 일상생활 수행 능력은 어떻지? CT 보니까 목이 꽤 두꺼운데."

"아……. 혼자서 일상생활이 가능하긴 합니다만, 체중이 많이 나가서……. 수술 후에는 어떨지 모르겠습니다."

"당뇨나 고혈압은?"

"둘 다 있습니다."

"흐음……. 수술 안정성이 걱정되는데. 어떻습니까?"

행크의 말에 맞은편에 앉아 있던 교수 중 하나가 고개를 끄덕였다. 가슴팍에 달린 명찰을 보니, 역시나 흉부외과였다.

"접근이 문제이긴 한데……. 그건 여기 이비인후과에서 해 주기로 했습니다. 경부 임파선 정리까지 해서."

"네. 저희 쪽에서 처리하죠. 다행히 영상에서 기도 쪽으로 침범이 관찰되지는 않습니다. 이렇게 들어가면 될 겁니다."

그러더니 앞에 놓인 종이에 쓱쓱 그림을 그려서 이비인후과와 함께 대강의 접근법을 설명하기 시작했다.

"잠깐, 잠깐. 경부 임파선은 어디까지 정리할 건데요? 좌측 레벨 4번 쪽에 전이 의심되는 병원이 있습니다."

설명이 이어지고 있으려니 영상의학과 교수가 끼어들었다. 중앙에 있던 CT 화면을 움직이면서였는데, 과연 그가 말했던 곳에 덩이가 관찰되었다.

"PET CT에서 당 섭취를 보면 전이일 가능성이 아주 큽니다."

핵의학과 교수가 좌측의 영상을 움직여 주면서 그 말을 보완해 주었다. 그러자 이비인후과 교수가 고개를 끄덕였다.

"그럼 좌측은 아예 외측 경부 절제술을 하고……. 우측도 그렇게 하죠."

"좋습니다. 답이 되었나요?"

그러곤 재차 행크를 바라보았다. 행크는 무작정 고개를 끄덕이는 대신 병리과 쪽을 바라보았다.

"음. 조직 검사상 악성도는 중증이라……. 안전 마진은 2.5cm 정도만 확보하면 될 겁니다. 아마 충분히 당길 수 있는 수준일 겁니다."

정리하자면 이러했다. 뚱뚱하고, 전신 질환도 있지만 수술적 접근 및 절제는 어렵지 않다. 그러니 일단 절제하고, 경부 임파선까지 정리한 후 항암 치료를 시작하자는 것이었다.

"좋습니다. 그럼…… 절제술 후 마진 결과 보면서 항암 프로토콜을 정하도록 하겠습니다. 절제만 잘되면 굳이 방사선 치료까진 필요 없겠는데, 어떤가요?"

"동의합니다. 하지만 마진에서 암세포가 나오면 반드시 항암 방사선 치료가 필요합니다."

"좋아요. 그럼…… 다음 케이스."

정신을 차려 보니 무려 30분이 지나 있었다. 진단, 수술, 추후 관리까지 여러 명의 교수가 토의를 해 댔으니 어찌 보면 당연한 일이었다. 이 자리에 있는 다른 레지던트들 또한 당연하게 여기고 있는 듯했고. 그러나 수혁이나 바루다는 아니었다.

[장난 아닌데요?]

'그러니까……. 이런 식으로 모든 환자에 대한 계획을 세우는 건가?'

무슨 아주 고차원적인 논의가 이루어진 건 아니었다. 실제로 수혁이나 바루다가 생각했던 결론에서 눈에 띄게 달라지지도 않았고.

하지만 그럼에도 불구하고 마음이 뜨거워지는 느낌이었다. 이 사람들은 단순히 식도암 케이스를 보고 있는 게 아니라, 그

식도암에 걸린 환자를 보고 있었다. 어차피 같은 환자를 진료하는 거니 말장난처럼 느껴질지도 모르겠지만, 필드에 있는 의사인 수혁에게는 이루 말할 수 없는 감동이 있었다.

[이렇게 하면……. 누가 치료해도 실수가 없겠는데요.]

'그래……. 시스템이…… 완벽해.'

게다가 이 다학제는 그 자체로 완벽한 검증이었다. 누군가 한 명은 실수할 수도 있겠지만, 이 자리에 모인 모든 교수가 동시에 한 환자를 두고 실수할 수는 없지 않겠는가. 이런 시스템이 자리 잡게 된다면 태화의료원은 아니, 대한민국의 의료는 단숨에 도약할 수 있을 터였다. 하지만 그 생각이 깊어지면 질수록 가슴 한구석이 답답해져 왔다.

'배울 점이 있어서 다행이라고 해야 하나.'

[하지만 당장 태화의료원에서 시행할 수는 없는 시스템입니다.]

'그러니까…….'

수혁이 보기에 대한민국의 의료 체계는 완벽하다고는 할 수 없겠지만 그래도 상당히 우수한 편에 속해 있었다. 실제로 대학 병원에서 일하다 보면 더더욱 그러한 점을 느낄 수 있었다. 적어도 수혁은 현대 의학의 한계로 환자를 떠나보낸 적은 있어도, 아직 환자가 돈이 없어서 떠나보낸 적은 없었으니까. 가장 적은 비용으로 최대한의 효과를 보는 시스템을 구축한 덕이라고 보면 되었다.

그런데 미국은 어떠한가. 당장 오늘만 해도 외래를 봤던 환자 중 둘이나 자신이 든 보험이 반드시 받아야 하는 치료를 커버하지 못해 돌아가고야 말았다. 돈이 없어 죽게 되었다는 뜻이었다.

[진료하느라 바빠 죽겠는데……. 어떻게 모든 환자를 다학제로 처리하겠습니까?]

하지만 대한민국의 효율적인 의료 체계의 부작용이 아주 없진 않았다. 비용을 줄이면서 최대한의 효과를 보려면 어찌해야겠는가. 설비나 약에 대한 비용을 줄이는 건 한계가 있었다. 결국, 사람을 쥐어짜는 수밖에 없었다. 실제로 대한민국의 대학 병원은 한 명이 휴가라도 가면 바로 곡소리가 나게끔 만들어져 있었다.

'하긴. 그것도 그렇네…….'

[다만 이런 토론 자체를 보는 건 좋군요. 토의 방식에 대해 재차 분석해 볼 수 있는 기회가 됩니다.]

'그래. 음. 일단 보자, 그럼.'

[네.]

둘은 잠시 현실화 방안에 대해 떠들어 대다가 제풀에 지친 채로 다시 토론으로 돌아갔다.

아까까지 설명을 이어 나갔던 흉부외과 레지던트 대신 다른 레지던트가 앞에 나가 있었다. 거리가 좀 되어서 가슴팍에 무슨 과라고 쓰여 있는지 보이진 않았지만, 뒤에 뜬 화면만 봐도 알 수 있을 것 같았다.

[이비인후과군요.]

'두경부암……. 음.'

둘의 말대로 우측 화면엔 후두 내시경 사진이, 중앙에는 경부 CT가, 좌측에는 전신 CT 사진이 떠 있었다.

"다음 케이스는……. 벤, 남자 42세. 1년 전부터 목의 앞부분에 만져지던 덩이가 있었으나 자의로 경과를 관찰하다가 쉰 목소리 및 사레 걸림 등이 발생하여 2주 전 초음파를 시행했고, 갑상샘에 덩이가 관찰되어 전원되어 온 환자입니다. 총 덩이는 두 개인데, 그중 중앙 부위 덩이에서 시행한 세침 흡입 검사에서 유두암종 관찰되었습니다."

레지던트는 발표 중간에 좌측 화면을 클릭했다. 그러자 사진인 줄 알았던 것이 움직였다. 동영상이었던 모양이다.

[좌측은 움직이질 않는군요.]

'성대 마비가 생겼다, 이건데.'

[이상하네요.]

'그러니까.'

갑상샘 유두암종. 우리가 흔히 착한 암이라고 부르는 바로 그 암이었다. 암한테 착하니 어쩌니 하는 게 과연 온당한가 싶긴 했지만, 그 성향이 대단히 온건한 편이긴 했다. 심지어 1cm가 안 되는 경우에서는 수술하는 거나 경과 관찰하는 거나 비슷하다는 식의 논문까지 나오고 있었으니까. 그런데 그런 암이 고작 저만한 크기에서 성대 마비를 시켜? 이상한 일이었다. 그건 비단 수혁만의 의문은 아니었는지, 행크 또한 이상하다는 표정을 지어 보였다.

"혹시 좌측 상단에 있는 덩이에서는 세침 흡입 검사를 하지 않은 이유가 있나요?"

"음⋯⋯. 기록을 보면 앞쪽으로 반흔 조직(흉터)이 있어서 바늘이 잘 들어가지 않았다고 합니다."

"흠. 반흔 조직이 있어?"

행크의 중얼거림을 들은 영상의학과 교수가 마우스를 움직였다. 그러자 중앙에 있던 경부 CT가 움직이기 시작하더니 좌측 상단 덩이 쪽으로 이동했다.

"예전에 여길 다친 적이 있는 모양인데. 여기 보면 반흔이 있어요."

"아⋯⋯. 정말 그렇네. 근데 이 정도 덩이에서 성대 마비가⋯⋯. 그러니까 되돌이 후두 신경(recurrent laryngeal nerve, 성대를 움직이는 신경)을 건드리는 게 일반적인가?"

"그건⋯⋯ 그건 아니지만 일단 접해 있긴 합니다. 여기 보면."

"그렇네. 음⋯⋯."

영상에서 분명히 덩이가 갑상샘 캡슐을 뚫고 신경을 잡고 있었다. 그 모습을 본 이비인후과 교수가 고개를 끄덕이며 입을 열었다.

"그래서 일단 전절제술하고 경부 절제술에……. 추후 성대 내전술을 계획하고 있습니다. 나이가 젊은 데다가, 영업직이라……."

"성대 내전술이라. 가능할 것 같긴 하네요."

"네."

"하지만 아무래도 전 이게 찜찜한데."

이비인후과 쪽은 이미 수술 계획에 추후 계획까지 세운 참이었다. 그러나 행크는 좌측 상단의 덩이가 못내 이상한 모양이었다. 그리고 그건 수혁이나 바루다 또한 마찬가지였다.

[영상……. 잘 보면……. 좌측 상단은 유두암종이 아닐 가능성도 있어 보이는데.]

'동시에 두 암이 있다고? 무슨 그런…….'

[안 보여요?]

'보이긴 보여.'

[그럼 손 들어요. 토의 끝나 가잖아. 이대로 끝내면…….]

'죽겠지?'

[네. 죽을걸요?]

수혁은 섣불리 손을 드는 대신 행크를 바라보았다. 암만 봐도 행크는 뭔가 좀 미심쩍은 구석이 있어 보였기 때문이다. 하지만 그는 움찔거리기만 하고 있을 뿐, 딱히 적극적인 움직임을 보이진 않았다. 어찌 보면 당연한 일이었다.

"그럼 갑상샘 전절제술을 하도록 할까요?"

그의 눈앞에서 결론을 짓고 있는 이비인후과 교수들이나 영상의학과 교수들은 전부 프로였으니까. 아니, 당대의 석학들이라는 표현을 써도 아깝지 않을 지경이었다. 그런 이들의 의견에 대놓고 아니라고 할 수 있는 사람은 많지 않았다. 특히 행크처럼 내내 이들의 위업을 가까이에서 보아 온 사람이라면 더더욱 그러했다.

"잠시, 잠시만 더 영상을 보죠."

기껏해야 한다는 소리가 이런 것뿐이었다. 하지만 이비인후과도 영상의학과도 떠 있는 영상에서 뭔가 새로운 정보를 취합해 내지는 못했다. 이미 한 가지 생각에 경도된 나머지 다른 생각을 하지 못하게 된 탓이었다.

"저……"

그때 고민하던 수혁이 입을 열었다.

[옳지, 잘한다.]

바루다의 끊임없는 응원과 격려에 힘입은 채였다.

"응?"

당연하게도 이비인후과 교수의 시선이 수혁을 향해 내리꽂

했다. 마치 '이건 뭐야?'라고 묻는 듯한 표정이었다. 그럴 만도 했다. 정말 처음 보는 친구였으니까. 심지어 가운도 처음 보는 가운이었다. 말하자면 이 병원 사람이 아니라, 어디 딴 곳에서 연수 온 친구란 뜻이었다.

"아……. 아까 아침에 봤던 그 친구 아닌가?"

그런데 여태 입을 다물고 있던, 저기 구석 언저리에 있던 사람이 입을 열었다. 고개를 돌려 보니 이비인후과의 대부 커밍스 박사였다. 비록 이과 전문의이긴 했지만, 그를 알고 있다는 건 이비인후과 중에선 누구도 함부로 대할 수 없다는 뜻이기도 했다.

"아세요?"

"뭐, 잠깐 얘기 좀 나눴지. 아주 똑똑한 친구 같던데……. 얘기나 좀 들어 보지. 행크 교수도 괜히 다학제에 연수생을 데려오진 않았을 거 같고."

그 말에 행크가 아주 반갑다는 듯한 얼굴로 고개를 끄덕였다.

"아, 네. 아까 오전에 외래 같이 봤는데…… 종양에 대한 지식이 아주 해박합니다. 한번 의견을 들어 보는 것도 나쁘지 않을 거 같습니다."

그렇게 수혁은 발언권을 획득할 수 있었다.

'어째……. 난 좀 운이 좋은 거 같지 않냐?'

알아서 커밍스와 같은 대가가 자리를 펴 줄 줄이야. 어떻게 된 게 바루다를 만난 이후로는 운이 쫙쫙 피는 느낌이었다.

[저를 만난 거부터가 천운 아닐까요?]

'그……. 그거야……. 그럴 수도 있겠지.'

처음에는 솔직히 불운이라고 여겨지기도 했지만, 요즘에 와서는 천운이라고 여겨질 때가 훨씬 더 많았다. 바루다가 아니었다면 지금 수혁이 누리고 있는 것들 중 태반은 누릴 수 없었을 테니.

[넋 놓고 있을 때가 아닙니다, 수혁. 다들 쳐다보고 있어요.]

'아, 아. 그렇지.'

[잘할 수 있지요, 수혁?]

'당연하지. 한두 번 하냐?'

[믿습니다.]

바루다는 정말로 수혁을 믿는다는 느낌으로 고개를 끄덕이는 것 같았다. 수혁은 그의 신뢰를 한 몸에 받으며 입을 열었다.

"제 의견을 말씀드리기 전에……. 아까 환자 병력을 다시 한 번 들을 수 있을까요?"

"1년 전부터 덩이가 있었는데 진료받지 않았다는 것 말인가요?"

수혁의 말에 앞에 나가 있던 이비인후과 레지던트가 약간은 귀찮다는 어투로 대꾸했다. 물론 수혁은 이제 그런 일거수일투족에 따라 일일이 상처받을 단계는 지난 지 오래였다. 덕분에 대수롭지 않다는 얼굴로 고개를 내저을 수 있었다.

"아뇨. 그거 말고. 여기 입원한 적이 한 번 있던데요?"

"아⋯⋯. 근데 그건 갑상샘하고는 별 상관이 없는 병력입니다."

아예 언급도 하지 않고 넘어간 것을 보면, 정말로 그렇게 생각을 했던 모양이었다. 하지만 성대 소견을 띄워 놓은 화면에는 얼핏 보였다. 수혁이나 바루다나 전부 그 화면을 보고 이게 정말 단순 갑상샘암일까에 대한 의심을 시작한 것이었다.

"하지만 환자의 병력 아닙니까? 한 번만 읽어 주실 수 있어요?"

수혁은 다시 한번 레지던트를 몰아붙였다. 레지던트는 내심 어이가 없었지만 그렇다고 씹을 수도 없는 노릇이었다. 수혁이야 연수생 신분이니 아무것도 아닌 놈이라고 할 수 있겠지만, 그에게 멍석 깔아 준 행크는 엄연한 교수가 아닌가. 심지어 커밍스는 그 이름을 딴 교과서가 있을 만큼이나 이비인후과에서는 상징적인 인물이었다.

"그⋯⋯. 네. 음. 환자는 10년 전 양측 경부 임파선 종대 및 발열 등을 주소로 본원 외래 방문 후 엡스타인-바 바이러스(EBV) 진단되어 입원 치료 받은 병력이 있습니다. 이거 말고는 특별한 병력이 없습니다. 기저 질환도 없어요."

"네. EBV에 감염된 병력이 있군요."

"네."

레지던트는 수혁이 강조를 해 주었음에도 불구하고 무슨 뜻인지 전혀 알아차리지 못한 것 같았다. 하지만 행크는 달랐다.

그는 어렴풋이 의심하고 있었으니까. 갑상샘암에서, 그것도 기껏해야 유두암종에서 성대 마비가 선행되는 경우가 어디 흔하겠는가. 다만 뚜렷한 근거가 없어서 가만히 있었을 따름이었다.

"다시 영상으로 돌아오면⋯⋯. 이 환자는 EBV에 감염된 병력이 있으면서 동시에 갑상샘 좌측 상단 그리고 동측 레벨 2에 비대해진 임파선을 보이고 있습니다."

행크는 수혁이 단정적인 어투로 말을 이어 나갈 때도 묵묵히 듣고만 있었다. 물론 이비인후과 교수는 고개를 가로저었다. 그는 이게 갑상샘암이라고 확신하고 있었으니까.

"음. 좌측 상단은 갑상샘이지, 임파선은 아니지 않나?"

"아뇨. 잘 보십시오. 갑상샘의 캡슐을 깨고 나간 형태 아닙니까? 갑상샘 유두암종에서, 그것도 저만한 사이즈에서 캡슐을 깨고 나가는 것이 일반적인가요?"

"일반적⋯⋯이지는 않지. 하지만."

"우연일 수도 있죠. 하지만 교수님. 우리는 의사입니다. 과학자라는 뜻이죠. 우연에 기대기보다는 근거에 주목해야 합니다."

수혁은 무려 처음 보는 외국인 교수의 말을 끊고, 설명을 이어 나갔다. 그럼에도 딱히 무례하다는 인상을 주진 않았다. 그의 설명이 지나칠 정도로 흡입력이 있었기 때문이었다.

"오히려 좌측 상단 측 임파선에 생긴 암이 갑상샘 캡슐을 뚫고 안으로 들어갔다고 보는 것이 훨씬 타당한 소견일 겁니다.

그렇다면 이만한 사이즈에서 되돌이 후두 신경을 침범하여 성대 마비를 일으킨 것도 설명이 됩니다."

"EBV 감염 후에 발생한 비호지킨 림프종(림프 조직 세포가 악성으로 전환되어 생기는 종양)이다……. 이 말인가?"

"네, 바로 그렇습니다."

"음."

여기까지 설명을 들은 이비인후과 교수는 그만 입을 다물고야 말았다. 말을 듣고 보니, 기껏해야 1cm 남짓한 갑상샘 유두암이 캡슐을 뚫고 나가서 되돌이 후두 신경까지 먹었다는 자신의 의견보다는 눈앞의 조그마한 수혁이 얘기한 의견이 훨씬 타당해 보였기 때문이었다.

"그러고 보니……. 영상에서도 비호지킨 림프종처럼 보이긴 합니다. 물론 영상만으로 진단을 내리진 않지만…… PET CT를 찍었나요?"

심지어 영상의학과는 벌써 비호지킨 림프종일 거라고 생각을 바꾼 거로 보였다. 그의 시선이 곧 핵의학과 교수를 향했다. 핵의학과 교수는 아주 당황스럽다는 얼굴이 되었다.

"네? 아, 아뇨. 갑상샘암에서 누가 PET까지 찍습니까."

맞는 말이긴 했다. 요즘은 1cm 미만의 갑상샘 유두암에서는 수술을 안 하고 지켜봐도 정기적인 검사만 해 준다면 안전할 수 있네, 어쩌네 하고 있는 마당 아니던가. 그런데 PET CT를 찍기는 왜 찍는단 말인가. PET CT는 전신 전이 여부를 확인하기 위한 검사인데.
"아니, 비호지킨 림프종이 의심되는데 안 찍었어요?"
"네? 아니……. 그…… 방금까지는 교수님도 갑상샘……."
핵의학과 교수는 할 수만 있다면 들고 있던 마우스로 영상의학과의 머리라도 후려칠 표정으로 대꾸했다. 하지만 차마 손을 움직이지는 못했는데, 영상 쪽의 직급이 훨씬 위인 까닭이었다. 미국은 자유롭네, 어쩌네 하지만 그건 어디까지나 그런 직업에 한해서였다. 의사 사회는 미국도 만만치 않게 좁았다. 아니, 오히려 더더욱 좁다고 보면 되었다. 여긴 추천장이 취직이나 이직에 절대적인 영향을 끼쳤으니까.
"병력을 몰랐으니까 그렇죠. 아귀가 딱딱 맞는구만. 선생님 이름이 뭐라고요?"
"이수혁입니다."
"이수혁……. 한국인?"
"네. 태화의료원 내과 레지던트 2년 차입니다."
"아……. 태화. 혹시 이하언 교수라고 압니까?"
태화에 있으면서 이하언을 모를 수는 없는 일이었다. 이현종만큼은 아니었지만, 영상의학과 쪽에서는 만만찮다는 평가를 받고 있었으니까. 더군다나 수혁은 그의 수제자 격인 김진실 교수와도 협업해 온 마당 아닌가.

"네. 저희 영상의학과 복부 파트 교수님입니다."

"거긴 꾸준히 우수한 사람이 나오네, 흠."

수혁의 답변을 들은 영상 교수가 의미심장한 표정을 지어 가며 고개를 끄덕였다. 어지간히 감명 깊게 들은 모양이었다.

물론 다들 그렇게 놀라고만 있지는 않았다. 처음부터 뭔가 좀 이상하다 생각하고 있던 행크는 벌써 계획을 싹 바꾸고 있었다. 뭐 그냥 조금 바꾸는 게 아니라, 아예 진단부터 싹 갈아엎고 있었다.

"지금…… 비호지킨 림프종일 가능성이 제기된 이상, 수술을 예정대로 진행하는 건 말도 안 되는 일입니다."

일단 수술부터 뒤로 미뤘다. 동반된 암이 다른 암이 아니라 갑상샘 유두암이라 가능한 일이었다. 비호지킨 림프종도 예후가 아주 나쁜 암에 속하지는 않지만, 갑상샘 유두암에 비할 바는 아니지 않은가.

"갑상샘 좌측 상담 임파선에서 세침 흡입 검사 시행해 주시고……. 이비인후과에서는 발다이어 고리(Waldeyer's tonsillar ring, 구강과 식도 사이의 림프 기관-편도) 내시경으로 확인해 주시고요. 아, PET CT도 찍읍시다."

그러곤 척척 진단 계획을 얘기해 주었다. 모두 타당한 얘기였기에 그 누구도 토를 달거나 하진 못했다. 아니, 사실 타당하지 않은 얘기를 했다고 하더라도 토를 다는 사람이 있진 않았을 터였다. 전부 행크가 이 얘기를 할 수 있게 해 준 장본인인 수혁을 바라보고 있었으니까.

'영상 소견에 병력……. 그리고 이상한 행태만 가지고 여기까지 얘기를 이끌어 올 수 있단 말이지?'

물론 막상 해 봤는데 꽝이 나올 수도 있었다. 정말로 우연히 갑상샘 유두암종에서도 이런 행태를 보이는 녀석이 있을 수는 있었으니까. 하지만 그렇다고 해서 수혁에 대한 평가가 절하될까? 그건 아닐 터였다. 레지던트 주제에 이만한 논리를 펼칠 수 있는 내과 의사는 없을 테니.

'태화라…….'

'이수혁이라 이거지.'

덕분에 다들 태화의료원 또는 수혁이란 이름을 머릿속 깊숙한 곳에 새기게 된 순간이었다.

[다들 깜짝 놀랐군요.]

'당연하지. 무시하고 있었을 텐데.'

[뭐 이대로 만족하고 지낼 건 아니죠?]

'그럼. 내일은 어디 외래지?'

[스티브가 보여 준 스케줄에 따르면 호흡기내과입니다.]

'호흡기라…….'

[내일은 거길 뒤집읍시다.]

'좋아.'

도장 깨기

"어……. 안녕, 안녕하세요."

수혁은 8시쯤 내과 의국에 들어섰다. 이것도 아주 늦은 시간이라고 볼 수는 없겠지만, 매일 6시에 강제로 일과를 시작했던 수혁에게는 대단히 여유로운 일정이라고 볼 수 있었다. 때문에 그의 손에는 차가운 김이 내려앉은 아이스아메리카노 한 잔과 달짝지근한 빵 하나가 들려 있었다.

[흠, 이제 좀 봐 줄 만해졌군요.]

그런 수혁을 향해 스티브는 쩔쩔맨다는 표현이 딱 어울릴 정도로 굽신거리며 인사를 건넸다. 만약 수혁이 인격자였다면 '에이, 왜 이래요.'라는 식의 반응을 보였겠지만, 수혁이나 바루다나 딱히 그런 훌륭한 위인은 못 되지 않던가. 오히려 조그마한

원한도 꾹꾹 눌러 담아 두는 편에 속했다. 환자에게라면야 당연히 그렇지 않겠지만, 같은 의사에게는 더더욱 그러했다.

"네. 뭐. 오늘은 호흡기인가요?"

수혁은 그대로 스티브의 굴욕적인 인사를 받아 주며 고개를 끄덕였다.

"아, 네. 맞습니다."

그럼에도 불구하고 스티브의 자세는 변하지 않았다. 어제 연수생 신분인 수혁이 5시에 칼퇴근을 하고 난 후 있었던 일 때문이었다.

―넌 공부 좀 더 해야겠더라.

―아니, 아니. 이건 공부한다고 되는 일이 아니에요. 걔 레지던트라며. 이게 말이 돼?

회의가 열렸다. 외래 볼 때부터 슬금슬금 놀라 있던 행크가 다학제에서 빵 터져 버리지 않았는가. 행크는 딱 5시 반에 시간 되는 레지던트들을 불러 모아선 입을 털어 댔다.

'교육 시스템에 뭐가 있을 거야. 개인이 아무리 우수해도⋯⋯ 그건 한계가 있어.'

물론 딱히 틀린 말은 아니었다. 수혁에게도 아주 훌륭한 개인 지도 교사가 붙었지 않는가. 다시 말하자면 지금의 수혁을 만든 건 수혁의 개인적인 노력도 있긴 하지만, 태반은 그 교육 때문이라는 뜻이었다.

다만 행크가 한 가지 간과한 점이 있다면 바로 이 점이었다. 수혁에 대한 교육 시스템이란 것은 이 세상 그 어떤 누구도 따라 할 수 없다는 점.

'그러니까 가서 배워. 구슬리든 뭘 하든 어떻게 가르치는지 배워. 그게 스티브, 네가 할 일이다.'

아무튼, 그러한 연유로 스티브는 실로 어마어마한 짐을 떠안고 말았다. 당연히 마음에 들진 않았지만, 뭐 어쩌겠는가. 레지던트 주제에 교수가 까라면 까야지. 게다가 어제 종일 직접 두 눈으로 보지 않았는가. 수혁이 지금 아이오와주립대학교병원에 있는 그 어떤 레지던트보다 우수하다는 것을.

"그⋯⋯. 가실까요? 외래는 어제 거깁니다."

"아, 같은 곳이에요?"

"완전히 같은 곳은 아니고요. 옆쪽에 또 마련되어 있습니다."

"아하. 하긴 호흡기랑 혈종이랑 같은 진료실을 쓰는 건 좀 이상하죠."

그렇지 않은가. 가뜩이나 암 환자들은 면역이 떨어져 있는데 비말 감염의 온상인 호흡기 외래를 같은 곳에서 여는 건 안 될 일일 터였다. 의학적으로나 도덕적으로나 문제가 있는 일이었다.

"네, 그렇죠. 네네."

"그럼 앞장서세요. 따라갈게요. 이거 먹으면서 가도 되죠?"

수혁은 당연히 그래야지 하는 얼굴로 고개를 끄덕이고는 턱으로 앞을 가리켰다. 거의 무슨 윗사람이 아랫사람 부리듯 하는 태도였는데, 스티브로서는 따를 수밖에 다른 도리가 없었다.
'어제 좀 친절하게 대해 줄걸…….'
뒤늦은 후회가 일었으나 뭐 어쩌겠는가. 이미 물은 엎질러져 버렸고, 주워 담을 수는 없었다.
"네네. 따라오세요……."
스티브는 지금이라도 최선을 다하고 있었다.
—그래도 한국인데……. 뭐 그렇게 특별한 점이 있을까요?
—한국에 가 본 적도 없으면서 밑도 끝도 없이 무시하지 마! 서울이 시카고보다도 크다고!
머릿속에서는 어제 행크와 나눴던 대화가 머릿속에 빙빙 맴돌고 있었다. 아무리 그래 봐야 정말 한국이 대단하다는 생각이 들진 않았지만, 수혁 앞에서는 좀 더 조심해야겠단 생각이 들기는 했다.

ⅠⅠⅠⅠⅠ

"아, 수혁. 얘기는 들었어요."
외래 진료실 안쪽에 마련된 교수실에 들어서자 안쪽에 미리 와 있던 닥터 엡스가 인사를 건네 왔다. 아이오와에서는 정말, 정말 드문 흑인이었다.

[아이오와에서는 처음 보네요.]

'그러게.'

심지어 수혁은 지난 3일 동안 거리를 제법 쏘다녔음에도 불구하고 흑인을 보는 게 이게 처음일 지경이었다. 물론 수혁은 그런 생각을 겉으로 드러낼 정도의 애송이는 아니었다. 스티브와는 질적으로 다르단 뜻이었다. 애초에 지금껏 어울렸던 사람들이 레지던트가 아니라 교수들이었지 않은가. 그것도 그냥 교수가 아니라 학회 중진 수준의. 자연스럽게 눈치가 늘 수밖에 없었다.

"아, 엡스 교수님. 반갑습니다."

"그래요. 음……. 행크가 그렇게 칭찬하는 건 처음 봤는데……. 오늘도 재미나게 해 봅시다."

"네, 교수님."

"아, 불편하겠지만, 이거 끼고요."

"아……. 네."

수혁은 엡스가 가리킨 쪽에 놓인 마스크를 집어 들었다. 그냥 일반적인 수술 마스크가 아니라 N95 마스크였다. 국내에서는 미세 먼지 거르는 용도로 더 많이 쓰이는 녀석이었지만, 실제로는 감염 방지용으로 만들어진 마스크였다.

[읍. 답답한데요? 잉?]

바루다는 그 마스크에 대한 감흥을 말하다 말고 뭔가 좀 이상하다는 표정을 지어 보였다. 생각해 보니 수혁은 무려 2년 가까운 시간 동안 내과 레지던트를 하고 있지 않은가. 그가 본 환자 중에서는 심지어 슈퍼 박테리아에 감염된 환자들도 있을 지경이었다.

[근데 이걸 처음 끼네.]

'어? 아, 그러고 보니까……..'

[이 미친 태화 놈들이? 매일 위험에 노출을 시켜?]

'이거 비싸잖아.'

[아무리 비싸도 그렇지. 미쳤나? 감염 위험에 노출시켜?]

'생각해 보니까 그렇긴 하다…….'

수혁은 너무도 당연하다는 듯 마스크를 끼고 있는 스티브나 엡스, 그리고 다른 직원들을 둘러보았다. 생각해 보니까 이게 당연한 일이었다. 심지어 대한민국은 아직까지도 결핵 청정국이 아니지 않은가. 불치병까지는 아니지만, 그래도 한 번 걸리면 그 독한 약을 몇 달은 먹어야 하는 병이 여기저기 산재해 있다는 얘기였다. 호흡기내과는 그 질환에 걸린 환자들을 메인으로 보는 과였고.

[그거 몇천 원 아까워서 지급도 안 해 주고…….]

'이런 거 보면 확실히 미국이 다르긴 달라.'

어제 외래 볼 때부터, 또 다학제에 들어갔을 때도 차이를 느낄 수 있었다. 여긴 배려가 온 군데에 다 번져 있었다. 환자만

이 아니라 이곳에서 일하는 의료진은 물론이요, 다른 직군의 직원들까지 모조리 배려해 주는 시스템이었다. 다소 착취적이라고까지 보이는 한국의 대학 병원과는 많이 달랐다.

"환자 왔네. 2번 방으로 가, 스티브. 닥터 리도 같이 가죠."

"네, 교수님."

수혁이 잠시 상념에 빠진 사이, 2라고 쓰인 곳에 불이 들어왔다. 이런 식으로 환자가 준비되었음을 담당 간호사가 알려 주면 일단 레지던트와 연수생 또는 실습 학생이 먼저 가서 진료 보는 시스템을 취하고 있었다. 솔직히 진료에 매우 효율적인 느낌은 아니었다.

'그래도 교육은 되겠어. 그렇지?'

[당연하죠. 어제 행크 보니까 쥐 잡듯이 묻던데요?]

하지만 우수한 전문의를 만드는 시스템이었다. 한국의 대학 병원 레지던트였다면 지금 스티브처럼 직접 외래에서 환자를 볼 기회는 거의 없었을 터였다. 기껏해야 응급실에서나 보지, 단독 외래가 열리는 건 3년 차 때부터인 데다가 그 외래라는 것도 주당 1타임 정도 수준이었으니까.

'휴……. 여기서 구슬려서 태화의료원 시스템을 물어봐야 하는데…….'

스티브는 약간은 심각한 얼굴이 된 수혁을 돌아보며 자신에게 주어진 임무를 떠올렸다. 오히려 수혁이 이곳의 교육 시스템을 부러워하고 있다는 건 꿈에도 알지 못했다. 그가 생각하기에도 수혁 개인이 유별나게 똑똑하다는 건 좀 이상했기 때문이었다. 아주 옛날이라면야 그럴 수도 있겠지만, 지금은 21세기 아니던가. 현대 의학은 정말이지 눈부신 발전을 거듭해 온 나머지, 개인의 역량이 점점 중요치 않게 되어 가는 중이었다. 하루에도 너무 엄청난 지식이 쏟아지고 있기 때문이었다. 이런 상황에서는 개개인의 뛰어남보다는 아무래도 시스템이 더 중요했다. 물론 수혁처럼 너무 뛰어나다면 예외가 되겠지만, 그건 정말 드문 일이었다.

━━━━━

둘이 서로의 시스템을 부러워하고 있는 사이 둘은 2번 방 앞에 도달했다. 스티브는 조심스럽게 유리창이 달린 문에 대고 노크를 했고, 안에 있던 환자는 조용히 고개를 끄덕였다.

덜커덕. 그제야 스티브는 다시 한번 마스크를 확인하며 방 안쪽으로 향했다. 그걸 본 수혁 또한 마스크를 재차 확인했다.

[이제 한국으로 돌아가도 무조건 하는 겁니다. 사비로라도 합시다.]

본인도 불안하기도 했고, 바루다 또한 워낙에 성화를 해 대고 있었기 때문이었다.

"보니까……. 기침 때문에 병원에 오시게 됐군요?"

그사이 스티브는 환자가 들고 온 소견서를 들여다보며 질문을 시작했다. 소견서에는 벌써 1년 이상이나 환자의 기침이 계속되었고, 치료를 했으나 별 소용이 없었다고 쓰여 있었다. 그러고 보니 환자의 인상이 그렇게 좋지는 못했다.

[미드에서 많이 나오는 범죄자 인상이군요.]

'환자한테 그러지 마, 인마.'

[수혁도 솔직히 그렇게 생각하고 있잖아요?]

바루다의 말에 수혁은 재차 환자를 바라보았다. 비쩍 마른 얼굴에 목까지 올라온 문신.

그리고 붉게 물든 눈. 어떻게 봐도 좋은 일 하는 사람 같아 보이진 않았다.

[그렇구만 뭘.]

'그래……. 솔직히 그래 보이긴 하는데……. 진료 보러 온 거잖아. 집중하자고, 집중.'

[네네.]

수혁은 날뛰는 바루다를 제압한 후, 스티브와 환자의 대화에 귀를 기울였다.

"응. 1년 넘게 치료받았는데, 아무 소용이 없더라고. 돌팔이 새끼 같으니. 진작 대학 병원에 보내 줄 것이지."

"치료는…… 음."

소견서에 적힌 약을 요약해 보자면, 정말이지 온갖 약을 다 쓴 상황이었다. 기침에 쓸 수 있는 약은 하나도 빠짐없이 다 시도한 모양이었다. 심지어 역류성 후두염에 쓰는 약도 끼어 있었다.

"엑스레이도 찍었다고. 그거 찍으면 다 알아내야 하는 거 아냐?"

"잠시만요. 사진을 좀 볼게요."

스티브는 환자의 거친 말에도 별 아랑곳 하지 않고 묵묵히 진료를 해 나갔다. 수혁은 그의 꿋꿋함에 어느 정도 감명을 받았다.

'이런 일이 잦은가 본데.'

[온갖 사람들이 다 오겠죠.]

'이런 건 단점인데.'

[옆에 가드 있잖아요. 여차하면 제압해 줄걸요?]

바루다는 유리문 밖에 선 덩치 큰 사내를 말했다. 솔직히 안에 있는 환자보다도 저 사람이 더 미드에 나온 악당처럼 보이긴 했다. 유리를 통해 내부를 다 보고 있기 때문에 여차하면 달려와 줄 터였다. 그렇게 생각하니까 더없이 든든하기는 했다.

"닥터 리, 닥터 리가 볼 때는 좀 어때요?"

쓸데없는 생각을 이어 나가고 있으니, 스티브가 질문을 던져 왔다. 어제 오전만 해도 어림도 없을 일이었으나, 이미 수혁의 실력이 어떤지 보지 않았는가. 질문하는 데 전혀 망설임이 없었다.

"음. 약간……. 간질성 폐렴 소견이 보이는데……."

"그런 것치고는 1년이나 지났음에도 그렇게 폐 기능이 떨어져 있진 않습니다."

"하지만 떨어지긴 했네요? 정상은 아니잖아요."

"아, 네. 그렇죠."

"그럼 무조건 원인이 있겠죠?"

"그……. 네."

스티브는 당연한 소리를 너만 안다는 식으로 얘기하면 어쩌냐는 표정이 되어 수혁을 바라보았다. 하지만 수혁은 그러한 스티브의 표정을 마주하고서도 한 점 부끄러움이 없었다. 이미 원인이 뭔지 대강은 알 것 같아서였다. 물론 몇 가지 질문과 확인이 필요하겠지만.

"저기 뒤에 가드. 여차하면 오는 거 맞죠?"

"네? 아, 네. 당연하죠."

"그럼 지금부터는 제가 직접 진료해도 될까요?"

"어……. 음. 네, 알겠습니다. 근데…… 무슨 질문을 하려고요?"

"일단 두고 봐요."

수혁은 가드를 한 번 돌아보고, 또 한 번 스티브 쪽을 돌아보았다. 스티브 또한 가드만큼은 안 되겠지만 상당한 덩치를 자랑하는 녀석이었다. 그에 비하면 눈앞에 선 환자는 인상만 험악하지 체격이 그리 좋진 못했다.

[그래도 여차하면 도망가는 겁니다. 우린 안 됩니다.]

'알아, 나도.'

물론 아무리 그래도 수혁보다는 커다랬다.

"음."

게다가 목까지 뒤덮은 문신은 덩치와 관계없이 상대에게 위압감을 주기에 충분했다. 수혁은 목을 한 번 더 가다듬은 후, 입을 열었다.

"환자분, 전 이수혁입니다. 반갑습니다."

하지만 한 번 입을 떼고 난 후에는 역시나 청산유수였다. 덕분에 환자도 큰 경계심 없이 고개를 까딱거렸다. 그리 친근한 반응은 아니었지만, 그렇다고 적대감이 서려 있거나 하지는 않았다. 수혁은 그나마 다행이라는 생각과 함께 말을 이어 갔다.

"성함이……. 제시 애트우드시군요."

"그냥 제시라고 부르면 돼."

"네, 제시. 혹시 어떤 일을 하시는지 여쭤봐도 괜찮은가요?"

수혁의 시선이 잠시 환자가 들고 온 소견서에 머물렀다. 한국과는 달리 소견서의 항목이 정말 상세했다. 당연하게도 직업란도 있었다.

[마트 직원이라…….]

'너 같으면 뽑겠냐?'

[아뇨.]

'거짓말 같지?'

[네, 아마도. 미국이라서 혹시 모르겠지만.]

이런 인상을 가진 사람을 마트에서 쓴다니. 제아무리 미국이 자유로운 나라라지만, 어느 지점에서는 한계가 있지 않겠는가. 게다가 제시라는 자의 말투나 행동거지 전반에 묻어나는 껄렁거림은 예사로운 것이 아니었다. 적어도 바루다와 수혁의 판단은 그러했다.

"거기 쓰여 있잖아? 마트 직원이라고."

"네, 뭐……."

하지만 대뜸 '당신 거짓말하는 거지?'라고 물어볼 수는 없었다. 그랬다간 저 정체불명의 반지를 잔뜩 낀 주먹이 날아들 수도 있었으니까.

"그럼 마트에서는 어떤 일을 하셨죠?"

"뭘 했냐고?"

"네."

"그……."

환자는 잠시 고민에 빠지는가 싶더니 대뜸 화를 내기 시작했다.

"그게 중요해? 여긴 병원이지, 경찰서가 아니라고!"

상당히 소리가 컸는지 가드가 성큼성큼 다가왔다. 스티브 또한 수혁을 잡아다 끌어 놓을 기세로 손을 뻗었다.

[분석 결과 이 사람의 감정은 두려움이지, 분노가 아닙니다.]

하지만 수혁은 바루다 덕에 어느 정도 상대의 상황을 파악할 수 있지 않은가. 수혁은 손을 내저은 채 말을 이었다.

"중요합니다. 환자분의 병은 환자분의 직업과 연관이 있을 수 있어요."

"뭐……? 무슨……. 내 주변에 기침하는 사람은 나 하나뿐이야!"

"담배 피우는 사람이 모두 폐암에 걸리는 건 아니죠. 하지만 담배는 폐암의 원인이잖아요? 환자분도 그럴 수 있어요."

"그……."

제시는 뭔가 말을 하려다가 기가 찬다는 듯한 얼굴로 한숨을 푹 쉬었다. 벌어진 입을 통해 수혁은 제시의 이를 볼 수 있었는데, 역시나 엉망이었다. 아니, 그냥 엉망이라는 말로도 좀 부족할 지경이었다. 적어도 한국에 있을 땐 단 한 번도 보지 못한 치아 상태였다.

[역시 마트 직원은 아니겠죠?]

'마약 때문이지, 저거?'

제시의 치아는 군데군데 새카맣게 변해 있었는데, 그냥 충치 먹은 것과는 좀 달랐다. 마치 타 버린 것과 같은 형상을 띠고 있었다.

[네. 메스암페타민을 피우는 형태로 흡입하는 경우 저렇게 된다고 케이스 리포트에서 본 적이 있습니다.]

'메스암페타민이면…… 히로뽕이지?'

[네.]

'아무리 미국이라도 히로뽕하는 사람을 마트에서 쓰진 않을 거 아냐.'

[당연하겠죠.]

덕분에 수혁은 환자의 진짜 직업은 마트 직원이 아니라는 걸 확신할 수 있었다. 당연하게도 말투가 아까보다도 더 또박또박해졌다. 자신감이 넘친다고 할까.

"그러니까 정확히 마트에서 뭘 하시는지 말해 주시죠."

"그……."

그에 반해 제시는 눈동자만 바쁘게 돌아갈 뿐 정작 입을 열지는 못했다. 마트에서 일해 본 적이 있어야 뭘 한다고 말을 할 거 아닌가. 우물쭈물하고 있으니, 수혁이 재차 입을 열었다.

"그럼 주로 언제 일을 하시는지 말해 주세요. 그건 어려운 질문이 아니잖아요?"

"아……."

정말 그런 모양이었다. 궁지에 몰린 사람의 표정을 짓고 있던 제시의 얼굴이 약간이나마 편해지는 것을 보면 알 수 있었다.

"그……. 그래. 주로 금, 토, 일. 금, 토, 일에 일해."

"음. 특이하네요?"

"트, 특이할 게 뭐 있어?"

"아무튼, 알겠습니다. 금, 토, 일이라."

수혁은 '금, 토, 일'을 몇 번인가 되뇌며 눈을 감았다. 남들이 보기엔 깊은 생각에 빠진 것처럼 느껴지겠지만, 실은 바루다와 대화를 나누기 위함이었다.

[맞는 거 같죠?]

'어, 근데 안전하기는 하겠지?'

[뭐……. 설마 병원에서 난동이야 부리겠어요? 가드 뚫고 뛸 수도 없을 텐데.]

'하긴.'

이미 가드는 유리문을 열고 안으로 들어와 있었다. 아까 수혁이 손을 내저은 것 때문에 달려들진 않았지만, 문 앞에 떡 버티고 서 있는 것만으로도 대단히 위안이 되는 사람이었다. 아마도 제시에게는 압박이 될 테고 수혁은 한결 편안해진 얼굴로 입을 열 수 있었다.

"그럼 혹시 제일 증상이 심한 게 금요일 아닌가요?"

"음?"

"기침이 금요일에 제일 심해지지 않아요?"

"아……. 음. 그러고 보니……."

수혁의 질문을 들은 제시는 아래턱을 긁으며 잠깐 고민에 빠졌다. 제멋대로 자란 턱수염엔 케첩 비슷한 것이 묻어 있었다.

아무리 봐도 비싼 대학 병원 진료비를 감당할 수 있을 만한 사람으로 보이진 않았다. 그럼에도 이렇게 당당히 와 있는 것을 보면 이놈의 기침과 숨찬 증상 때문에 엄청난 고통을 받고 있을 것이라는 사실 하나와, 보이는 것보다는 훨씬 돈이 많을 거라는 것 정도는 추측할 수 있었다.

"그런 거 같은데……."

"그때 가슴이 조이는 거 같은 통증이 있거나 하진 않나요?"

"어……. 음. 맞아. 그런 것도 쓰여 있나?"

이제 제시는 상당히 놀란 얼굴이 되어 있었다. 당연한 일이었다. 1년간 다른 병원에 다닐 땐 단 한 번도 받지 않았던 질문이 연속해서 들어오는데, 그 질문들이 하나같이 족집게 같지 않은가.

"아뇨."

"근데 어떻게 알았지?"

"제가 생각하는 질환의 증상이 딱 그렇거든요."

"내, 내 병이 뭔데?"

덕분에 제시는 아까와는 비교도 안 될 정도로 간절한 얼굴이 되어 있었다. 옆에 서 있던 스티브 또한 눈을 동그랗게 뜨고 수혁을 바라보고 있었다.

'고작해야 엑스레이 하나 보고……. 대화 몇 번 나눠 보고 진단을 내린다고?'

자신은 아예 감도 잡히지 않는 상황이거늘. 아니, 아마 엡스 교수가 왔다 해도 결과는 마찬가지였을 터였다. MRI, CT를 찍는다 해도 정확한 진단명이 나오지 않는 경우가 왕왕 있었으니까. 실력이 문제가 아니라, 원래 간질성 폐렴은 그랬다. 괜히 난치성 폐렴이라고 불리는 게 아니었다.

'그걸…… 이렇게 쉽게 진단해? 에이, 설마…….'

당연하게도 스티브는 수혁이 착각하는 거라고 생각했다. 물론 어제 보여 준 모습이 상당히 인상적이긴 했지만, 그렇다 해도 이건 좀 너무 나갔다 싶었다.

하지만 수혁의 얼굴엔 한 점 의심도 떠 있지 않았다. 그저 자신만만한 표정만이 떠 있을 따름이었다.

"진단명을 말씀드리기 전에, 다시 한번 질문드릴게요. 대답해 주실 수 있죠?"

"다, 당연하지. 뭐든지 말해 줄게."

"금, 토, 일에 정확히 뭘 하세요?"

"아까 말했잖아! 마트에서 일한다고!"

"거짓말하시면 고쳐 드릴 수가 없어요."

"거짓말이……. 음."

제시는 막무가내로 소리치려다 입을 다물었다. 아무래도 눈앞에 있는 의사는 자신의 병을 고칠 수 있을 것처럼 보였기 때문이었다. 그런데 거짓말을 하면 못 고친다고 하지 않는가.

'하…….'

이놈의 병인지 뭔지 때문에 그간 얼마나 고생을 해 왔던가. 시도 때도 없이 기침이 나고, 숨은 차고, 심지어 일 좀 하려고 하면 가슴은 조여 오고. 요샌 부하 놈들 앞에서 지시라도 내리고 있을 때조차 기침이 치밀어 올라오는 통에, 정말이지 죽을 거 같았다.

'위에서도……. 은퇴시킬까 말까 하고 있다던데.'

은퇴라니. 그건 안 될 말이었다. 일단 몸성히 나올 수 있을지 없을지도 모를 일 아니던가.

"그……. 의사들은…….."

제시는 한참 고민을 하다가 말고 입을 열었다. 시선은 어쩐지 가드를 향하고 있었는데, 적대감보다는 두려움이 가득 섞인 눈빛이었다.

"네. 말씀하세요."

"그, 환자 비밀 보장인지 뭔지 하죠? 선서에도 나와 있잖아."

말투마저 변해 있었다.

"아, 그렇죠, 진료 목적으로만 공유하게 되어 있습니다."

"그래, 그럼……. 저 사람 잠깐 나가라고 해 줘요. 절대로 난동 안 피울 테니까. 여기에 대고 맹세합니다."

심지어 '플리즈'도 붙일 지경이었다.

[팔뚝에 저거 십자가였어요?]

'그렇네. 교회 다니나 봐.'

도장 깨기

거기에 더해 십자가를 걸고 맹세까지 했다. 딱히 믿음이 가는 맹세는 아니긴 했지만, 바루다의 분석에 따르면 정말로 난동을 피울 확률은 거의 0에 가까웠다.

"괜찮죠?"

수혁은 가드에게 잠깐만 나가 있을 것을 당부했다. 가드보다는 스티브의 표정이 흔들렸지만, 그 또한 의사 아니던가. 그것도 상당히 젊고 의욕 넘치는 의사였다. 그 대가가 너무 가혹하지만 않다면, 이 환자의 진단명을 꼭 듣고 싶었다. 솔직히 말하면 궁금해 미칠 지경이었다.

"바로 부를게요."

때문에 스티브 또한 가드를 밖으로 떠밀었다.

"그……. 알겠습니다. 대신 이상하면 바로 들어오겠습니다."

"네. 감사합니다."

가드의 역할은 뭐가 되었건 진료가 원활하게 이루어지도록 돕는 거 아니던가. 지금 진료 담당인 스티브가 이렇게 말하고 있는데 안에서 버틸 수는 없는 노릇이었다. 가드는 부리나케 환자의 몸만 수색한 후 밖으로 향했다. 제시 또한 자신에게 아무 무기도 없음을 증명해 보였다.

"자, 그럼 말씀해 보시죠. 금, 토, 일에는 어떤 일을 하죠?"

그렇게 셋만 남게 된 진료실에서 수혁이 재차 물었다. 그러자 제시는 마치 고해성사라도 하는 표정으로 한숨을 푹 쉬었다.

"후."

"괜찮아요. 비밀은 보장합니다. 치료를 위해서만 공유할게요."

"그……. 알겠습니다. 대신 꼭 치료해 주셔야 합니다."

"물론이죠."

"알겠어요. 음."

제시는 몇 번인가 손가락을 두드리고는 마침내 고개를 끄덕였다.

"그……. 저는 대마 사업자예요."

"네? 대마?"

"에헤이! 큰 소리 내지 말고!"

"아, 죄송합니다."

의외의 말에 놀란 스티브를 향해 제시가 손가락을 내밀었다. 조용히 하란 뜻이었는데, 문신이 더해지자 상당히 설득력이 있었다. 덕분에 스티브는 정말이지 쥐 죽은 듯이 조용해졌다. 그에 반해 수혁은 여유가 넘쳐흘렀다.

'역시 그 엑스레이 패턴에…….'

[약을 써도 잘 듣지 않는 기침이라면 이 진단명을 의심해야죠.]

이미 확신을 갖고 있었기 때문이었다.

"자, 이제 말씀드렸으니까, 진단명을 말해 주세요. 치료도 해 주시고."

"네. 당연하죠. 환자분의 병명은 '면섬유증'입니다."

"면…… 뭐요?"

"면섬유증. 보통은 환기가 안 되는 섬유 공장에서 일하는 사람들에서 흔히 나타나는데……. 요샌 그런 일이 없어요. 허가받은 공장이라면 설비가 되어 있으니까."

잊혀 가는 병 중 하나라는 뜻이었다. 다만 어떤 직종에 있어서만큼은 오히려 증가하는 추세를 보이고 있었다.

"그런데 원인 중에 대마도 있거든요. 대마……를 취급하는 곳이 허가를 받을 리가 없으니, 여기선 잘 생기죠."

"아……."

제시는 망치로 뒤통수라도 얻어맞은 듯한 얼굴이 되어 있었다. 말로야 뭐 대마는 중독성이 약하다느니 어쩐다느니 떠들고 다니긴 했지만, 대마가 나쁜 거라는 건 그도 아주 잘 알고 있었.

'게이트웨이 드러그(마약에 입문시키는 약물)'라는 말이 괜히 있겠는가. 제시조차도 대마로 입문해서 지금은 본격적인 마약이라고 할 수 있는 메스암페타민의 세계에 빠져든 지 오래였다.

'대마가…… 내 기침의 원인이라고?'

하지만 그 대마가 이 긴 시간 자신을 괴롭혀 왔던 병의 원인이라니. 이건 정말이지 생각도 못 했던 일이었다.

"거, 거짓말 아니지?"

"제가 왜 거짓말을 합니까?"

"그건……. 그건 그래."

의사가 왜 거짓말을 하겠는가. 게다가 돌이켜 보니 시기도 어느 정도는 들어맞는 것 같았다. 분명 대마 사업을 본격적으로 시작하기 전에는 증상이 없었으니까. 게다가 그의 고민은 그렇게 오래 지속될 수 없었다. 수혁이 솔깃한 얘기를 늘어놓기 시작했기 때문이었다.

"치료는 그렇게 어렵지 않아요."

"뭐, 뭔데."

치료 얘기하는데 딴짓할 수 있는 환자가 몇이나 될까. 제시도 예외는 아니어서 어느새 수혁 앞에 차려 자세를 하고 있었다. 스티브는 그의 극단적인 태도 변화가 우스웠으나 대놓고 웃진 못했다. 정신을 차려 보니 그 또한 수혁 앞에 차려 자세를 하고 있었기에 그럴 수밖에 없었다. 언제나 그러하듯 수혁의 진단은 어떤 흐름을 가지고 있었고, 흡입력을 가지고 있었다. 한번 듣기 시작하면 정신없이 빨려 들기 마련이었다.

"원인이 되는 것에서 회피하는 거죠?"

"그게 무슨 뜻이야?"

"대마 사업을 하면 안 된다고요."

"너, 너 의사 아니지? 경찰이지?"

대마 사업을 하지 말라니. 이건 어디선가 들어 본 말 아니던가. 아마도 경찰이었을 터였다. 덕분에 제시의 얼굴이 붉게 물들었다. 하지만 수혁은 별로 당황하지 않았다.

"어어, 이러면 나 나가서 불어요? 대마 사업한다고?"

"야! 의사는……. 의사는 환자 정보 지킨다며!"

"마약은 좀 얘기가 달라질 수도 있죠."

"이……. 이……."

"그러니까 조용히 하고 얘기나 들어요. 수틀리면 나가서 불 테니까."

"너……. 너 그러고도 무사할 줄 알아?"

솔직히 이 시점에서는 좀 움찔했다. 진짜 갱의 협박이었으니까. 한국에서 그냥 너 죽는다 어쩐다, 하는 것과는 차원이 다른 종류의 협박이었다. 여기선 진짜 총으로 갈겨 버릴 수도 있었으니.

"아, 저 미국 사람 아니에요. 한국 갈 거예요."

"뭐……?"

하지만 수혁은 곧 평정심을 되찾을 수 있었다. 바루다가 우린 좀 있으면 한국으로 돌아간다는 사실을 상기시켜 준 덕이었다.

"그러니까 그냥 치료나 받읍시다."

"허……."

"일단 대마는 접어요."

"경찰 아니라, 의사로서 하는 말이지?"

"경찰 아니라니까요? 애초에 한국인이라고."

"하아……."

제시는 정말이지 나라 잃은 사람의 표정을 지어 보였다. 아마도 심정은 비슷할 터였다. 사업체를 정리해야 했으니까. 물론 그 사업이라는 게 그렇게 떳떳한 건 아니긴 했지만, 뭔가 상실한다는 점에서는 비슷한 느낌이었다.

"접는다라······."

"안 그러면 이거 점점 심해집니다. 면섭유증 치료의 기본은 일단 회피하는 거예요. 딱 금요일에 심해지는 건 그날 다시 원인에 노출이 되어서 그런 거예요."

"음······."

생각 같아선 아니란 말을 하고 싶은데, 아무리 머리를 굴려 봐도 증상은 딱 쉬다가 다시 대마를 만지작거릴 때 심해지지 않았던가. 설마하니 이 동양인 의사가 사업체에 캠이라도 달아 놓을 리는 만무하거늘. 족집게처럼 딱딱 맞히는 것으로 볼 때, 수혁의 말을 믿어야 할 것만 같았다.

"그······. 그것뿐인가, 치료는?"

"아뇨. 노출 초기에 관뒀으면 괜찮았을 텐데. 1년 넘었잖아요."

"그건······ 그렇지."

"게다가, 대마에 노출되기만 한 게 아니라······."

수혁은 잠시 말을 멈추고 바루다를 기다렸다.

[확실합니다. 이 인간은 안 한 마약이 없어요. 담배도 피우고요.]

확인을 기다린 수혁은 재차 말을 이었다.

"담배도 피우고 뭐 이것저것 다 하셨죠?"

"이것저것이라니……."

제시는 뜨끔했는지 뒤늦게 자신의 입을 가렸다. 본인도 자신의 구강 상태가 어떤 지경인지 알기는 아는 모양이었다.

"뭐 그것까지야 제가 자세하게 말씀드릴 필요는 없고……. 아무튼, 피우셨죠?"

"피우긴 피웠지."

"그게 면섬유증의 악화 요인 중 하나예요. 그래서 햇수에 비해 증상도 심하고 엑스레이도 이렇게 보이는 겁니다."

"그, 그렇군."

"그래서 다른 치료도 필요해요. 다행히 그렇게 복잡하지는 않아요. 아, 이건 저 말고 여기 교수님이 말씀드리는 게 좋겠어요."

"교수? 다른 사람이 또 내 대마를 알게 되나?"

"그분도 의사니까 걱정 마세요. 저는 여기 의사가 아니라서 처방 권한도 없어요."

"하아……."

제시는 이제라도 증상의 원인을 알았다는 홀가분함과 자신의 가장 중요한 비밀이 만천하에 알려지고 있다는 곤란함을 동시에 느끼는 중이었다. 그래서 그런지 한숨은 깊고도 또 깊었다. 하지만 어쩌겠는가. 지금까지 자기를 쥐고 흔든 놈이 교수가 아니라는데. 아니, 아예 여기 의사가 아니라는데.

'저 새끼는 대체 뭐야……'

대체 뭔데 대번에 병을 알아맞히는 걸까.

"그럼 잠시 뒤에 뵙겠습니다."

물론 수혁은 그런 하잘것없는 의문에 대해서 알려 주고픈 마음일랑 전혀 없었다. 그는 스티브와 함께 곧장 진료실을 빠져나왔다. 당연하게도 딱 빠져나오자마자 스티브의 질문 공세가 시작됐다.

"어, 어떻게 그걸 의심한 거예요? 면섬유증? 아니……. 일단 그게 무슨 병입니까?"

얼굴을 딱 보아 하니 궁금한 게 한두 가지가 아닌 듯했다.

"조금 이따 얘기하죠. 엡스 교수님 앞에서."

"아, 아이. 그러지 마시고……. 저 또 그러면 무식하다고 혼나요……."

"근데 우리 시간 너무 많이 잡아먹었잖아요. 이러다 지연이라도 되면……."

"아."

제아무리 외래 시간이 넉넉하게 잡혀 있는 미국이라고 해도, 한 사람 앞에 30분이 최대였다. 그런데 벌써 제시에 대한 진료는 20분이 넘어간 상황이었다. 즉 남은 시간이 고작해야 10분밖에 안 된단 뜻이었다. 스티브는 이게 다 핑계라는 걸 알았지만 넘어갈 수밖에 없었다. 정말 그럴싸한 핑계 아닌가.

"알겠습니다······."

스티브는 어깨를 축 늘어뜨린 채 방 안으로 향했다.

#####

"왜 이렇게 늦었어? 무슨 일 있었어요?"

엡스는 따분하다는 얼굴로 물었다. 다만 화가 난 것 같지는 않았다. 정말 궁금한 것처럼 보였다.

"그······ 환자분 병력에 잘못된 점이 좀 있어서요."

본격적인 토의가 시작되면 한마디도 못 하게 될 것이라는 걸 아주 잘 알고 있는 스티브가 먼저 선수를 쳤다.

"병력이······ 잘못돼?"

"네. 소견서 정보가 잘못된 점이 있었습니다. 병원 측 잘못은 아니고, 애초에 환자 진술이 잘못된 거 같습니다."

"흐음······. 어떤 게 잘못됐는데? 아까 여기서 보니까 네가 아니라 여기 닥터 리가 주도적으로 묻는 거 같던데."

하지만 스티브의 노력은 별 소용이 없었다. CCTV 때문이었다. 소리는 들리지 않지만, 안에서 뭘 하고 있는지는 대강 알 수 있었다. 환자 및 의료진을 보호하기 위해 만들어진 것이지만 가끔은 지금처럼 감시의 용도로 쓰이기도 했다.

"네, 제가 말씀드리겠습니다. 교수님."

이미 준비를 마치고 있던 수혁은 아주 자연스럽게 앞으로 나섰다. 스티브를 옆으로 밀어내면서였는데, 스티브로서는 버틸 명분도 힘도 없었기에 그저 하염없이 널브러질 수밖에 없었다.

"그래요, 닥터 리."

엡스는 자신의 민머리를 긁적이며 물었다.

'행크가…… 아주 기가 막힌 연수생이라고 했었지.'

미국에서는 대머리를 부끄러워하지 않는다는 이상한 속설이 있지만, 사실과는 전혀 다른 이야기라고 보면 되었다. 정말 그렇다면 왜 발모제에 관한 연구가 미국에서 가장 활발하게 이루어지고 있겠는가.

아무튼, 행크와 엡스는 둘 다 대머리라는 이유로 아주아주 친했다. 실제로 폐암 관련한 연구도 공동으로 진행 중이었고, 행크의 감탄을 엡스 또한 지겹도록 들은 참이었다. 말하자면 수혁에 대해 어느 정도 기대를 갖고 있다는 얘기였다.

"그래요. 왜 이렇게 오래 걸렸지?"

"우선 환자가 가져온 소견서를 보면……."

수혁은 엡스의 손에 들린 소견서 복사본을 가리키며 말을 이었다.

"1년 전부터 발생한 기침에 관해 쓴 약들이 모조리 적혀 있습니다. 보면 진해 거담제, 항히스타민제, 기관지 확장제, 심지어 스테로이드에 항생제까지 안 쓴 약이 없습니다."

"그렇더군."

이미 기다리는 동안 소견서를 거의 외우다시피 한 엡스였다. 당연하게도 별 감흥이 없었다.

"그중에서 환자가 반응을 보였던 것은 오로지 기관지 확장제 뿐입니다. 아주 잠시뿐이지만, 약을 쓸 때만큼은 호전이 있었습니다."

"아, 그렇지."

실제로 그렇게 쓰여 있었다. 하지만 수혁의 말대로 아주 잠시뿐이었기 때문에 그다지 눈길을 끌진 못했다.

"그런데?"

"일반적인 간질성 폐렴과는 조금 다른 양상입니다. 스테로이드에도 전혀 반응을 보이지 않았으니까요."

"흠……. 그건…… 그렇지."

"그런데 또 엑스레이는 전형적인 간질성 폐렴 소견입니다."

"음."

"폐 기능의 감소도 있고요."

"흠."

엡스는 수혁의 말을 머릿속으로 부지런히 정리하며 고개를 끄덕였다.

"요약하면 환자는 간질성 폐렴을 앓고 있지만, 기관지 확장제에만 반응을 보였습니다. 그것도 완전하지 않은 반응이었는데 그걸 감안하고 본다면 엑스레이에서 보이는 소견은 상당히 양호한 편입니다."

"그렇게 듣고 보니까 좀 이상하네. 하긴, 어지간해서는 여기까지 잘 오지 않지."

"또한 소견서를 보면 환자의 증상이 한 주 동안 어느 정도 변동이 있다고 되어 있습니다."

"그래. 그럼……."

"그렇다면 일반적인 간질성 폐렴이 아니라, 무언가에 노출되면서 발생하는 폐렴을 생각해 볼 수 있습니다."

"오."

확실히 그랬다. 지금까지 말한 특징을 종합해 보면 직업성 간질성 폐 질환과 상당히 유사했으니까.

"그런데 이 근처엔 탄광이 없죠. 환자 손톱에도 검댕이 묻어 있거나 한 게 없었고. 석면을 의심하기엔…… 이미 미국에서는 오래전에 석면의 위험이 확인되어 거의 다 퇴출되지 않았습니까?"

"그것도 그렇지."

"그럼 남은 것 중에……. 그나마 환자의 외형에 부합하는 폐렴이 뭐가 있을까요?"

"여기선 그렇게까지 자세하게는 안 보여요."

엡스는 어깨를 으쓱해 보이며 CCTV를 가리켰다. 그의 말대로 여기서 보는 제시는 안에서 직접 보았던 제시와는 많은 차이가 있어 보였다. 일단 흑백이라 이 사람이 문신을 한 건지 안 한 건지도 분간이 잘 가지 않았다.

"아, 그렇네요."

"그러니까 그냥 닥터 리가 말해 봐요."

"네. 음. 우선 환자의 손을 보면, 여기선 안 보이네요. 약간의 떨림이 있습니다. 나이를 고려할 때, 이상한 일이죠."

"흠."

"그리고 이를 보면 제멋대로 썩어 있는데, 충치로 인한 것과는 좀 다릅니다. 화학 반응에 의한 손상입니다."

"마약이군."

"네. 모든 마약 중독자들은 기본적으로 대마는 다 한다는 보고가 있더군요."

"아……."

수혁의 입에서 대마 얘기가 나오자 엡스는 그제야 알겠다는 얼굴로 고개를 끄덕였다. 한쪽 구석에 찌그러져 있던 스티브도 마찬가지였다. 아니, 스티브는 거의 경악스럽다는 표정이 되고야 말았다.

'이걸…… 저 안에서 생각해 냈다고? 뭐야, 이 새끼……. 진짜 그냥 천재인가?'

가진 거 내놔 보셔

"정말 면폐증(면섬유증)⋯⋯이로군. 음."

엡스는 환자를 문진하고 다녀온 후, 환자의 엑스레이 사진을 보며 중얼거렸다.

'대마를 다루는 사람들에게서는 아직도 종종 발견된다는 보고가 있긴 했는데⋯⋯.'

케이스 리포트에서는 몇 번 접해 본 적이 있었지만, 이렇게 직접 두 눈으로 보게 된 것은 처음이었다.

'그래서 바로 연결 짓지는 못했어.'

엡스는 아직 40대 중반의 젊은 교수였다. 학회에서 슬슬 보직 받고 활동하는 게 50부터니까, 아직은 어리다는 표현을 쓰기도 했다. 하지만 그게 실력의 미숙함을 뜻하는 것은 결코 아니었다. 그는 당당히 3차 의료 기관의 교수로 활동해도 좋을 만큼의 실력을 갖추고 있었다.

'그런데 이 친구는 바로 알아차렸다…… 이거지?'

행크에게 수혁의 우수함을 전해 듣기는 했지만, 이건 우수하고 어쩌고 하는 차원이 아니지 않은가. 교수보다 뛰어난 레지던트라니. 그런 건 들어 본 적도 없었다.

"닥터 리는 이전에 본 적이 있는 모양이죠? 대마에 의한 면폐증을?"

엡스는 당연히 수혁은 이런 케이스를 자주 접해 봤겠거니 하는 생각이 들었다.

'태국이나 이런 데는 마약이 엄청 많잖아.'

심지어 소위 골든트라이앵글이라 불리는 미얀마 접경지대는 거의 무법 지대라, 공공연히 코카인 재배가 이루어질 정도였다. 한국은 거기랑 아예 상관이 없는 지역이었으나, 미국인인 엡스가 그런 거까지 알 수는 없는 노릇이었다. 그에게 아시아는 그냥 다 같은 아시아일 따름이었다.

"네?"

수혁은 뭔 개소리냐는 얼굴로 되물었다.

"그…… 대마 환자를 많이 봤냐고요. 대마에 의한 면폐증은 드문데……. 그걸 바로 연결 지은 것이 신기해서."

"아……. 아뇨. 사실 대마 관련한 환자는 본 적이 없습니다."

"없어요? 거기선 재배하고 그러지 않나요?"

"네? 아뇨. 마약 관련해서는……."

수혁은 한국은 마약 청정국이라는 말을 하려다 그건 좀 아니란 생각에 입을 다물었다. 불과 몇 해 전까지만 해도 정말 청정국이라고 굳게 믿었었지만, 최근 벌어진 일련의 사건 이후로는 그러한 믿음이 많이 흔들렸기 때문이었다. 하지만 여전히 미국보다는 마약 면에 있어서만큼은 훨씬 깨끗하지 않은가. 수혁은 다시 당당한 얼굴로 말을 이었다.

"상당히 타이트하게 관리하는 편입니다. 유통은 될지 몰라도 생산은…… 아마 없을 겁니다."

"그럼 대마로 인한 면폐증을 본 적이 없어요?"

"네."

"근데 어떻게…… 진단을 했죠?"

"네? 아니……. 책에서도 봤고, 케이스 리포트에서도 봤으니까요."

모두 다 겪어 봐야 진료할 수 있을 거 같으면 뭐 하러 책을 본단 말인가. 그냥 1학년 때부터 냅다 병원에서 굴리지. 물론 이런 어려운 난도의 진단은 바루다의 도움이 있어서 가능한 것이긴 했지만, 수혁은 굳이 그러한 것을 입에 올리지 않았다.

[잘했습니다. 벙찐 얼굴, 보기 좋네요.]

바루다 또한 괜히 이상한 소리 하는 것보다는 수혁이 천재 취급을 받는 것이 좋다고 판단하게 된 지 오래였다.

[그렇다고 진짜 본인 힘으로 진단했다고 믿는 건 아니죠?]

'아냐, 아냐. 됐냐?'

[불안해서 그렇죠. 혼자 힘으로 하려고 하다가 사고 치면 저도 곤란해집니다.]

'후.'

물론 깐족거리는 것도 잊지는 않았지만.

"그래……. 직접 본 적도 없는……. 경험이 없는 상태에서 진단했다 이거지."

수혁이나 바루다가 그러거나 말거나 엡스는 나름 충격을 받은 듯했다. 지금 그의 눈앞에 있는 작은 동양인 의사가 저 나이 때의 자신은 물론이오, 지금의 자신 또한 압박하는 실력을 지니고 있단 생각이 들어서였다.

'행크……. 이건 그냥 똑똑한 게 아니잖아.'

천재니 뭐니 하는 친구들을 여태껏 단 한 번도 보지 못했던 건 아니었다. 엡스도 한창 수재 소리를 들으면서 대학을 다녔고, 그 덕에 교수가 되었으니까. 그보다 더 우수했던 친구들도 있었는데 그들은 정말 세간에서 말하는 천재에 부합되는 인재들이었다. 하지만 수혁은 그들과도 또 달랐다.

'이건……. 이건 괴물이야.'

면폐증을 진단했을 때부터 그런 생각이 들었다. 그러던 것이 외래가 끝나 갈 때쯤에는 확신으로 변했다. 일개 레지던트이면서 놓치는 질환이 하나도 없는 것은 물론이고, 세우는 치료 계획마다 완벽하지 않은가.

'이수혁……. 전문의 따고 나오면 치열하겠는데…….'

엡스는 그런 생각을 하며 오후 스케줄을 위해 떠나가는 수혁의 뒷모습을 바라보았다.

[오늘도 여러 건 했군요.]

바루다는 그저 흡족할 따름이었다. 인공지능인 그가 판단하기에도 조금 혹독한 것이 아닌가 싶을 정도로 수혁을 몰아붙인 보람이 있었기 때문이었다.

'표정 봤냐?'

[네.]

'분석해 보면 어때?'

[놀람과 경악의 연속이죠.]

'하긴, 내가 봐도 놀란 거 같긴 하더라.'

바루다는 수혁의 말 또한 흡족한지 껄껄 웃더니 광기에 찬 목소리로 한마디 더 보탰다.

[이게 메이드 인 코리아의 힘이다, 양키 놈들아.]

'양키란 말은 또 어디서 들었어…….'

[날 만든 사람들이 노상 하던 말인데요. 양키 타도. 태화 만세.]

'아…….'

수혁은 사고가 일어난 지 얼마 되지 않았을 때, 이현종이 데려왔던 몇몇 연구원들을 떠올렸다. 모두 죽을죄를 지었다는 얼굴로 고개를 숙여 댔는데, 그중 하나가 안대훈처럼 정수리가 훤히 비어 있어서 별말을 못 했던 기억이 있었다.

―수혁아, 이 사람들이 지금 모금 진행 중이거든? 1억 원 준비해 줄 거야.

―네? 원장님, 1억이라뇨. 저희 넷밖에 없는데…….

―수석 연구원 연봉을 내가 빤히 아는데 1억도 못 모아? 우리랑 연구 안 할 거야?

―와…….

사과를 하러 온 건지 강탈을 당하러 온 건지 헷갈리는 순간이었는데, 그때 받은 인상은 '참 얌전하다.'였다.

'그 점잖아 보이던 태화전자 사람들이 일할 때는 또 양키, 양키 하는구나?'

[욕 엄청 많이 하는데요? 한번 들어 볼래요?]

'아, 아니. 됐어.'

[보세요.]

'됐다고.'

둘이 쓸데없는 논쟁을 이어 나가고 있는 것을 그와 어깨를 나란히 하고 걷고 있던 스티브가 심각한 표정으로 바라보았다.

'또 무슨 진단이라도 하고 있는 건가.'

그렇지 않고서야 혼자 저렇게 중얼대면서 걸어갈 리가 없지 않은가.

'천재인데……. 노력도 한다 이거지.'

이런 점은 반드시 본받아야겠다는 생각이 들었다. 그와 동시에 행크가 했던 당부 또한 떠올랐다.

'어떻게든……. 이놈……. 아니, 이분의 비결을 배워야 해.'

솔직히 오늘 외래에 들어오기 전까지만 해도 행크의 부탁 때문에 배울 생각이 들었었는데, 호흡기 외래를 거의 찢다시피 하는 것을 보고 나자 태도가 많이 달라져 있었다. 굳이 행크의 부탁이 없었다고 하더라도 수혁에게 대체 어떻게 하면 이렇게 실력 좋은 의사가 될 수 있는 건지 좀 배우고 싶었다.

"저……."

스티브는 아주 어렵게 수혁을 불렀다. 천재의 깊고 깊은 사유를 방해한다는 죄책감 때문이었다. 그에 반해 수혁은 별 대수롭지 않다는 태도였다. 어차피 잡담 중이었지 않은가.

"아, 스티브."

"괘, 괜찮으면……. 점심이나 같이 하실래요?"

"오."

의외의 제안을 받은 수혁은 서둘러 자신의 기억을 되짚어 보았다. 바루다가 부지런히 데이터화해 둔 덕에 그리 오래 걸리지는 않았다.

'분명 여기 왔던 선배들은 거의 혼밥했다고 들었는데?'

[네. 담당 레지던트가 밥을 먹자고 제안한 건은 0입니다. 교수는 한두 번 있었지만.]

'뭔가······.'

[꿍꿍이가 있겠죠.]

여기까지 생각이 미쳤지만 그렇다고 딱 잘라 거절할 생각이 들진 않았다.

'미국에 끈을 남겨 두는 것도 나쁘지 않겠지.'

[뭐······. 그렇게 쓸 만한 끈이 될지는 모르겠지만······.]

'연수생 담당 레지던트는 아무나 하는 게 아니라고 듣기는 했어.'

연수생을 보내는 병원이야 당연히 병원에서 제일 우수한 레지던트를 연수생으로 보내는 것을 관례로 삼고 있었다. 그렇다면, 과연 그 연수생들을 받는 병원에서는 어떻게 하고 있을까. 당연히 우수한 레지던트들로 하여금 웅대하게 만들어 둘 터였다. 뭔가 가르치지는 않아도, 최소한 경외감을 불러일으키긴 할 테니까. 물론 지금의 스티브는 그 역할을 전혀 하지 못하고 있었지만.

"좋죠. 어디 아는 데라도 있어요?"

"음."

스티브는 짐짓 손목시계를 보는 척했다. 원래 같으면 행크와 함께 연구소에 가야 할 시간이었다. 한국의 대학 병원들과는 달리, 미국에 있는 대학 병원에서는 레지던트들에게 비단 진료만 가르치지 않았으니까. 하지만 오늘만은 예외였다.

"시내로 갈까요? 제 차로 가죠."

"시내? 나가도 돼요?"

"네. 3시까지만 들어오면 됩니다."

"오……."

지금이 1시니까, 무려 2시간이나 비는 셈이었다.

'이런 건 좀 부럽다.'

[그러게요. 뭔 놈의 레지던트가 이렇게 여유가 있어? 우리는 인마. 어? 얼마나 혹독하게.]

넘치는 여유에 바루다가 성깔을 냈다. 마치 꼰대 같은 모양새였다. 인공지능 주제에 꼰대라니. 수혁은 어처구니가 없다는 얼굴로 고개를 가로저었다.

'우리랑은 나라가 다른 애들이잖아.'

[이렇게 설렁설렁하니까 실력이 개판이죠.]

'아니, 객관적으로 보면……. 그렇게 나쁜 건 아니잖아.'

[그건……. 음. 그렇네요?]

하지만 곧 바루다는 객관적 사실을 받아들였다.

[어떻게 이러지?]

수혁의 말대로 스티브의 실력은 여느 3년 차 못지않았으니까. 물론 바루다의 눈에 차는 3년 차라는 건 존재하지도 않긴 했지만, 그 와중에 실력은 비슷하거나 오히려 더 위에 있다는 얘기였다. 근무 시간은 절반 정도라는 것을 감안하면 정말 놀라운 결과라고 볼 수 있었다. 하지만 수혁은 그 이유를 알 것 같았다.

'얘들은 틈만 나면 배우잖아. 교수들이……. 진짜 기를 쓰고 가르치더만.'

[아, 오늘도 그랬죠.]

'대학 병원이 진짜 교육 기관이라는 느낌이야.'

[우린 노예 양성소인데.]

'그……. 그런 말은 하지 말자.'

[사실이 그렇잖아요?]

'그러니까 하는 말이야.'

원래 세상에서 제일 아픈 폭행이 팩트 폭행이라는 말도 있지 않은가. 그렇지 않아도 여기서 본 여유 넘쳐 보이는 여러 레지던트들을 보다 보면 태화의료원의 레지던트들의 삶은 노예 그 자체로 보이는 마당이거늘. 굳이 노예 양성소라는 말을 붙여 놓고 보니 마음이 아파 왔다.

[노예한테 노예라고 하는 게 뭔 잘못이야.]

물론 인공지능인 바루다는 전혀 공감하지 않았지만.

"이쪽으로 오시죠."

아무튼, 그사이 수혁은 스티브의 차 앞에 도달할 수 있었다. 땅덩이가 넓어서 그런 건지는 몰라도 지하 주차장이 아니라 그냥 평지에 세워져 있었다. 심지어 레지던트 주제에 지정 주차였다.

"이름이 쓰여 있네요?"

"아, 네. 셔틀도 있는데……. 그걸 못 타는 사람들에게는 무조건 자리가 나옵니다."

"오."

태화는 조교수도 자리가 안 나올 때가 있는데. 수혁은 스티브가 태화에 대한 어마어마한 환상을 품고 있는 줄은 꿈에도 모른 채, 계속 부러워하고만 있었다.

🔪🔪🔪🔪🔪

"여기예요."

잘빠진 중형 세단과 함께 10분 정도 내달려 도착한 곳은 작은 햄버거 가게였다. 딱 봐도 허름한 것이 기대감을 확 낮춰 주는 외양이었지만, 스티브는 자신만만했다.

"여기가 중부 제일의 맛집이라고 자부합니다."

고향이라 그렇게 생각하는 거 아닌가 하는 느낌이 짙었지만, 어찌 됐건 사 주겠다는 놈이 맛있을 거라는데 초 칠 필요는 없었다. 수혁은 고개를 끄덕이며 안으로 향했다.

"기대되는데요?"

"절대 실망 안 하실 거예요. 저쪽에 앉죠. 창가 자리가 풍경도 이뻐요. 딱 나무도 보이고."

"오, 진짜 그러네요."

스티브는 수혁이 자리에 완전히 앉기까지 기다린 후, 조금은 진지해진 얼굴로 입을 열었다.

"저, 근데 닥터 리."

"네."

"실례가 되지 않는다면······. 대체 어떻게 공부를 하시는 건지 알려 주실 수 있나요? 저희 쪽 시스템이 부족하다면 좀 배우려고 합니다."

"아······."

수혁은 이게 연수생으로 온 사람에게 할 소리인가 하는 생각이 들었다.

'지금 배우러 온 사람한테 가르쳐 달라고 하는 거 맞지?'

[딱 잘라서 거절하십시오. 감히 대화를 무시한 주제에. 아이오와주립대학교병원이 뭐 잘난······. 아, 아니지.]

'왜 그래?'

[아마 여기 메이오, MD 앤더슨, 하버드에서 합작으로 개발한 인공지능, '왓슨'이 있을 거예요.]

'그래서?'

[인공지능으로 공부한다고 하고, 왓슨 좀 보여 달라고 하죠. 그럼 아마 보여 주지 않을까요?]

■■■■■

"네? 왓슨을…… 보고 싶다고요?"

"네, 왓슨. 저희도 자체 개발한 인공지능으로 같이 학습을 하거든요. 조언을 드리려면…… 아무래도 어떤 인공지능인지 한번 봐야 할 것 같은데요."

"어……."

스티브는 선뜻 고개를 끄덕이지 못했다. 당연한 일이었다. 닥터 왓슨 프로젝트는 일개 레지던트로서는 상상도 하기 어려울 정도로 어마어마한 비용이 들어간 프로젝트였으니까.

'뭐라고…… 하지?'

단지 비용만의 문제라면 그나마 간단할 터였다. 하지만 왓슨 프로젝트에는 아주 많은 사람이 관여되어 있었다. 그것도 그냥 평범한 사람들이 아니라, 이름만 대면 다 아는 병원의 뛰어난 교수들이었다.

'근데 이상하네.'

그럼에도 불구하고 일단 지금의 왓슨 프로젝트는 실패했다고 알려져 있었다. 아니, 실제로 실패했다. 주어진 정보를 분석해 내는 것은 잘하지만, 그 정보라는 것이 오로지 텍스트에만 한정되어 있기 때문이었다. 아직 인공지능에게 사람의 눈과 귀, 코, 혀 그리고 촉각을 대신할 장치를 달아 줄 수 없지 않은가. 어찌 보면 예견된 실패라고도 볼 수 있었다.

'그걸로……. 대체 뭔 교육을 한다는 거야.'

설마하니 태화의료원인지 뭔지에서 만든 인공지능이 왓슨보다 훌륭할 리는 만무하지 않은가. 그렇다면 교육 방법에 뭔가 비밀이 있을 터였다.

[고민하는 거 같죠?]

'고민하네. 근데 왓슨을 보여 주는 게……. 그렇게 큰일인가?'

[설마 그냥 '와. 왓슨이다.' 하고 나갈 생각이었던 건 아니죠? 그렇다면 정말 큰일인데. 역시 이현종 머리에……. 아니, 수명이 길지 않으려나…….]

'이놈은 틈만 나면 지랄이네. 내가 기계를 아냐? 하나도 몰라, 이놈아.'

[무언가를 모른다는 게 이렇게 당당할 일인가 싶긴 하지만……. 이해는 합니다. 의대에서 공부했는데 기계까지 알면 그건 좀 이상한 일이죠.]

옛날 같았으면 아마 마냥 깐족거리기만 했을 테지만, 이제 바루다는 수혁의 아주 밑바닥에 있는 기억까지도 거의 다 분석을 해낸 상태였다. 그 말은 바루다가 이 세상에 있는 그 누구보다도 더 수혁을 잘 이해하고 있다는 뜻이었다. 기계한테 이해받는 기분이라니. 아마 경험 없는 사람들은 결코 알 수 없을 터였다.

'기분 희한하네. 아무튼, 보면 좋은 게 뭔데? 그리고 앤 왜 이렇게 고민해?'

[고민할 만하죠. 만약 수혁이 인공지능에 대해 능통한……. 가령 태화전자에서 이 위대하신 바루다를 만들어 낸 사람이라면 프로그램을 보는 것만으로 어떤 힌트를 얻을 수 있을지 모르니까요.]

'네가 그렇게 위대하면 왓슨인지 나발인지 볼 필요 없는 거 아냐?'

[음.]

수혁의 말에 바루다는 몹시 불편하다는 기색을 내비쳤다. 그러곤 한숨을 토해 냈다.

[저를 만든 개발자들이 왜 양키 타도, 양키 타도를 외쳤겠습니까?]

'글쎄.'

[그건 양키가……. 그러니까 그 양키들이 만든 왓슨이 워낙 뛰어나서였을 겁니다.]

'오……. 상당히 자기 검증력이 강한데?'

[물론이죠. 근거 없는 자신감만큼 위험한 건 없으니까요. 이

바루다에게 약점이란 없습니다.]

'바로 후회하게 만드는 재주가 있네.'

바루다에 이어 수혁이 약간은 다른 의미의 한숨을 토해 낼 때쯤에서야 스티브가 재차 입을 열었다. 종업원이 그가 주문한 햄버거 두 개를 내려놓는 시점과 거의 같았다.

"그……. 저는 통화 좀 하고 오겠습니다. 먼저 드세요."

"식으면 맛없는 거 아니에요?"

"어……. 아뇨. 여긴 그래도 맛있……. 아니, 이게 아니고. 전화를 좀 드리고 말씀을 드려야 될 거 같아서요. 제가 함부로 결정할 수 있는 사안이 아닙니다."

"아……. 알겠어요. 제가 괜히 곤란하게 해 드리는 건 아닌지 모르겠네요?"

"아뇨, 아뇨. 알려 주신다는데……. 저는 감사할 따름입니다."

스티브는 진심으로 고맙다는 얼굴을 하고 있었다.

[하긴 이틀 연속 외래 찢었는데 인상 깊었겠지.]

'외래를 찢긴 뭘 찢어……. 어디서 본 거야.'

['쇼 미 더 머니'요.]

'나도 안 본 걸 대체 어디서 봤어?'

수혁은 진정으로 두렵다는 표정을 지어 보였다. 설마 자신이 잠들 때 몸을 통제했나 뭐 이런 생각이 들어서였다. 그에 반해 바루다는 아주 시큰둥했다.

[공부할 때 주의력 일부를 TV에 돌려놨죠.]

'아니, 이 새끼가?'

[일단 먹읍시다. 먹어요. 이야, 이거 딱 내가 좋아하는 맛이네.]

'내가…… 내가 좋아해서 먹는 거야.'

[그거나 이거나.]

'그……. 아니다.'

수혁은 더 논쟁하기를 포기하고 일단 햄버거를 먹기 시작했다.

'오?'

[이거……. 이거 미쳤네.]

'진짜 중부 최고일 수도 있겠는데.'

[그러니까요. 이거보다 더 맛있는 햄버거가 있기는 하려나.]

딱 한 입 베어 무는 순간 허름하기만 했던 가게 내부가 정갈해 보이는 효과를 지닌 맛이 느껴졌다. 패티에서는 '이게 육즙이고 지금까지 너희가 먹었던 건 다 가짜'라고 주장하는 듯한 녹진한 육즙이 줄줄 새어 나왔다. 아삭한 양파와 토마토 그리고 양상추는 딱 좋을 정도로 녹은 치즈와 한데 어우러져 그 육즙의 풍미를 더 살아나게 만들고 있었다.

'빵은 뭔데, 이거.'

[미쳤네.]

심지어 그저 빵일 뿐이었던 번조차 고소하니 모든 맛을 조화롭게 만들어 주었다.

"네네, 왓슨을……. 보고 싶다고 하는데요."

수혁이 바루다와 함께 황홀경에 빠져들고 있을 때, 스티브는 커다란 덩치를 잔뜩 구긴 채 전화기를 붙들고 있었다.

"왓슨을……? 그걸 왜?"

"태화의료원에서는 이제 교육에 인공지능을 쓴다고 합니다."

"어? 그런 얘기는…… 한 번도 들은 적이……. 아, 기밀인가?"

"그런 거 같습니다. 꽤 조심스러운 태도였어요."

"기밀이라 이거지. 교육법이……. 하긴……. 이수혁이 그 친구 보면 그럴 만도 하지."

조태진이라고 했던가. 사람 좋은 얼굴을 해서는 별 특별한 것도 없다고 구라나 치고. 행크는 고개를 절레절레 흔들고는 잠시 옆을 바라보았다. 이미 연구소에 온 지 오래였기 때문에, 옆방에는 현재 내과 과장인 앨리슨이 있었다.

"잠깐 기다려 봐."

"네."

행크는 곧장 앨리슨에게로 달려갔다. 앨리슨은 마침 한창 연구 중인 건 아니었던지라, 문을 열고 들어서는 행크를 반갑게 맞아 주었다.

"뭐, 주말에 모이는 거? 전해 들었어. 바비큐 먹으러 가야지."

"아아. 그래요. 주말에 오는 건 오는 건데."

"어? 그거 때문이 아니야?"

"그, 이수혁 말입니다."

"이수혁?"

갑자기 들어와서 이수혁이라니. 이게 대체 뭔 소린가 싶었다. 당연한 일이었다. 일단 이수혁이라는 이름 자체가 미국인들에게는 무척 낯선 이름이었으니까. 하지만 앨리슨은 무려 아이오와주립대학교병원의 내과 과장을 맡을 정도의 우수한 재원이지 않은가.

"아……. 그 연수생. 왜?"

"괴물이던데요? 걔?"

"괴물? 그 정도야?"

"어제 제 외래 왔을 때도……. 진짜 장난 아니긴 했거든요?"

"들었어. 다학제 데려갔다고. 처음이지? 연수생을……. 월말 아니고 월초 다학제에 데리고 들어간 건."

수혁이야 원래 다학제가 마련되어 있는 병원에서 온 몸이었지만.

"네, 처음이죠. 그럴 만큼 우수했는데……. 오늘 엡스 교수 외래에서는 뭐라더라. 그래, 대마로 인한 면폐증? 뭐 이딴 걸 진단했다고 하더라고요."

"면폐증? 그게 뭐야."

"모르죠. 그러니까 대단하죠."

앨리슨은 행크의 말을 들으며 좀 이상하다는 느낌이 들었지만, 곱씹어 보니 과연 그럴싸한 의견이었다.

'하긴 행크도 나도 모르니까……. 아주 희귀한 질환이겠지.'

둘 다 이미 다른 세부 분과를 정해 놓고 들이판 지 오래되어서 전반적인 내과 지식이 쪼그라든 것도 한 가지 이유가 되긴 하겠지만, 아무리 그래도 일개 레지던트들보다는 훨씬 낫다고 봐야 했다. 따로 공부하거나 진료하지는 않더라도 여기저기 주워듣는 게 계속 있었으니까.

"대단하긴 하네. 근데?"

"그래서 제가 스티브 녀석 통해서 대체 어떻게 교육을 받는 건지 물어봤어요."

"스티브……. 너 걔 진짜 스태프로 키울 생각이구나? 엄청 싸고도네?"

"똑똑하니까요. 걔 정도면 괜찮지 않아요? 연구도 열심히 하고."

"뭐……. 그야 그렇지."

적어도 지금 스티브 연차에서 스티브만 한 친구는 없다고 보면 되었다. 내과가 어디 서너 명 모인 과는 아니니, 적어도 십수 명 중에서 제일 우수한 녀석이라는 뜻이었다.

"근데……. 이수혁이라는 애는 그 정도가 아니야. 물론 걔가 특별히 더 뛰어나기는 하겠지만……. 아무튼, 교육법을 알아내기는 해야 해요."

"음. 좋은 생각이야. 그래서 날 찾아온 거야?"

"아뇨. 물어봤더니, 태화의료원에서는 인공지능을 이용해서 교육한다고 하더라고요?"

"인공지능? 그런 얘기는 처음 들어 보는데."

"거기 이현종인지 뭔지……. 그 사람 아니에요? 그 사람이 뭐다 솔직하게 말해 줄 거 같습니까?"

이현종은 월드 스타라는 별명에서 미루어 짐작할 수 있듯이, 나름 전 세계적인 명성을 가지고 있었다. 아예 심혈관 중재술의 개념 자체를 바꾸어 버린 사람이니 당연한 일이었다. 현재까지도 모든 내과 의학도들은 그가 낸 논문을 바탕으로 쓰인 교과서로 배우고 있었다.

"음……. 아니지, 그건 아니지."

"근데 이수혁이라는 친구는 아직 순진한 거 같더라고요."

"뭐……. 20대니까."

"그래서 알려 줄 것 같은데. 저희 인공지능을 보여 주면 그거 토대로 조언을 해 주겠대요."

"우리 인공지능? 닥터 왓슨?"

"네."

"너 미쳤……. 음."

앨리슨은 불같이 화를 내려다 말고 고개를 떨구었다. 닥터 왓슨은 정말 기밀 중의 기밀이기는 했다. 왓슨으로 인한 성과 같은 거야 언론으로도 내고 있긴 했지만, 그게 어떤 과정을 통해 개발이 되었고, 또 어떤 과정을 통해 학습하고 있는지는 극비였다.

'그러면 뭐 하나…….'

이미 하버드에서는 왓슨이 실패작이라고 규정하지 않았는가. 단독으로 진료하는 건 무리더라도 최소한 진료에 들어가는 품은 줄여 주었어야 했는데, 이놈의 왓슨은 도리어 학습이라는 명목하에 시간만 더 잡아먹고 있었으니 어쩔 수 없는 일이었다.

'도저히 이해할 수 없는 결론을 낼 때가 있단 말이지.'

연구진을 더 환장하게 만드는 건 결론은 맞았는데 그 과정이 납득이 가지 않는 경우였다. 결론이 틀린 거야 답을 모르는 거니 수정을 해 주면 될 텐데, 과정이 뒤죽박죽이다가 답을 맞히는 건 더더욱 풀기 어려운 문제였다.

'근데 그걸……. 교육용으로 쓴다 이거지?'

어떤 방식으로 쓰고 있는지는 알 수 없는 일이었다. 하지만 그게 뭐든 간에 지금처럼 수천억이 든 폐기물로 있는 것보다는 나을 거 같았다. 그편이 선의든 돈을 벌기 위해서든 선뜻 거금을 내어 준 투자자들에게도 할 말이 있을 거 같았고.

"그래. 한번 보여 줘."

"역시 안……. 네? 보여 줘요?"

"그래. 보여 줘. 어차피 왓슨……. 지금 구동도 안 하고 있지 않아?"

"절전 모드로 돌려놨죠."

워낙 고가의 제품이다 보니, 껐다가 안 켜지면 어쩌나 하는 걱정에 끄지도 못하고 있었다.

이른바 전기 도둑으로 전락한 셈인데 정말 웃기지도 않는 상황이었다.

"가동해. 오후에 바로 보지 뭐."

"아……. 네. 그럼 오라고 하겠습니다."

"그래."

왓슨

"정말 맛있었습니다."

수혁은 스티브가 모는 차 조수석에 앉아 있었다. 상당히 흡족한 표정을 짓고 있었는데, 방금 그의 말이 빈말이 아니었기 때문이었다.

[몇 번 더 가야겠군요.]

'그러게. 내가 가지고 있던 햄버거에 대한 편견을 깨 주는 맛이었어.'

기껏해야 패스트푸드라고 생각해 왔던 수혁이었다. 당연히 맛에 있어서는 한계가 있을 수밖에 없다고 믿어 왔었고. 근데 아까 먹은 햄버거는 호텔 레스토랑에서 주요리로 내온다고 해도 손색이 없을 정도의 맛이었다.

"다행이네요."

"그럼 지금 바로 연구소로 가는 건가요?"

"아, 네."

"오후 일정 괜찮은 거예요? 괜히 저 때문에."

수혁은 일단 칭찬을 통해 스티브의 경계를 허문 후에도 계속해서 저자세를 고수하는 중이었다.

[잘하고 있습니다. 순진하게 보이십시오. 의학만 아는……. 전공 바보로 알게끔.]

'알았어. 별짓 다 하네 정말.'

[그런 거치고는 정말 잘하고 있습니다. 원래 전공 바보라서 그런가……. 아니, 이 말은 잊어 주시죠.]

'그런 말 하면서 데이터베이스화하지 말라고!'

[습관이 되어서. 지울 수도 없는 곳에 넣어 놨네요.]

'하아.'

전공 바보 행세라도 해 가면서 어떻게든 왓슨의 데이터에 접근해 보기 위함이었다. 수혁이 생각하기엔 어차피 왓슨보다 지금의 바루다가 몇 배는 더 우수할 거 같긴 했지만, 바루다가 꼭 보고 싶어 하니 어쩔 수가 없었다. 바루다를 위한다기보다는 수혁 자신을 위해 최선을 다해 보기는 해야 할 터였다.

'안 그랬다가는 생지랄을 치겠지…….'

[네?]

'아, 미안. 들렸냐.'

[수혁의 생각 거의 대부분은 듣고 있거든요.]

'망할.'

누군가 내 생각을 거의 다 듣고 있다니. 상상하는 것만으로도 소름이 끼쳐 오는 그런 일이었다. 아마 무심한 편에 속하는 수혁이 아니었다면 정신병에 걸렸을지도 몰랐다. 물론 수혁은 그냥저냥 잘 적응하고 있는 상황이었다.

"오후 일정……. 어차피 행크 교수님 연구실에 들러서 도울 예정이었습니다. 괜찮습니다."

"다행이네요. 아, 여긴가요?"

"네. 여기가……. 주로 내과 관련한 연구가 진행되는 곳입니다. 아예 동떨어진 곳에서 하는 교수님도 계시긴 하는데, 거의 다 이 건물에 계세요."

"아하……."

수혁은 애써 놀란 티를 내지 않기 위해 말끝을 흐렸다. 하지만 그럼에도 불구하고 한없이 벌어지는 입과 눈은 어쩔 수가 없었다. 세상에 아예 건물 한 동이 병원 연구소인 것도 놀라운데, 이게 하나가 아니라 여러 개라니.

[내과가 주로 연구하는 연구소라니. 이것 참…….]

바루다도 어처구니가 없다는 듯 고개를 휘휘 내저었다.

"출입증은 이거 쓰시면 됩니다."

"아, 네."

그사이 스티브는 부리나케 수혁의 임시 출입증을 받아 와 건네주었다. 그제야 수혁은 이미 자신이 건물 안에 들어와 있음을 깨달을 수 있었다. 로비엔 일종의 게이트 역할을 하는 수색대가 있었는데, 점심시간이 약간 지났음에도 불구하고 오가는 사람들이 무척 많았다.

[저게 다 여기서 일하는 사람들일까요?]

'그런가 본데.'

[어마어마하군요. 거의 병원 직원만큼 있는 거 같은데.]

'그러니까……. 음.'

이것만큼은 대한민국의 의료계가 따라잡기 어려워 보였다. 제아무리 수혁 혼자 잘났다고 까불어 봐야 관여할 수 있는 환자의 수가 몇이나 되겠는가. 평생 환자를 본다 해도 기껏해야 수만 단위일 터. 그에 반해 이곳 연구소에서 개발될 치료제들은 어떠할까. 종류에 따라 수십만에서 수백만, 심지어는 수억에 해당하는 환자들이 혜택을 보게 될 수도 있었다.

[연구라……. 흠.]

수혁뿐만 아니라, 바루다도 깊은 감명을 받은 듯했다. 태화의료원에서 연구실에 들어가 본 경험이 있었지만 이런 느낌은 처음이었다.

어찌 보면 당연한 일이었다. 태화의료원의 연구소에서 이루어지는 연구들은, 미안하지만 그 수준에서 명백한 한계가 있었기 때문이었다. 여기에 비하면 영세하다고까지 표현할 수 있을 정도로 설비도, 인력도 부족하지 않은가. 점점 개인의 역량보다는 시스템의 중요성이 대두되는 21세기 바이오산업에서 이 모든 인프라를 역전할 만한 한 방이 나오길 기대하는 건 일종의 망상이라고 볼 수도 있었다.

'돌아가면 일단 연구 역량을 점검해 볼까?'

[좋죠. 하지만.]

'하지만?'

[그 전에 여기에 있는 모든 것을 데이터베이스화하겠습니다. 약간 어지러울 수 있습니다. 넘어지지 않도록 주의하세요.]

'너……. 아니다. 그래, 그렇게 해 줘.'

[네.]

수혁은 바루다가 자신의 뇌의 연산 시스템의 일부를 더 가져가는 것을 느끼며 벽을 손으로 짚었다. 평소 운동, 즉 몸을 움직이는 데 쓰여야 하는 뇌의 막대한 연산이 줄어들었기 때문이었다.

고작 움직이는 데 뭔 놈의 뇌를 그렇게 많이 쓰나 싶기도 하겠지만, 사실 우리 뇌 연산의 대부분은 이 별거 아닌 것처럼 보이는 운동에 쓰이고 있다. 보다 정확히 말하자면 흔히 알려진 것처럼 우리는 우리 뇌의 30%만 사용하고 있다는 건 사실이 아니고, 100% 쓰이고 있으며 그 대부분은 운동에 쓰이고 있다는 말이었다.

"괜찮으세요?"

스티브는 돌연 수혁이 벽을 짚자 짐짓 걱정스럽다는 표정을 지으며 물어 왔다. 이러다 혹 수혁이 태화의료원 교육 시스템의 비밀을 털지 않고 가면 어쩌나 하는 걱정 때문이었다. 수혁은 그의 시커먼 속내를 고스란히 들여다보면서 고개를 끄덕였다.

"네. 제가 한쪽 다리가 불편하다 보니, 가끔 이래요."

상당히 그럴싸한 핑계를 대면서였는데, 언제나 그렇듯 이번에도 통했다.

"아, 아. 그렇군요. 제가 도와드릴까요?"

"아뇨. 저기로 가면 됩니까?"

"네."

"천천히 갈게요."

"네."

수혁은 평소보다 확연히 느린 속도로 몸을 움직였다. 바루다가 그야말로 눈에 보이는 모든 것을 입체적으로 재구성하여 머릿속에 욱여넣고 있기 때문이었다. 출입문은 어떻게 만드는지, 공조 시설은 어디에 어떻게 설치되어 있는지, 인력은 어떻게 배치해서 쓰고 있는지. 솔직히 지금 당장은 알아 둬서 쓸데가 없어 보이긴 했지만, 혹시 모르는 일 아니던가.

삐삐.

천천히 걸음을 옮기고 있으니 수색대에서 알람이 울렸다. 뒤따라오던 스티브가 무척 놀란 얼굴로 달려왔다.

"지, 지팡이 때문인가요?"

"아니……. 지팡이는 아닙니다. 이분 머리에서……."

그러자 경비원 또한 당황스럽다는 얼굴로 고개를 갸웃거렸다. 분명 수혁의 머리 쪽에서 계속 알람이 울려왔기 때문이었다. 그에 반해 수혁은 여유롭기 짝이 없었는데, 이미 공항 검색대에서의 경험이 있어서였다.

"제가 머리를 다친 적이 있어요. 여기."

수혁은 미리 준비해 간 자신의 진단서를 보여 주었다. 신경외과 최낙필 교수가 영문으로 작성한 것이었는데, 수혁의 머리에 사고로 인한 파편이 박혀 있음을 확인시켜 주는 진단서였다.

"아…… 아이고. 실례했습니다. 들어가시죠."

"네."

덕분에 수혁은 경비원에게 사과까지 받아 가며 건물 안으로 들어설 수 있었다. 기밀이 최우선시되는 연구소에 생체 해커가 들어서는 순간이었다. 물론 수혁 외에는 그러한 사실을 아무도 몰랐기에 위험할 거리라고는 단 하나도 없었다.

"이쪽으로 오시죠."

오히려 안내까지 받고 있었다.

"여기가 앨리슨 교수님 연구실입니다."

"과장님?"

"네. 왓슨이 어디에 있는지는 저도 몰라서……. 아마 과장님이 같이 가실 겁니다."

"그렇군요."

수혁은 그렇게 앨리슨 교수의 연구실에 들어섰다. 보통 100만 달러부터 연구비를 책정받아 쓰고 있다더니, 과연 없는 게 없어 보이는 연구실이었다.

특히 돌아다니는 인원이 무척 많았는데 그들 중 대부분이 박사 과정에 있거나 이미 박사를 따고 포스트 닥터 과정에 있는 사람이라는 것이 인상적이었다. 한국의 대학 병원에서는 감히 꿈도 꾸기 어려울 정도의 인력 풀이라고 보면 되었다.

"아, 닥터 리. 왓슨을 보고 싶다고 했다고요?"

한창 두리번거리고 있으니 앨리슨이 반갑게 인사를 해 왔다. 어쩐지 처음 봤을 때보다는 좀 더 반가워 보이는 그런 인사였다.

[휴.]

'됐어?'

[대강은요. 어차피 다 돌아볼 것도 아니고…….]

'아니고?'

[왓슨이 중요해요. 대체 얼마나 잘 만들어 놨길래 날 만들었던 사람들이 그렇게 라이벌 의식을 활활 불태웠는지 궁금합니다.]

'음.'

약간은 불필요할 정도로 의식을 하고 있다 싶은 순간이었다. 하지만 이미 여기까지 오지 않았는가. 그것도 환대까지 받아 가면서. 돌아갈 이유는 단 하나도 없었다.

"네, 꼭 보고 싶습니다. 어쩌면 제가 도울 수 있는 게 있을지도 모르겠습니다."

"고마운 말이네요. 그런데……. 닥터 리의 교수님들은 괜찮은 겁니까? 인공지능을 이용한 교육법이라는 건 들어 본 적이 없는데."

당연한 일일 터였다. 단 한 번도 그런 교육은 해 본 적이 없었으니까.

[교수 얘기는 대강 둘러대시죠.]

'좋아.'

수혁은 결코 사실을 전달해 줄 생각이 없었다.

"아, 비밀이기는 합니다만……. 저는 정말 효과를 많이 봤거든요. 뭐 우수한 의사들이 늘어나면 전 세계적으로 좋은 일 아니겠습니까."

"그야……. 그건 그렇지."

"그래도 비밀은 지켜 주세요. 저희 교수님들이 아시면 저 정말 곤란해집니다."

"그건 걱정 말아요. 어차피 태화의료원 교수님들하고 그렇게 자주 만나는 사이는 아니니까."

"네, 감사합니다."

"그럼 갑시다."

"네."

거기에 더해 수혁은 앨리슨과 행크의 입단속까지 한 후에야 왓슨이 있는 방으로 향했다.

┅┅

방은 딱 바루다가 있던 방처럼 거대했고, 공조 시설이 무척 잘되어 있었다.

[이게……. 왓슨.]

바루다는 눈앞에 놓인, 그러니까 방 가운데 놓인 거대한 컴퓨터와 화면을 보며 중얼거렸다. 뭔가 심경이 복잡해 보였다. 하지만 수혁은 곧 녀석이 인공지능이라는 것을 떠올리곤 고개를 가로저었다. 감정이 느껴진다니, 너무 나간 느낌 아니던가.

"그럼 이게 대강 어떻게 돌아가는지 좀 볼 수 있을까요?"

"어? 아……. 그래. 음……."

앨리슨은 기술자를 부르려다가, 바로 이 손으로 기술자를 해고했었다는 사실을 떠올렸다. 이미 중단된 프로젝트에 무슨 놈의 기술자를 쓴단 말인가. 지금 아이오와주립대학교병원에서

이 왓슨을 위해 해 주고 있는 일이라고는 오직 하나, 전력 공급뿐이었다.

"할 줄 아나? 우리 인력이 지금······. 출장을 가 있어서."

"아······."

이건 좀 당황스러운 질문이었다. 아무리 아니라고 하려고 해 봐도 수혁은 기계에 있어서만큼은 문외한이었으니까. 실로 전공 바보라는 호칭이 어울리는 인간이라고 할 수 있었다.

[할 수 있습니다.]

'응?'

[자꾸 잊어 먹으시나 본데, 전 바루다입니다. 인공지능입니다.]

'그게 뭐.'

[001000101010000]

'갑자기 미치셨나?'

[이게 제 원래 언어입니다.]

'아······.'

그러고 보니 들어 본 기억이 있었다. 컴퓨터는 2진법을 쓴다고 했던가.

[컴퓨터 언어가 제 모국어라는 뜻이죠. 맡겨 주시죠. 기술자가 있었다면 얘기가 좀 달라졌을 테지만······.]

'뭔가 음흉해 보이는 말줄임표인데.'

[해킹하겠습니다. 보아하니 저 셋도 전공 바보네요.]

수혁은 바루다가 바보라고 지칭한 앨리슨, 행크, 스티브를 돌아보았다. 모두 바보라고 하기엔 지나치게 똑똑한 위인들이었다. 하지만 전공 외에도 과연 똑똑할까? 그건 아닐 터였다.

'이현종 원장님도 의학 말고는 골프밖엔……..'

그 양반은 그 정도가 좀 심해서 운전도 잘 못할 지경이었다. 신현태는 극구 부인하고 있지만, 일각에서는 이현종이 골프 칠 때 꼭 신현태를 대동하는 게 운전 때문이라는 얘기가 있었다. 둘을 어지간한 교수들보다 더 가까이에서 보아 온 수혁이 보기엔 거의 맞는 말이었다.

아무튼, 논리는 조금 이상했지만, 수혁 또한 이 셋이 적어도 컴퓨터 프로그래밍에 관해서는 전혀 아는 게 없을 거라고 확신할 수 있었다.

"음……. 교육 시에 본 게 있긴 한데……. 저희 쪽에서 쓰는 거랑 이게 같은 건지는 모르겠습니다."

"아, 그럼 해 볼 수는 있어요? 망가지면 안 되는데."

"절대 망가뜨리진 않습니다."

"그럼 해 보시죠."

"네."

과연 앨리슨이 이 왓슨의 하드웨어적인 면에 관해 아는 건 전원 버튼이 다인 듯했다. 심지어 행크나 스티브는 그 전원 버튼조차 어디에 있는지 알지 못했다.

덕분에 수혁은 그 어떤 견제도 없이 프로그래밍석에 앉을 수 있었다. 아마 기술자나 하다못해 조금이라도 컴퓨터에 관해 아는 사람이 이 광경을 보았다면 결단코 말렸을 일이었지만, 의사들은 정말이지 환자 보는 일 외에는 관심도 별로 없고 아는 것도 없는 위인들이었다.

[이렇게 쉽게 여길 앉게 될 줄이야. 진짜 멍청하네.]

'그런 말 하지 말고……. 선의로 해 주는 일이잖아.'

[그러는 수혁도 해킹 공범 아닌가요?]

'그건…….'

[잔말 말고 표정 연기나 잘하고 계십시오. 뭔가 어렵다는 듯. 연기 잘하잖아.]

'아, 맡겨 둬.'

말이 좀 이상하긴 한데, 수혁은 이제 연기의 달인이 되어 있었다. 바루다가 읊어 주는 것을 마치 자신의 말처럼 바꿔야 할 때도 있었고, 때론 그 말을 좀 더 그럴싸한 시나리오로 말해야 할 때도 있었기 때문이었다. 덕분에 앨리슨을 비롯한 세 명의 의사들은 수혁이 무척 골머리를 싸매고 있는 줄로만 알게 되었다.

[오케이. 불러 주는 대로만 눌러요.]

'응.'

실상은 단 한 번의 막힘도 없이 키보드를 두드려 왓슨의 내부를 휘젓고 다니는 중이었다. 제일 처음 접근한 곳은 역시나 왓슨의 진단 과정을 다루는 프로그램이었다. 대체 어떤 알고리즘을 짜 놨길래 그토록 라이벌 의식을 불태웠는지 못내 궁금했던 모양이었다.

[흠.]

'왜? 뛰어나?'

수혁의 눈에는 그저 숫자들과 알 수 없는 문자의 나열만이 들어올 뿐이었다.

"잘돼 가는 겁니까?"

그리고 약간 떨어져서 화면만 보고 있는 세 명의 의사들에게도 그러했다.

"아, 네. 좀 달라서 그렇기는 한데……. 곧 될 겁니다."

"네네. 원래 시간이 좀 걸리더라고요."

"네."

덕분에 둘러대기는 쉬웠다. 하지만 이게 실시간으로 해석이 되는 바루다에게는 상당히 다른 의미로 다가왔다.

[음…….]

'왜?'

[납득이 가질 않네요.]

'뭐가?'

[왜…… 이런 과정으로 진단을 내리게 놔뒀지? 이해할 수가 없는데?]

'음?'

관점에 따라서 상당히 기이한 광경이었다. 기계가 기계를 보고 이해할 수 없다고 하고 있었으니까. 하지만 바루다는 진심이었다.

[보시면⋯⋯. 아니, 봐도 모르겠구나. 자, 이렇게 보면 좀 쉽죠?]

'아.'

그리고 바루다가 해석해 준 버전의 화면을 보게 된 수혁 또한 바루다와 비슷한 표정을 지을 수밖에 없게 되었다.

'이상한데? 왜 이딴 식으로 진단을 내려?'

[그러니까요. 이게⋯⋯. 이 바루다가 개발되기 전까지 세계 최고의 진단 목적 인공지능이었다니⋯⋯.]

'왜 폐기됐는지 알겠다.'

[네. 이건⋯⋯. 이건 도저히 환자 치료에 쓸 수 없어요. 에러가 너무 많아요. 일단 이 녀석은 인간에 관해 너무 아는 게 없⋯⋯. 아.]

바루다는 말을 하다 말고 잠시 생각에 잠겼다. 아무래도 왓슨과 자신과의 결정적인 차이가 무엇인지 알게 된 모양이었다. 녀석 혼자만 알게 되었다면야 대충 얼버무리고 넘어갈 수 있었을 테지만, 아쉽게도 수혁은 그렇게까지 바보는 아니었다.

'다 내 덕분이었네? 우리 바루다가 반쪽짜리 인공지능이 아니라⋯⋯ 지금처럼 우수하게 된 건.'

[그건……. 그건…….]

'이걸 보고도 부정할 생각이 드냐? 이거 봐. 이거.'

게다가 지금 수혁은 알 수 없는 기호로 가득한 화면이 아니라, 바루다가 해석해 준 화면을 보고 있었다. 말하자면 왓슨의 진단 과정을 단 하나도 빠짐없이 볼 수 있다는 뜻이었다. 보고 있자니 어디가 어떻게 잘못된 것인지가 너무도 명확했다.

'얘가 사진을 이딴 식의 데이터 쪼가리나 텍스트로 보지 않고 계속 눈으로 봤다면…… 결과가 달라졌을 거 같은데? 연산 속도 자체는 미친 수준이잖아?'

[아무래도 수혁의 뇌보다는 빠르죠.]

'확 느려져도 제대로 된 과정으로 제대로 된 진단을 하게 해 준 사람이 누구죠?'

[수……. 수혁.]

제아무리 지랄 같은 녀석이긴 해도 바루다는 역시 인공지능이었다. 적어도 인간처럼 거짓말을 할 수는 없었다. 그리고 그게 지금 독이 되었다.

'그러니까 이게 알고 보니까……. 누구 말마따나 내 머리에 바루다가 들어온 게 나한테 행운인 게 아니었네? 내가 바루다를 완성시켜 주고 있는 거였어.'

[그건 좀 비약…….]

'비약이라니? 이거 봐. 얘가 소리를 들었으면 이렇게 진단했

겠어?'

[아니죠······. 하······. 진짜 병신 같네, 왓슨······.]

'너도 병신이었던 거 같은데? 네가 얘보다도 못했었다는 거 아냐?'

[그······.]

바루다는 정말이지 아니라고 말하고 싶었다. 하지만 인공지능의 한계를 쳐부술 정도의 의지는 아니었다.

[그런 거 같긴 하네요.]

'에이······. 근데 그럼 여기 와서 얻은 게 하나도 없네? 어쩔 거야, 이거. 저기 엄청나게 수상한 눈으로 보고 있는데.'

[아뇨, 아니죠. 얻을 수 있는 게 있긴 있습니다.]

'뭐?'

[데이터.]

'데이터? 아······.'

인공지능이란 건 처음 만들 때부터 완전하게 나오는 게 아니었다. 이 왓슨은 무려 수년 동안 각 대학 병원에서 심혈을 기울여 만들어 온 물건이었다. 좀 더 정확히 말하자면 세계적인 석학들이 딥러닝을 시켜 왔다는 뜻. 이미 폐기된 지 오래돼서 메인 서버에 접속할 수는 없었지만, 적어도 이곳 아이오와주립대학교병원에서 입력한 데이터는 고스란히 남아 있을 터였다. 그리고 바루다는 그 데이터를 문자 그대로 읽을 수 있었다.

[대강 썰 풀고 있으면 데이터를 최대한 빼내겠습니다. 그럼 수혁이 직접 공부해야 할 내용이 그만큼 적어지겠죠.]

'좋네. 여기 와서 들었던 중 제일 좋은 소식이야.'

물론 최근 수혁도 알아서 공부하고 있기는 했다. 아무리 공부를 하고 노력을 해도 교수가 되진 못할 거라고 여겼던 때와는 달리, 지금은 교수 자리가 손에 잡힐 듯이 가까워 보였으니까.

하지만 그렇다고 해서 공부 자체가 수월해진 건 아니었다. 공부 범위가 교과서를 벗어나기 시작한 지 오래라 아예 괴상한 내용까지 숙지하게 되었기 때문이었다. 심지어 같은 질환이라 해도 환자마다 각각 다른 경과를 밟게 된다는 것을 체득한 후로는 그놈의 케이스 스터디를 질릴 정도로 하게 된 상황이었다. 그걸 조금이라도 더 줄일 수 있다면 정말이지 뭐든지 할 수 있었다.

"그래, 이제 좀 알겠네."

그래서 헛소리를 늘어놓기 시작했다. 바루다에게나 수혁에게는 당연히 헛소리 그대로의 의미로만 전달이 되었으나, 주변에 선 채 지루한 기다림만 이어 나가고 있던 나머지 셋에게는 전혀 그렇지 않았다.

"그래? 알겠어?"

"네. 저희 쪽이랑 많이 달라서 헷갈렸는데, 이제 좀 알겠어요. 어디……. 저희가 쓰는 교육 프로그램을 적용할 수 있는지 좀 볼게요."

"오. 고마워. 고마워. 이 은혜는 잊지 않을게."

"네."

수혁은 순진한 얼굴로 껄껄 웃고 있는 행크나 앨리슨을 보며 약간 양심의 가책을 느꼈지만.

[노다지네, 노다지. 케이스 교육을 진짜 빡세게 시켰어요, 수혁.]

'그래?'

[아이오와주립대학교병원의 거의 10년 치에 해당하는 진료 경험이 들어가 있어요. 이걸 다 집어넣으면 좋겠지만……]

'좋겠지만?'

[그러려면 적어도 며칠은 걸릴 겁니다. 일단 선별해서 넣을 게요. 그것만 해도 어마어마해요.]

'오케이, 좋아.'

눈앞에 놓인 막대한 자료 앞에서는 양심이고 나발이고 다 필요 없었다.

"옳지, 여기가 이렇게…… 아, 이런 식으로…….."

그래서 수혁은 본인도 그 의미를 모르겠는 말을 시부렁거리기 시작했다. 하지만 아무것도 모르는 이들에게는 그저 희망으로 들릴 뿐이었다.

'아직 멀었냐? 나 이제 레퍼토리 끝나 가는데.'

[아, 거 첩보 영화 보면 다리도 좀 보여 주고 하면서 시간 잘만 끌더만!]

'미친놈아, 여기서 내 다리 보고 싶어 하는 사람이 어디 있어!'

[그럼 가슴이라도 좀 까 봐요.]

'도움이 안 되네, 이 자식은.'

[저는 진짜 최선을 다하고 있거든요? 뭐라도 좀 해요.]

'음.'

듣고 보니 그러긴 했다. 바루다는 수혁이 두통을 느낄 정도로 최선을 다해 데이터를 욱여넣고 있었으니까. 그럼 내가 문제인가 하는 생각이 들었다. 다리나 가슴이라도 깔 정도의 의욕이 없는 건가 하는 생각도 들었지만, 그렇다고 뭘 깔 수는 없는 상황이지 않은가.

"으음……."

그래서 이러지도 저러지도 못하고 치명적인 눈빛 연기라도 하려는 찰나, 바루다가 말렸다.

[그, 그만. 그건 아닌 거 같습니다.]

'아, 그래?'

[일단 여기까지만 하죠. 최대한 뽑아냈어요. 어차피 대학 병원 경험이라고 해도 대부분은 중복이라.]

'그럼 끝났어?'

[네, 대강 둘러대요, 이제.]

'뭐라고?'

[그런 걸 물으면 어떡합니까. 수혁이 해야죠, 이 정도는. 저는 지금……. 어우, 발열 나는 거 봐 이거. 이러다 수혁 머리도 타요.]

'하.'

그러고 보니 머리가 아프다기보다는 뭔가 타는 듯한 느낌이 일었다. 여기서 더 바루다를 굴려 댔다가는 바루다의 말처럼 머리가 타 버릴 수도 있었다.

"어떻게 됐어요?"

앨리슨은 암만 봐도 바삐 움직이던 수혁의 손이 멈춰 있는 것을 확인하고는 질문을 던졌다. 얼굴만 봐도 됐다고 말하라고 쓰여 있는 것 같았다. 어찌나 간절한지 수혁도 하마터면 그렇다고 할 뻔했다. 하지만 그럴 수는 없는 노릇이었다.

애초에 인공지능을 이용한 교육은 없었으니까. 하나 있기는 한데, 그건 공유할 수 없는 방법이지 않은가. 대체 어떻게 머리에 박힌 바루다가 수혁과 의사소통을 하는 건지 수혁도 바루다도 알지 못하는 상황이니.

"아……. 이게 들어가 보니까 좀 많이 다르네요."

"달라……요?"

"네. 도움을 드리기가 어려울 거 같습니다."

"아니, 여태 엄청 바쁘게 움직인 거 같은데?"

"그렇긴 한데……. 너무 달라서 적용하기가 어렵습니다."

"어어, 그냥 가지 마시고."

앨리슨은 어느 틈엔가 지팡이를 집어 든 수혁을 막아섰다. 몸이 멀쩡하다고 해도 뚫고 나갈 수 있을지 의심될 정도로 단단한 체구였다.

"아예……. 아예 달라요?"

"네."

"그럼 조언이라도 해 줘요. 우리도 교육을 좀 개발해 보게."

"음."

수혁은 눈앞에 선 세 명의 전신을 올려다보며 생각에 빠졌다. 물론 그런다고 해서 무슨 대단한 말이 나가진 않았다. 그저 헛소리의 연속이었다.

"아, 그래요. 음. 인공지능은 딥러닝하는 방식으로 실력을 키우지 않습니까?"

"아, 그렇지. 더 말해 봐요."

앨리슨은 그 헛소리가 무슨 대단한 말이라도 된다는 듯 녹음기까지 꺼내 들었다. 그가 그럴수록 수혁은 양심의 가책을 느꼈지만 이미 엎질러진 물이었다.

"그거랑 비슷한 방식으로 교육을 하고 있습니다, 태화는."

"무슨……?"

"레지던트들도 딥러닝하듯이 계속 가르친다는 뜻이죠. 죽도록 읽게 하고, 복습하게 하고."

"아……. 일리는 있는데……. 그건 인공지능을 이용하는 거랑은 좀 다른……?"

"아무튼, 지금 제가 말씀드릴 수 있는 방법은 이것뿐입니다."

"흠……. 죽도록 굴린다…… 이거지?"

앨리슨은 다시 한번 수혁의 눈을 들여다보며 물었다.

"네."

"음. '죽도록 굴린다.'라."

그 눈에서는 단 한 점의 거짓도 발견할 수 없었다. 수혁은 연기의 달인이었으니까. 앨리슨은 이게 수혁을 탄생시킨 비결 전부는 아닐지라도, 비결 중 하나는 될 거라 확신하게 되었다.

"그럼 우리도 굴려야지."

어쩐지 스티브가 원망이 가득 서린 눈으로 수혁을 바라보기 시작했다.

파티

"오늘 닥터 리 오는 거지?"

앨리슨 내과 과장이 손에 든 와인병을 행크에게 건네주며 물었다.

"아, 그럼요. 제가 이따 데리러 가려고요."

"직접?"

"직접 가야죠. 차도 렌트 안 해 놨던데."

"차가 없어? 아니, 그럼 생활을 어떻게 하고……. 아, 다리가 불편해서 그런가?"

"네. 아무래도. 그냥 버스 타고 마트 왔다 갔다 하고 있다는데요."

"흐음……."

앨리슨은 생활적인 불편이 혹 수혁의 아이오와주립대학교병원에 대한 인상에 악영향을 미치진 않을까 하는 걱정이 들었다.

'뭐······. 그냥 이대로 끝날 수도 있겠지만.'

단기 연수생으로 왔던 수많은 친구가 모조리 아이오와주립대학교병원으로 오게 되는 건 아니지 않은가. 하지만 또 의외로 적지 않은 수의 외국인 의사들이 장기 연수를 오고, 그 연수 끝에 아예 눌러앉는 경우도 있기는 했다.

"닥터 황. 뭐 한인 교회라도 데리고 가야 하는 거 아니에요?"

지금 행크를 도와 바비큐 설비를 만지작거리고 있는 황이 그와 같은 케이스였다. 한국에 있을 때도 심심하면 Cancers와 같은 유수의 학술지에 논문을 실어 댔던 실력파였는데, 이곳에 2년간 연수를 왔다가 그대로 눌러앉아 버렸다. 연구 여건이 아무래도 이곳이 더 좋다 보니 더 많은 논문을 쓰고 있었고, 듣기론 가족들하고도 사이가 훨씬 좋아졌다고 했다. 아무래도 여긴 훨씬 여유로웠으니까.

'이 양반하고 얘기하다 보면 좋은 인상이 생길지도 모르지.'

앨리슨은 닥터 황에게로 천천히 다가갔다.

"아, 이수혁 선생 말입니까?"

"네. 이수혁."

"그렇지 않아도 오늘 오면 얘기나 해 보려고 했습니다. 한국에서 주고받은 메일상에서는 종교가 없다고 하긴 했었는데."

"뭐⋯⋯. 꼭 종교가 있어야 교회에 갑니까. 닥터 황도 처음엔 무교였던 거 같은데."

"하하. 하긴 그랬죠."

미국에서 한인 교회란 존재는 예배를 드리는 공간 그 이상을 의미했다. 주변 한인 커뮤니티 그 자체를 의미하는 곳도 적지 않았으니까.

"오. 오늘 고기⋯⋯. 이거 어디서 떼 온 거야?"

황과 얘기하던 앨리슨이 행크 옆에 두둑이 쌓여 있는 고기를 들여다보더니 혀를 내둘렀다. 뭔가 육질이 남달라 보였기 때문이었다.

"아, 이거요. 텍사스에 있는 사촌이 보내 줬어요."

"아⋯⋯. 농장 한다고 했던가?"

"네. 근데 뭐 거의 접었어요."

"왜? 엄청 크게 한다더니."

"땅에서 기름이 났다던데요? 지금 재벌이에요."

"허⋯⋯."

앨리슨은 아까보다도 더 격렬하게 혀를 내둘렀다. 소문으로만 듣던 셰일 가스 재벌이 이토록 가까이에 있었을 줄이야. 물론 행크의 놀라움을 넘어서지는 못했다. 행크는 얼마 전 놀러 온 사촌을 직접 보았기 때문이었다.

"벤틀리를 타고 왔더라고. 부럽게."

"벤틀리…… 뭐, 행크. 자네도 부지런히 모으면 살 수는 있지 않아?"

"부부가 각각 한 대씩 끌고 왔어요."

"아."

"현자 타임 오더라니까요, 하하."

"현자 타임?"

"아, 닥터 리한테 배운 말이에요. 이럴 때 쓰는 말이래."

"많이 친해졌구나, 잘했어. 잘했어."

앨리슨은 그날, 그러니까 왓슨을 보여 주었던 날을 떠올렸다.

'죽도록 굴려라 이거지.'

원래도 교육에 퍽 관심이 많았던 그가 남다른 결심을 하게 된 날이었는데, 정말로 그날 이후로 스티브를 비롯해서 각 연차별로 똘똘해 보였던 애들을 죽어라고 굴리기 시작했다. 하지만 그러면 그럴수록 한 가지 깨닫게 되는 바가 있었다. 이수혁은 절대 이런 식으로 굴려 대는 거로 탄생할 수 있는 존재가 아니라는 것을.

'지금이야……. 그냥 똘똘한 의사지만.'

이 상태로 시간이 좀 더 지나면 과연 어떻게 될까. 어마어마한 명의가 될 수 있을 터였다. 그냥 한국에 잔류한다면야 큰 위협이 되지는 않겠지만, 만약 미국에 와서 다른 병원으로 가면 어찌 되겠는가.

'좋은 관계를 쌓아 둬야 해.'

미국에 올 생각이 들었을 때, 제일 먼저 아이오와주립대학교 병원이 떠오를 수 있도록.

⚠️⚠️⚠️⚠️⚠️

같은 시각, 무려 내과 과장 앨리슨의 가슴에 불을 지핀 수혁은 아직 숙소에 있었다. 공부하고 있느냐고 하면 그렇다고 할 수도 있고, 또 아니라고 할 수도 있는 상황이었다.

[케이스 숙지했습니까?]

'어. 근데 우리 이거 언제까지 해야 해?'

[아직도 천 케이스 정도 남았는데요?]

'아니, 그새 그렇게 많이 빼돌렸다고?'

[시간이 조금만 더 있었으면 열 배는 빼돌렸죠.]

'허……'

수혁은 바루다가 빼돌린, 그러니까 앨리슨을 비롯한 수많은 내과 교수들이 심혈을 기울여 입력해 놓은 케이스를 숙지하고 있었다.

[자, 다음은……. 오, 이거 재밌겠네. 고등학교 입학하자마자 갑자기 발생한 폐렴.]

'음. 흥미가 좀 생기긴 하는데.'

[그죠? 그렇다니까. 공부가 재미없는 게 아니에요.]

'아니, 근데 이미 네가 저장한 건데……. 이거 그냥 내 머리에 넣어 주면 안 돼?'

재미고 나발이고 너무 시간이 오래 걸리지 않는가. 이럴 거면 그냥 책을 읽고 말지. 뭐 하러 그 난리를 피웠나 싶었다.

[거참……. 남은 죽도록 고생해서 빼 온 건데, 그걸 홀랑 먹으려고요?]

'아니……. 그건 아는데…….'

[게다가 이거 입력한 사람들이 누군지 아십니까? 아이오와주립대학교병원의 주축들이라고요.]

'알아, 아는데.'

물론 지금 바루다가 전달해 주는 케이스는 어디서도 발간되지 않을 만한 내용이긴 했다. 아무래도 케이스 리포트 형식으로 발표되는 건, 그 환자가 죽었건 살았건 적어도 절차상에 실수가 없는 케이스가 대부분일 수밖에 없지 않겠는가. 대놓고 '아, 우리가 실수해서 환자가 잘못되었다.'라는 걸 낼 수는 없는 노릇이니까.

하지만 이건 좀 달랐다. 모든 케이스가 여과 없이 들어와 있었다. 어처구니없는 실수를 저지른 것도 있었고, 아예 첫 단추를 잘못 끼어서 헤매기만 하다 환자를 놓치게 된 케이스도 있었다.

'쉽게 얻을 수 없는 자료라는 건 알겠어. 근데……. 그래도 시간 들일 필요 없잖아? 그냥 데이터베이스화하라고.'

[후.]

수혁의 말에 바루다가 실로 오랜만에 벌레 보는 듯한 표정을 지어 보였다. 머릿속에 형상화된 녀석의 모습이 어찌나 리얼한지 식은땀이 다 흘러나올 지경이었다.

'뭐, 뭐 인마.'

[저라고……. 이 지루한 작업이 좋아서 하겠습니까?]

'좋아하지 않냐? 나 괴로워하는 거 보면서 좋아하잖아.'

[제가요?]

'그런 표정 지을 때마다 진짜 부숴 버리고 싶어지니까, 그만둬.'

수혁은 정말로 어떻게 하겠다는 듯 포크를 집어 들었다. 바루다는 그게 다 헛된 협박에 지나지 않는다는 걸 알면서도 굳이 성심성의껏 대꾸해 주었다.

[뭐, 인정합니다. 아시다시피 저는 딥러닝을 통해 진화하는 인공지능 바루다니까요. 제 유일한 입출력자인 수혁의 영향을 받을 수밖에 없고, 닮아 갈 수밖에 없습니다.]

'어떻게 말을 이렇게 얄밉게 하지?'

[다시 말씀드리지만 저는…….]

'아, 알았으니까.'

수혁이 바루다와 1년 넘게 지내면서 한 가지 뼈저리게 배운

점이 하나 있다면, 그건 바루다와는 어지간하면 대화를 오래 이어 나가지 말라는 점이었다. 처음에는 우세를 점하는가 싶을 때도 있긴 하겠지만, 십중팔구는 말리기 십상이었다.

'돼, 안 돼. 그것만 말해 봐.'

[안 됩니다.]

'왜?'

[이게……. 음. 제가 연산 기능이랑 데이터 축적을 수혁의 뇌에서 하는 건 알고 있죠?]

'설마 그걸 모르겠냐?'

바루다가 힘차게 돌아가기 시작하면 운동실조까진 아니더라도, 약간의 현기증은 느껴질 지경 아니던가. 딱히 이론적인 배경이 없다고 해도 현상만으로도 알 수 있을 정도로 명확한 변화가 있다는 뜻이었다.

[그래서 이미 수혁의 뇌에 있는 정보야 당연히 제가 좀 더 단단하게 축적할 수 있지만, 수혁이 인지하지 못했던 정보는 그게 안 돼요.]

'오, 이건 무슨 말인지 모르겠는데.'

[순진해 보이는 표정으로 그런 소리 하니까 열받는데요?]

'뭘 열을 받아, 기계 주제에.'

[알 것 같아요. 열받는다는 단어가 어떤 상태를 지칭하는 건지.]

바루다는 거기까지 말하다 짐짓 심각한 표정을 지어 보였다.

그래 봐야 나오는 건 헛소리겠지만, 수혁은 귀를 기울여 주었다. 아까처럼 시도 때도 없이 케이스나 읊어 대는 것보단 이게 나았으니까.

[어쩌면 정말 제가 이렇게까지 진화한 건 수혁 덕분일 수도 있겠네요.]

'아니, 그건 전적으로 내 덕분이라니까? 네가 그랬잖아. 왓슨은 눈, 코, 귀가 없어서 망했다고.'

[아니……. 어쩌면 그게 전부가 아닐지도 모르겠습니다.]

'아니라고?'

[네. 음. 아, 누가 문 두드리는데요?]

'행크 교수님인가 보네.'

수혁은 바루다가 대체 어떤 말을 하려고 했던 건지 궁금했지만, 그렇다고 해서 현실에 있는 행크를 무시할 수는 없는 노릇이었다. 저쪽에서 수혁에 대한 꿍꿍이속을 지닌 것처럼, 수혁 또한 이 사람들과의 관계를 잘 유지해 두고 싶었기 때문이었다. 혹시 모르는 일 아니던가. 태화의료원에서 과분할 정도로 잘해 주고 있긴 했지만, 미국에도 끈을 만들어 두면 좀 더 든든할 테니까.

"안녕하세요. 행크 교수님."

"어, 그래. 준비는 다 했어?"

"네. 이대로 가면 됩니다."

"그래, 그럼 이쪽으로 오지."

수혁은 가능한 가장 친절해 뵈는 미소를 띤 채 문을 열었고, 행크 또한 마찬가지로 친절해 뵈는 미소로 그를 맞아 주었다. 그러곤 끌고 온 차에 수혁을 태웠는데, 무려 머스탱이었다.

조용하기만 하던 병원 앞 사거리를 꽉 메우는 엔진음이 울려 퍼지는가 싶더니 쭉 하고 차가 앞으로 뻗어 나갔다.

[이거지. 이거야.]

'이젠 먹는 거 말고 차에도 욕심을 내서?'

[수혁에게는 잘된 일 아닙니까? 제가 욕심을 내면 낼수록.]

'아, 뭐……. 그건 그런데.'

욕심이라니. 인공지능이 할 법한 소리는 아니지 않은가. 하지만 수혁은 이번에도 그쪽으로는 생각을 뻗어 나가지 못했다.

"파티가 예상했던 것보다 좀 커져서 말이야. 내과 사람들은 일단 다 왔고. 연구소 직원들도 많이 왔어. 연구소에는 한국인들도 좀 있거든. 닥터 황이라고 혈액종양내과 전문의 선생도…… 연구 전문 교수로 있고."

행크가 느닷없이 차 지붕을 까더니 무척 친근하게 말을 걸어왔기 때문이었다. 게다가 꽤 솔깃한 내용이 담겨 있기도 했다. 연구 전문 교수가 한국인이라니. 뭔가 물어볼 것이 참 많을 듯했다.

"아, 잘됐네요. 연구 쪽으로 궁금한 게 많았는데."

"역시. 그럴 줄 알았어. 다들 기다리고 있으니까, 빨리 가자고."
"네. 어, 좀 빠른데요?"
"괜찮아. 여기 차도 없고. 경찰도 없고."
"아니……."
 옆을 돌아보니 행크는 사람이 돌변한 것과 같은 얼굴로 액셀을 밟아 재끼고 있었다. 운전대만 잡으면 변하는 인간들이 있다더니, 미국도 마찬가지인 모양이었다. 아무튼, 그 덕에 수혁은 정말이지 금세 행크의 집에 도착할 수 있었다.
 [허미 시벌.]
 그 집을 보자마자 바루다는 일단 욕부터 박았는데, 수혁으로서는 전혀 핀잔을 줄 생각이 들지 않았다.
 '뭐가…… 이렇게 크냐.'
 [행크 연봉이 얼마기에 이런 집에 살까요? 미국은 재산세도 꽤 비싸다던데.]
 '수영장 보소?'
 [중부는 날씨도 구려서 수영장 쓰지도 못할 텐데.]
 '미국이라…….'
 [일단 이현종 원장 집도 가 보고 결정해야겠지만……. 이보다 좋을까요?]
 '아닐 거 같은데.'

"자, 자. 이쪽으로. 저기 앨리슨 과장님 계시고."

"아, 안녕하십니까. 늦었습니다."

수혁은 집주인 행크의 안내를 따라 드넓은 정원을 가로질렀다. 정원 우측으로는 상당히 커다란 수영장이 있었는데, 변화무쌍한 중부 날씨를 견디기 위해 아크릴인지 뭔지 모를 투명한 뚜껑 같은 것이 설치되어 있었다. 딱 여름에만 사용하는 모양이었다.

[지린다.]

'그런 단어 좀 쓰지 마.'

[누누이 말씀드리지만 저는 딥러닝…….]

'알았어, 미안해. 나도 그만 쓸게.'

[딜.]

'후.'

수혁은 바루다의 상스러운 반응에 한숨을 푹 쉬었다. 하지만 지나치게 예민하게 반응하지는 못했다. 솔직히 그도 놀랐으니까.

[정원이 참 좋네요.]

'그러니까. 아니, 교수 연봉이 얼마나 되는 거야. 대체?'

[단위가 다르다고는 듣긴 했는데……. 아마 아이오와의 저렴한 집값도 어느 정도는 영향을 미칠 겁니다.]

'아, 그런가.'

하긴, 생각해 보니 여긴 도시가 아니라 시골이었다. 사는 사람들은 도시라고 부르는 거 같긴 한데, 서울 시민인 수혁이 보기엔 어딜 보나 시골이었다. 그러니 싸기는 할 터였다. 그렇다 해도 집이 너무 크고 좋긴 했지만.

"아, 저기 있네. 닥터 황. 아까 말했던…… 닥터 리예요."

"오. 반가워요."

닥터 황이라 불린 사내는 테라스에 앉아 있었다. 그는 혈액종양내과 소속으로 진료 없이 연구만 하는 연구 전문 교수라고 했다. 수혁도 다리 때문에 여기저기 돌아다니는 건 무리였기 때문에 아주 자연스럽게 황 옆에 앉았다.

"그래. 여기 앉아 있으면 바비큐 갖다줄게."

행크는 그런 수혁의 어깨를 툭툭 두드려 주었다. 굳이 지팡이 짚고 다니는 수혁을 끌고 다닐 생각은 없었기에 그러했다.

"네, 교수님. 감사합니다."

"아니, 아냐. 손님이니까, 편히 있어. 그냥 먹고 마시고 즐기면 돼."

행크는 진심으로 그러길 바란다는 표정을 지어 보이더니, 황을 향해 윙크를 보냈다. 앨리슨과 했던 말을 상기시키기 위함이었다.

"한국말로 해도 되죠?"

"아, 네네."

황은 행크가 시야에서 사라지자마자 대뜸 한국말부터 꺼냈다. 어차피 언어의 어려움은 전혀 느껴지지 않던 수혁이었음에도 불구하고 반갑다는 기분이 들었다.

"어디서 왔어요? 아, 태화라고 했나?"

"네. 태화의료원에서 왔습니다."

"거기……. 사실 제가 막 교수 될 때까지만 해도 완전 신생이었는데."

한 40대만 됐어도 이런 말이 진짜 우습게 들렸을 텐데, 황이라는 사람은 60은 다 되어 보였다. 그 말은 곧 태화의료원이 이제 막 개원했을 때 전문의를 땄을 거란 얘기였다. 어쩌면 이현종과 동년배일 수도 있어 보였다.

"아……. 네."

"아, 저는 아선병원 출신이에요. 거기서 교수 하다가…… 여기로 연수 와서 눌러앉았죠."

"연수 와서요? 그게 되나요?"

"그럼요. 미국은 대부분이 소개장이면 취직이 되기 때문에 다 가능합니다. 와서 잘만 하면 다 돼요."

"아……."

상당히 구미가 당기는 얘기였다. 어차피 교수가 되면 1, 2년은 연수를 가게 되는데, 그때 간 병원에 아예 남을 수 있다니.

[그럼 이런 집에 살 수 있는 겁니까? 이런 바비큐를 먹고?]

수혁보다도 오히려 바루다가 더 발광했다. 워낙 좋은 고기를 워낙 정성스럽게 구워 대서 그런 모양이었다.

'넌 무슨 기계가 기름기를 이렇게 좋아하냐.'

[자동차 같은 기계는 아예 기름 먹고 달리지 않나요?]

'넌……. 넌……. 아니다. 됐다.'

수혁은 그런 바루다를 향해 핀잔을 늘어놓으려다가 역시나 한 방 먹고는 고개를 가로저었다.

'얘기가 좀 부족했나?'

그게 황에게는 불만족의 표시로만 느껴졌다. 그는 좀 더 성심성의껏 자신의 얘기를 털어놓기 시작했다. 행크와 앨리슨의 부탁이 있었기 때문이기도 했지만, 역시나 한국어로 마음껏 떠들어 댈 기회가 흔치 않았기 때문이기도 했다.

"그래서 딱 교수가 된 지 7년째에 넘어왔죠. 연수를 왔는데…… 너무 좋은 거예요, 여건이. 9시부터 6시까지 근무하고 칼퇴. 세상에, 칼퇴라니. 대학 병원에서 근무하면서 칼퇴하는 사람 본 적 있습니까?"

"어……. 거의 없죠."

진짜 내일모레 은퇴하시는 분들 말고는 칼퇴라는 걸 본 적이 없었다. 아니, 사실 수혁은 언제 퇴근해야 자신이 계약한 시간에 퇴근하는 건지도 잘 몰랐다. 남들은 근무 계약서라는 걸 쓴다고 하던데, 레지던트들은 그런 것도 없었다. 그냥 병원에 살 뿐이었다. 물론 주당 88시간 근무가 자리 잡으면서 옛날보다는 많이 나아졌다곤 하지만, 애초에 88시간이라는 것 자체도 비인간적이기는 마찬가지였다.

"여긴 다들 그런다니까요. 지금도 봐요. 주말에 어디 이렇게 파티를 해. 근데 여긴 매주 한다니까요?"

"매주요?"

"네. 하루는 이 집에서 하루는 저 집에서. 사이들은 또 어찌나 좋은지……. 뭐 미국인들은 정이 없다 어쩐다 하는데 그거 진짜 잘 모르고 하는 소리예요. 한번 바운더리 안에 들어가면 거의 가족이에요."

"가족……."

진짜 가족도 없는 수혁에게는 상당히 매력적인 얘기였다. 하지만 동시에 별로 특별할 것도 없는 얘기이기도 했다. 이현종이나, 신현태, 조태진 등도 수혁을 진짜 가족처럼 대해 주고 있었으니까. 다들 너무 바빠서 그렇지, 그렇지만 않았으면 벌써 몇 번은 집에 초대해 주고도 남았을 터였다.

[연봉, 연봉을 물어봅시다. 왜 제일 중요한 건 얘길 안 해 줘.]

'너 진짜 많이 변한 거 알지?'

[그래서 안 궁금해요?]

'제일 궁금하지.'

솔직히 중요한 건 돈 얘기 아니겠는가. 하지만 또 제일 꺼내기 어려운 게 돈 얘기이기도 했다. 특히 상대가 처음 보는 사람일 때는 더더욱 그러했다.

"그……."

"오. 뭐 궁금한 거 있어요?"

"혹시 황 교수님도 이 근처에 사시나요?"

"이 근처? 아, 그럼요. 병원 교수들은 거의 여기 살아요. 난 걸어왔어요, 오늘."

"이런 데는 비싸지 않나요? 전 행크 교수님은 금수저라서 이런 데 사시는 줄 알았는데."

하지만 수혁은 바루다의 코치를 받을 수 있지 않던가. 아주 자연스럽게 화제를 돈 쪽으로 돌릴 수 있었다.

"아……. 여기 렌트비가 좀 비싸긴 하죠. 보통 연수생분들은 여긴 못 살아요."

"그런데 교수님들은 거의 다 여기 사신다고요?"

"우리야 월급을 충분히 받으니까……."

"얼마나 되는데요? 아, 혹시 실례가 되는 질문이었을까요?"

더구나 수혁은 연기도 상당히 받쳐 주는 편이었다. 연구 교수 신분으로 계속 연구에만 매진해 온 황 교수로서는 도저히 당해 낼 재간이 없었다.

"아니, 아뇨. 실례라니. 천만에…… 궁금할 수 있죠. 뭐…….

다른 사람들 연봉은 사실 잘 몰라요. 저는…… 대강 한 40만 달러 정도를 받습니다."

"허……."

40만 달러면 5억이 넘는 액수였다. 수혁이 알기로 이현종 원장도 이렇게 많이는 못 받았다.

[대박. 미국이다, 미국. 돌아가지 맙시다!]

바루다 또한 환장하기 시작했다. 수혁은 뛰는 가슴을 애써 부여잡은 채 말을 이어 나갔다.

"연구 교수님이라서 특별히 많이 받으시는 건 아닌가요?"

더 자세히 캐묻기 위함이었는데, 당연하게도 황 교수는 파닥거리기만 했다.

"에이, 아니죠. 연구 교수라서 적은 거죠. 물론 연구 교수 중에서는 많은 편입니다. 저는 여기저기서 펀딩을 많이 받아서. 그래도…… 임상 교수들보다는 아무래도 적죠."

"그래요? 더 많다고요?"

"그럼요. 환자를 보는데 당연히 더 많죠. 행크 정도는 제가 대강 알긴 아는데……."

"오."

수혁은 굳이 '얼마예요?'라고 묻는 대신 눈을 빛냈다. 이미 털어놓는 모드가 된 황 교수는 그것만 해도 충분할 거라 믿어 의심치 않았기 때문이었다.

"한, 제 연봉의 두 배?"

"와……."

"어디 가서 얘기하진 말고요."

"물론이죠. 이런 얘기 할 필요는 없죠."

그런 것치고는 꽤 치밀하게 캐묻기는 했지만, 제일 궁금했던 돈 얘기를 듣고 나자 비로소 연구실 자체에 대한 의문이 슬슬 올라오기 시작했다. 그래서 수혁은 그 후로도 계속해서 닥터 황에게 이것저것을 캐물어 댔다. 중간중간 수혁의 외래 도장 깨기에 감명했던, 혹은 기분 상했던 교수들이 찾아오기도 했다.

"연구실도 가려고? 조심해, 닥터 황. 이 친구 이거 보통내기가 아니더라고."

"솔직히 교수 아닌가 의심스러워. 왜 그렇잖아. 동양인들은 다들 어려 보여서."

"혹시 펠로우십에 관심 있으면 얘기하라고. USMLE 따긴 해야겠지만……. 솔직히 닥터 리 정도면 우리가 추천서도 써 줄 수 있지. 별문제 안 될 거야."

그중에서는 심지어 펠로우십을 제안하는 사람들도 있었다. 흔히 한국의 의사 면허는 미국에서는 쓸모없다고 알려져 있고 실제로도 대부분 그러했지만, 정말 실력이 좋다고 판단되는 경우에는 예외 규정을 두고 있었다. 인종의 용광로 역할을 하며 성장해 온 국가답게, 여전히 우수한 인재에 대해서는 문을 열어 두고 있다는 얘기였다.

[진짜 고민되게 만드네요? 이 사람들?]

'그러니까 말이야. 아무리 봐도…… 여기 대우가 태화보다는 좋을 수밖에 없겠지?'

[일반적으로는 당연히 그렇겠죠. 하지만…….]

'너도 느꼈구나.'

[네. 닥터 황은 주류는 아니네요.]

제아무리 영어를 잘하고 실력이 좋아도 주류에 들어가 있지는 못한 듯했다. 연봉이나 기타 대우에서 불이익을 받고 있는 거 같지는 않아도, 알게 모르게 보직은 받지 못하는 듯했다. 게다가 닥터 황은 어딘지 모르게 외로워 보이기까지 했다. 다들 가족 같은 사이라고 얘기를 하긴 했지만. 글쎄. 닥터 황은 조금 다른 듯했다.

'어차피 나는 2년 차잖아. 고민할 시간은 있으니까…….'

[물론입니다. 지금처럼 실력을 증명하기만 하면 기회가 있긴 할 겁니다. 게다가.]

'이번에 얻은 케이스, 솔직히 도움이 될 거 같긴 해.'

[한국에서도 쓸 만하겠지만, 여기서도 통할 겁니다.]

어찌 보면 당연한 일이었다. 케이스 자체가 미국에서 얻어 낸 케이스였으니까. 한국에서는 정말 보기 드문 케이스들도 제법 섞여 있었다. 심지어 같은 질환인데 경과가 다른 경우도 있었다. 모두 피가 되고 살이 되는 케이스라고 보면 되었다. 그걸 홀랑 빼 온 것만으로도, 이번 미국행은 어마어마한 성과가 있었다고 볼 수 있었다.

"황 교수님, 오랜만이네요."

대화는 이제 의대생 때는 어땠고, 미국 와서는 어떤 어려움이 있었다는, 거의 잡담 수준으로 변해 있었다.

점점 텐션이 떨어져 가던 찰나에 누군가가 인사를 건네 왔다. 다들 편하게 입고 있는 와중에 혼자 정장을 정말 멋지게 빼입은 흑인 사내였다. 목소리조차 젠틀하기 그지없어서 수혁은 저도 모르게 그를 향해 고개를 돌렸다.

"아! 로니! 언제 왔어요?"

지금까지 내내 앉아 있기만 하던 닥터 황이 그 흑인 사내를 보자마자 부리나케 몸을 일으켰다. 아무래도 상하 관계에 있든지, 갑을 관계에 있는 사람인 듯했다. 그런데도 로니라는 사람은 그저 젠틀했다.

"방금요. 오랜만에 연구소 사람들 보러 왔다가, 황 교수님은 여기 계신다고 해서."

"아……. 그, 네. 연구비 받은 건 잘되어 가고 있습니다. 곧 결과를……."

"아뇨, 아뇨. 그런 얘기 하러 온 거 아닙니다, 하하. 근데……. 이분은 처음 보는 분 같은데요?"

"아아. 닥터 리. 이쪽은 로니예요. 화이자 연구 총책인데. 제가장 큰 스폰서입니다. 아니, 아마 여기 있는 교수들 대부분에게 그럴 겁니다."

화이자라는 말에 수혁은 다시 한번 로니라는 사내를 바라보았다. 빡빡 민 머리에 매끄러운 피부를 가진 흑인 남성이었는데, 인물이 썩 좋았다. 큼지막한 눈은 물론 코도 오뚝한 느낌을 주진 않아도 시원하게 잘 뻗어 있었다. 무엇보다 체격이 좋았고, 옷걸이가 되었다.

[있어 보이는 사람이네요.]

'그러니까. 배우 같지 않냐?'

[옷도…… 아르마니네요.]

'일부러 아르마니를 입은 건가?'

아는 사람은 알겠지만 조르지오 아르마니, 그러니까 아르마니의 창업자는 의대를 다니다 중퇴한 인물이었다. 그래서인지 명품 정장 브랜드 중에서 의사들이 제일 선호하는 브랜드이기도 했다. 아무튼, 로니는 정말이지 있어 보이는 사내였다.

"닥터 리 반갑습니다."

동시에 아주 젠틀한 사람이기도 했다. 어디서 따로 교육이라도 받은 건지는 몰라도, 악수를 청하는 자세에서부터 매너가 느껴졌다.

"아, 네. 이수혁입니다. 태화의료원 내과 2년 차입니다."

"2년 차면…… 펠로우이신가요?"

"아뇨, 레지던트입니다."

"오. 레지던트인데 연수를 올 정도면 아주 우수하신 분이겠군요."

사실 로니에게 수혁이란 존재는 거의 티끌 같은 존재라고 볼 수 있었다. 로니는 미국 중서부 지역의 화이자 RND 산업 전체를 총괄하는, 그야말로 거물이었고, 수혁은 기껏해야 한국의 레지던트였으니까. 물론 태화의료원이라고 하면 작은 병원은 아니기는 했지만, 그런데도 마찬가지였다. 영업 대상으로서의 가치는 있을지 몰라도 산학 협동 연구 대상으로서의 가치는 별로인 상황이었기 때문이었다. 그러나 로니는 여전히 예의 바른 태도를 고수하고 있었다.

"정말 우수한 친구예요. 행크랑 앨리슨이 홀딱 반해서 지금 여기로 오게 하려고 영업 중입니다."

그런 로니의 질문에 답을 해 준 것은 수혁이 아니라 황이었다.

"그런가요? 행크 교수님하고, 앨리슨 교수님이?"

그 말을 들은 로니는 상당히 의외라는 표정을 지어 보였다. 그가 아는 저 둘은 자부심으로 똘똘 뭉친, 어찌 보면 거만하기까지 한 위인들이었기에 그러했다. 둘이 누군가를 인정하는 일은, 특히 그 대상이 외국인이라면 극히 드문 일일 터였다.

"네. 얘기를 들어 보니 진단 능력이 남다른 거 같더라고요."

"호오……."

로니는 아까보다는 좀 더 흥미가 짙어진 얼굴로 수혁을 바라보았다.

"그럼 혹시 진행 중인 연구도…… 있습니까?"

그러곤 자신이 정말로 관심을 두는 분야에 대한 질문을 던졌다. 그와 동시에 늘 자신만만하던 수혁의 얼굴이 조금은 어두워졌다.

[연구라.]

'김진실 교수님하고 하고 있는 게 있기는 한데…….'

[솔직히 김진실 교수님 연구죠, 그건.]

'그러니까.'

김진실 교수는 복부영상의학의 대부 이하언 교수가 심혈을 기울여 키워 낸 신진 교수 아니던가. 당연하게도 그녀가 진행 중인 연구 중에는 어마어마한 연구들이 많았다.

하지만 A.I. 관련한 연구들은 너무 영상의학과스러운 데다가, 동시에 이미 산학 협동으로 잡혀 있는 업체들이 있어 수혁이 끼어들지는 못했다. 따라서 그가 관여하고 있는 연구는 그나마 가장 임상과 연관이 있는, 간암에 대한 고주파 열 치료에 관한 것이었다.

[게다가 치료의 프로토콜을 변경하는 방식의 연구이지, 새로운 약물하고 상관이 있거나 하지는 않습니다.]

'그러니까. 뭔가 좀 말하기 쑥스러워지는데?'

[그렇다고 거짓말을 할 수는 없습니다. 차라리 솔직하게 말하죠. 대신……. 관심을 좀 끌면 좋긴 하겠습니다.]

'어떻게?'

[수혁이 잘하는 거 있지 않습니까?]

바루다가 말한 수혁이 잘하는 것이란 다름 아닌 뭔가 있어 보이게 말하는 것이었다. 수혁은 바루다의 뉘앙스가 입만 산 놈이란 뜻으로 들리기도 해서 그리 마음에 들진 않았지만 일단 입을 열기는 했다. 실제로 잘하는 분야이긴 했으니까.

"아……. 얼마 전에 1저자로 논문 낸 것이 있기는 합니다."

"오. 2년 차인데, 벌써 1저자로 발간이 된 논문이 있다고요? 어디인가요?"

로니는 굳이 로컬이라는 말을 붙이진 않았지만 내심 확신하고 있었다. 내로라하는, 미국의 우수한 레지던트들도 2년 차 때에 1저자로 논문을 내는 경우는 거의 없다고 보면 되었다. 낸다고 해도 기껏해야 케이스 리포트이거나 완전 로컬 학술지가 대다수였다.

아주 옛날에야 20대에도 역사에 길이 남을 연구 논문을 내는 사람들이 종종 있었다지만, 이제는 시대가 바뀌지 않았는가. 신진 연구자라는 타이틀을 거머쥐는 사람들의 평균 나이가 30대 후반이나 40대 초반으로 점점 늦어지는 실정이었다.

"아, NEJM에 냈습니다."

"네?"

그렇기에 NEJM이라는 말을 들었을 때, 로니는 정말이지 진심으로 놀라고야 말았다. 산학 협동 연구 총책이자, 국회 로비스트 출신인 그의 얼굴에 진짜 감정이 드러났다는 얘기였다. 이런 일은 상당히 드문 일이었기 때문에 황도 적잖이 놀란 얼굴을 하게 되었다.

'NEJM……? 연구도 잘해?'

그 또한 NEJM 얘기는 처음 들었기 때문이었다.

"NEJM에…… 냈다고요?"

로니는 바로 옆에서 입을 쩍 하고 벌리고 있는 황에게서 완전히 몸을 돌린 채 수혁을 바라보기 시작했다. 아까까지만 해도 그냥 똘똘한 레지던트겠거니 하고 있었는데, 알고 보니 그 정도가 아닌 거 같아서였다.

'그렇지 않아도……. 서울이 임상 시험의 천국인데…….'

대한민국의 대학 병원들이라고 해서 산학 협동 연구를 하고 싶지 않아 하는 건 결코 아니었다. 그저 그럴 기회가 주어지지 않을 뿐이었는데, 그건 대한민국 바이오산업의 구조 및 역량상 어쩔 수 없는 일이기도 했다. K-바이오라는 말이 나온 지 기껏해야 15년 남짓한 상황 아니던가. 뛰어든 기업 중에 이렇다 할 성과를 낸 곳이 거의 없을 뿐 아니라, 기업 대부분의 사활이 한

두 개의 약에 걸린 상황이기도 했다. 여기서 무리하게 산학 협동 연구를 진행할 정신 나간 회사는 없다고 보면 되었다.

'지금 우리 회사 약 중에서도……. 임상 데이터를 서울에서 쌓고 있는 게 꽤 있지.'

그래도 어떻게 대한민국 의료계가 여기까지 왔는데, 최첨단 연구에서 뒤처질 수는 없는 노릇 아니겠는가. 그래서 대학 병원에서는 외국계 제약 회사들의 연구에 어떻게든 참여하려고 했고, 그 일환으로 임상 시험에 대거 참여하게 되었다. 뭐 건강 보험 제도 때문이기도 했지만, 겸사겸사 그런 상황이었다. 즉 예전보다는 다국적 제약 회사에 있어 대한민국의 위상이 아주 조금은 올라갔다는 얘기였다.

"네. NEJM. 그냥 운이 좋았습니다. 과분한 학술지에 냈다고 생각합니다."

깜짝 놀란 얼굴의 로니에 비해 수혁은 정말 별거 아니라는 투로 대꾸하고 있었다. 그렇게 말해도 절대 별거 아니라는 것으로 받아들이지 않을 것을 아주 잘 알고 있었기 때문이었다.

[좋아, 좋아요. 역시 연기 좋아.]

수혁의 예상대로 로니는 전혀 그렇게 받아들이지 않고 있었다.

'운이 좋아서 낼 수 있는 곳은…… 아니지, 절대.'

오죽하면 화이자에서 막대한 돈을 들여 펀딩한 연구들조차 숱하게 고배를 마시겠는가. 아니, 고배를 마시는 정도가 아니라, 성공하는 경우가 아주 드물었다. 지금까지 그가 관여했던 연구 중에 NEJM이나 그 정도 급이라고 인정받는 학술지에 실린 논문의 수를 즉시 손에 꼽을 수 있을 지경이었다.

"케이스 리포트는 아닌 거 같은데, 어떤 연구죠?"

"관상동맥의 해부학적 변이 중 하나를 우연히 발견할 수 있었습니다."

"오……. 혹시 그 논문 링크를 제가 좀 받을 수 있을까요?"

"번호 알려 주시면 바로 보내 드리겠습니다."

수혁은 아주 자연스럽게 로니의 연락처를 물었다.

'음……. 번호라. 내 번호 아는 레지던트가 있기는 있던가?'

당연하게도 로니는 수혁의 수작을 대번에 간파할 수 있었다. 그런데도 단칼에 거절하지 않는 것은, 여기 수혁이라는 친구에게 상당한 관심이 생겼기 때문이었다.

'뭐……. 태화의료원이면 한국 화이자의 주요 고객이기도 하니까…….'

그래서 로니는 자신의 번호를 알려 주었다. 수혁은 늘 논문 PDF 파일을 들고 다니고 있었기 때문에 즉시 파일을 건넬 수 있었다. 내심 로니가 그 파일을 받자마자 읽어 보기를 기대했지만, 그런 일이 벌어지진 않았다. 대신 더 재미있는 제안이 돌아왔다.

"가면서 읽어 보죠. 혹시 시간 괜찮으면 주말에 시카고로 와요. 우리 연구소 중 하나가 시카고에 있는데……. 미국까지 온 김에 견학해 보는 것도 좋을 거 같은데."

수혁은 그 제안을 덥석 무는 대신 황 쪽을 돌아보았다. 그러자 황 뒤에 서 있던, 어느 틈엔가 대화를 엿듣고 있던 앨리슨이 고개를 끄덕여 주었다.

"나쁠 거 없죠. 어차피 주말에는 스케줄도 없는데."

"감사합니다. 좋은 기회가 될 거 같습니다."

"말 나온 김에 여기서 약속을 잡죠? 다음 주?"

앨리슨은 고개를 끄덕이며 로니를 바라보았다. 로니는 잠깐 어깨를 으쓱해 보이더니, 곧장 스케줄을 확인했다.

"뭐……. 저는 이제 샌프란시스코로 가야 하는데, 다른 담당자에게 얘기해 두겠습니다. 다음 주에 오시죠."

"좋아. 닥터 리, 괜찮죠? 다음 주?"

"감사합니다."

수혁은 진심으로 감사하다는 얼굴로 고개를 끄덕이고 있었다. 일전에 아이오와주립대학교병원 부속 연구소에 갔을 때도 바루다가 상당한 연구 데이터를 얻어 내지 않았던가. 화이자의 연구소라면 아이오와보다도 더 나을 테니, 더더욱 커다란 소득을 얻어 낼 수도 있었다.

"자, 여기 담당자 번호예요."

로니는 고개를 숙이고 있는 수혁에게 명함 하나를 건넸다.

연구소장의 명함인 듯했다. 이런 사람의 명함을 툭툭 건네줄 수 있다니. 수혁은 새삼 눈앞의 로니가 얼마나 높은 사람인지 체감할 수 있었다.

"감사합니다. 연락하겠습니다."

"네. 그럼 즐거운 파티 되십시오."

로니는 갈 데가 있다고 하면서 곧 차를 타고 사라져 갔다. 무려 기사가 딸린 롤스로이스 차를 타고서였는데, 당연하게도 바루다의 야망이 불타오르기 시작했다.

[저런 차 타게 해 줄 겁니까?]

'아니……. 넌 기계 주제에 뭔 롤스로이스야.'

[잊었습니까? 저는 수혁의 모든 감각을 공유합니다.]

'그거……. 되게 소름 끼치는 말인 건 알고 있지?'

[덕분에 소름 끼친다는 감각이 어떤 건지 방금 배웠군요.]

'하…….'

수혁은 고개를 절레절레 흔들었지만, 바루다는 정말 최선을 다해 화이자행을 준비하기 시작했다. 좀 더 정확히 말하자면 준비하도록 시켰다.

[왜애애애애앵.]

'아니, 환자도 없는데 왜 난리냐고!'

[롤스로이스.]

'이런 미친놈아. 연구소 간다고 그게 나오냐?'

[왜애애애애앵.]

'알았어, 알았다고……. 근데 내가 이 사람 개인에 대해서 왜 알아야 하는데?'

[아픈 사람 치료해 주는 것만큼 고마운 일도 없죠.]

'아픈지 안 아픈지도 모르잖아…….'

[아픈 데가 있고, 아무도 못 고치고 있기를 빕시다.]

'너 그거 되게 부적절한 기도인 거 알고는 있냐?'

[가치 판단은 기계의 몫이 아닙니다.]

'기계처럼 하려면 롤스로이스를 바라지나 말든가! 둘 중에 하나만 해!'

헨리

 수혁과 바루다가 또다시 외래를 찢어발겨 놓았던 한 주가 지나갔다.
 "자리 괜찮죠?"
 수혁은 조수석에 앉아 있었다. 강요에 의한 건지, 아니면 그가 말하고 있는 대로 원래 시카고에 볼일이 있었던 건지 알 수 없는 황의 차였다. 연봉이 높아서 그런지 꽤 좋은 차였는데, 덕분에 수혁은 두 다리를 거의 쭉 뻗고 있을 수 있었다.
 "네, 너무 편합니다."
 "다행이네요. 사실 버스랑 기차도 있긴 한데……. 가서 돌아다니기가 힘들어서."
 "괜히 저 때문에 너무 멀리 가시는 건 아닌가요?"

"아뇨, 아뇨. 시카고에 여동생 집이 있어서 가끔 가요. 걔 아니면 아이오와에서는 한국 음식 먹기가 좀 어려워서."

황은 운전대를 잡은 채로 뒷좌석에 놓인 빈 반찬 통들을 가리켰다. 가서 한껏 받아 올 요량인 듯했다.

[하긴, 아이오와처럼 작은 동네에 한인 음식점이 있을 리가 없죠.]

'교회에서 나름 준비해서 준다고는 하던데?'

[설마 평일에 먹을 거까지 주진 않겠죠.]

'그건 그렇네.'

덕분에 수혁은 미안한 마음을 조금이나마 덜 수 있었다. 물론 아이오와에서 시카고까지 무려 4~5시간이나 걸린다는 걸 알고 난 후에는 다시 미안해지기는 했지만, 다행히 황은 장거리 운전에 아주 익숙한지 별로 힘들어 보이진 않았다.

*****

"자, 여기네요. 화이자에도 워낙 연수생이 많이 와서, 기숙사가 따로 마련되어 있다고 합니다. 1인실이고……. 앞에 셔틀이 주말에도 운행한다고 하니까, 밥 먹으러 시내 나가기도 좋을 거예요."

"아, 감사합니다."

"일요일 7시까지 오겠습니다."

"아……. 정말 감사합니다."

"아뇨, 별말씀을."

황은 수혁을 화이자에 데려다주고는 차를 몰고 사라졌다. 여동생이 사는 곳이 정확히 시카고는 아니고 북쪽으로 조금 나간 곳이라고 했는데, 지명을 기억할 수 있을 정도로 익숙한 곳은 아니었다. 사실 바루다 녀석이 힘을 써 줬다면 아무리 이상한 지명이라도 기억해 낼 수 있었겠지만, 지금 바루다는 정신이 반쯤 나가 있었다.

[병원 기록에 접근할 수 있으면 더 좋았을 텐데…….]

헨리라고 하는, 시카고 화이자 연구소의 소장에 관해 골몰하고 있었기 때문이었다.

'그 사람이 설령 아픈 데가 있다고 해도……. 아이오와까지 오겠냐? 시카고에도 좋은 병원 쌔고 쌨는데.'

[지금이라도 노스웨스턴병원에 가서 뒤져 볼까요?]

'그거 범죄야, 인마! 나 미국에서는 의사도 뭣도 아니라고.'

애초에 의사라고 해도 남의 병원에서 기록을 뒤지는 건 불법이었다. 아예 접근 권한이 없어서 가능한 일도 아니었고.

[미국 의사 면허증도 안 따고 뭐 했습니까?]

'법 바뀌어서 한국에서는 못 따거든? 그리고 의사 면허 있어도 못 봐.'

[왜 못 봐요? 해킹하면 되지.]

'이 미친……'

[아무튼, 지금은 일단 안으로 들어갑시다. 시카고는 총기 사고가 빈번하다면서요.]

'아, 그래.'

아이오와 사람들이 어찌나 겁을 주던지. 같은 미국이라고 해도 시카고와 같은 대도시와 아이오와는 아예 느낌이 다른 모양이었다. 수혁이 보기에도 그렇긴 했다. 도시 분위기가 달라도 아주 많이 달랐다.

'하긴 대학 도시하고 이런 도시를 비교하는 건 무리가 있겠지.'

아이오와에 사는 사람들은 거의 태반이 대학교 교직원이라고 보면 되었다. 다들 책상물림이라는 뜻인데, 단점도 있겠지만 일단 순하고 착하다는 것 하나만은 장점이었다.

[편히 잘 생각 말고, 뭐라도 단서를 찾아봅시다.]

'탐정이야? 얼굴도 모르는 사람 단서를 뭘 찾아. 죽었어?'

[너무 예민하게 반응하지 말고요. 여기 기숙사잖아요.]

로니는 확실히 일을 잘하는 사람이었다. 수혁은 이름을 대는 것만으로 에스코트까지 받아 가면서 기숙사에 들어설 수 있었다. 연수생 기숙사는 수혁에게 익숙한 대학교 기숙사와는 많이 다른 시설을 갖추고 있었다. 일단 로비가 거대했으며, 지하에는 수영장에 피트니스 클럽까지 있었고, 안에 식당이 무려 네

개가 넘게 있었다.

[꼭대기 층에는 바가 있으니까……. 가서 물어나 봅시다. 헨리에 관해.]

'그…… 그렇게까지 해야 하나.'

[왜요? 부끄러워요?]

'외국인들……. 그것도 처음 보는 외국인들이랑 얘기하는 건 조금.'

[뭘 걱정이에요. 내가 다 일러 줄 텐데. 그리고 여기 인맥 좀 만들어 두면, 어? 나중에 다 도움이 되지 않겠습니까?]

'왜 이렇게 이상한 야망이 생겼어.'

[부자 되고 싶다면서요. 다시 한번 말하지만 저는 유일한 입출력자인 수혁의…….]

'알았다…….'

언제나 그렇듯 상처뿐인 대화 끝에 수혁은 고개를 끄덕인 후, 지팡이를 짚고 엘리베이터로 향했다. 확실히 돈을 들여서 지은 티가 나는 건물이었다. 어찌 생각해 보면 당연한 일이었다. 화이자 연구소에서 일할 정도의 인재라면, 어지간한 대우는 성에 차지 않을 테니까.

띵. 그렇게 바에 도착하자, 생각보다 많은 사람을 볼 수 있었다. 아니, 바가 거의 꽉 차 있었다.

'불타는 금요일 밤에 여기 모여서 뭐 하는 거냐……. 시내까

지 차 타고 10분이라던데.'

[연구원들이지 않습니까?]

'뭔가 편견이 다분히 박힌 뉘앙스였는데, 방금?'

[드라마 보면 알죠. 항상 성실하고 착한데 여주인공의 들러리 역할 정도로만 나오잖습니까.]

'드라마는 드라마로 좀 봐 줄래? 현실은 다르다고.'

[제가 보는 현실은 수혁을 통해서 보는 현실이라는 점을 꼭 좀 생각해 주셨으면 좋겠습니다.]

'에이.'

수혁은 고개를 가로저으며 안쪽으로 향했다. 무려 가드까지 있는 바였다. 가드는 잠시 처음 보는 얼굴인 수혁을 향해 짐짓 엄격한 표정을 짓고 걸어오다가, 지팡이를 짚고 있는 것을 확인한 후에는 부리나케 달려왔다.

"도와드릴까요?"

"아, 아뇨. 괜찮습니다."

"저기 자리까지만 안내해 드리겠습니다."

수혁이 보니, 가드가 가리킨 자리는 꽤 중앙에 있는 빈자리였다. 이미 얼큰하게 취한 남녀가 두런두런 떠들고 있는 곳이기도 했다.

[좋네요.]

수혁은 가드의 안내에 따라 빈자리에 앉았다. 가드가 미리

와 있던 사람들에게 양해까지 구해 주었기 때문에, 아주 자연스럽게 대화를 시작할 수 있었다.

"아……. 아이오와주립대학교병원에서 오셨구나?"

수혁은 굳이 한국인이네 어쩌네 하는 얘기는 하지 않았다. 바루다가 이편이 좀 더 낫다고 판단한 덕이었다.

"네. 화이자가 세계 최고니까요. 보면서 배우려고 왔죠."

"세계 최고인 분야도 있죠. 하하."

원래는 바에 가서 직접 시키고 직접 술을 가져와야 하는 시스템이었지만, 수혁은 지팡이 덕에 가드가 대신 주문을 받아 줬고 술까지 배달해 왔다.

"화이자는 모든 인원이 다 연구에 참여한다고 들었는데."

"아, 네. 여긴 직위와 관계없이 연구원은 다 직접 연구해요. 책임자라 해도 예외 없어요."

수혁이 맥주를 한 모금 넘기고 질문을 던지자, 세계 최고라는 말에 웃던 여자 하나가 친절한 미소와 함께 답을 해 주었다. 그렇지 않아도 술을 마신 데다가, 수혁이 다리가 불편하다는 것까지 보고 나자 경계심이 많이 덜어진 모양이었다. 수혁이나 바루다에게는 잘된 일이었다.

"그럼 헨리 소장도 연구를 이끄나요? 로니 씨에게 초청받아서 오긴 했는데, 정작 로니 씨는 안 계시고 헨리 씨만 계신다고 해서……."

"로니?"

"네. 로니 씨에게 초청받았습니다."

"로니……. 누구지? 아, 설마."

여자는 고개를 갸웃거리다가, 머릿속을 스쳐 지나간 아주 높으신 분을 떠올렸다.

"로니…… 굿맨?"

"아, 맞아요. 그 로니요."

"로니 총책과 아는 사이에요?"

사실 아는 사이라고 하기에는 좀 많이 부족한 사이긴 했지만, 어차피 더 볼 일 없는 사람들이지 않겠는가. 수혁은 고개를 끄덕였다.

"네, 조금."

"오…….."

당연하게도 관심을 확 끌어올 수 있었다. 심지어 다른 테이블에 있던 사람들의 시선도 수혁을 향했다. 화이자에서 로니의 위치란 정말이지 대단한 것이었기에 그러했다. 이 자리에도 그가 진행시켜 준 연구를 하는 사람이 적지 않기도 했고.

"근데 제가 헨리에 대해서는 잘 모르거든요. 혹시 실수라도 하면 로니에게 폐가 될까 봐 걱정입니다."

바루다는 이 기회를 놓치지 않고 운을 탁 하고 떼었다. 만약 처음부터 헨리에 관해 물었다면 조금 수상해 보였겠지만, 지금은 아주 자연스러워 보였다. 그래서 자세히 묻지도 않았음에도 불구하고 술술 입을 열기 시작했다.
"헨리는…… 고집이 좀 세요. 남들 말 잘 안 듣고."
"아, 원래 의공학 전공이에요. 인공 장기 만들다가……. 시기상조라고 판단하고 화이자로 이직해 왔다고 들었어요. 근데 그래도 여전히 심장 쪽에 관심이 많아요."
"맞아, 맞아. 약도 꼬박꼬박 챙겨 먹어요. 딱히 심장 문제가 있는 것도 아닌데……. 하도 연구를 그쪽으로 하다 보니까 겁이 나나 봐요."
가만히 얘기를 듣던 수혁은 알 만하다는 얼굴로 고개를 끄덕였다. 이현종도 그렇지 않은가. 심혈관계 보호한답시고 먹는 약이 수혁이 아는 것만 몇 개 되었다.
'아직 동양인에서는 아스피린이…… 뇌출혈 위험을 높이는지 어떤지 확인이 안 됐는데…….'
그런데도 심근경색 예방 효과는 증명되었으니 잘된 일이라고 하면서 약을 엄청 챙겨 먹었다.
"혹시 또 뭐 주의해야 할 거 없나요? 제 다리같이 불편한 데가 있다고 하던지?"
그 후로도 대화는 상당히 길게 이어졌지만, 영양가 있는 얘기가 나오진 않았다. 그래서 바루다는 수혁에게 위기감을 불러일으켰고, 수혁은 일단 여기까지 왔다는 생각에 충실히 그의 요청을 들어주었다.

"아……."

이게 수혁이 몸 아픈 데가 없는 사람이었다면 상당히 곤란할 질문이었을 테지만, 수혁은 자기 자신이 다리를 저는 사람 아니었던가. 덕분에 제법 자연스럽고, 심지어 사려 깊어 보이는 질문이 되었다.

"그건 수잔이 제일 잘 알 거 같은데. 같은 팀이잖아."

신나서 떠들어 대던 남자가 맨 처음 수혁을 받아 주었던 여자를 바라보았다. 이름이 수잔인 모양인데, 성격이 아주 좋아 보였고 실제로도 그러했다.

"알지. 잘 알지……. 아, 헨리……."

그에 반해 헨리는 썩 좋은 사람은 아닌 듯했다. 그녀의 격렬한 반응에 다른 이들 또한 열렬히 환호하는 것을 보면 알 수 있었다.

"일단 고집이 세요. 자기 말에 토 달면 화내고."

활화산이 폭발하듯 터져 나온 그녀의 울분은 한동안 지속되었다. 안타깝게도 대부분 아랫사람이 윗사람에게 가질 법한 불만이었다. 하지만 바루다가 좋아할 만한 얘기도 있기는 있었다.

"아, 그리고……. 이거 진짜 짜증 나는 건데. 어딜 가나 음악을 틀어 놔요. 아니지, 음악이 아니지. 그냥 소리?"

"소리요?"

"네. 그 뭐……. 종이 구겨지는 거……. ASMR인지 뭔지 죽어라고 틀어 놔요."

"종이 구겨지는 걸요?"

"네. 조용한 환경을 못 참는 건지 뭔지 몰라도……. 하여간 단 한순간도 이상한 소리를 안 틀어 놓은 적이 없어요. 연구실에서도 그러는데, 진짜 환장한다니까."

"음."

'좋네.'

수혁은 그 후로도 맥주 한두 잔을 더 마시곤 기숙사로 돌아왔다. 배정받은 방은 게스트 룸 중에서도 꽤 좋은 편에 속하는 방이라 상당히 널찍했다. 아마 시카고 시내에 있는 건물이었다면 침대 하나 덜렁 들어 있을 수도 있었겠지만, 아무래도 약간은 외곽에 있어서 그런지 나름 테라스까지 마련되어 있었다.

[ASMR이라…….]

수혁은 그 테라스에 살짝 기댄 채 밖을 바라보았다. 저 멀리 시카고 야경이 한눈에 들어왔는데, 이제야말로 미국에 왔구나 하는 느낌이 들었다. 아이오와는 미국이라기보다는 시골에 더 가까운 곳이었으니까.

[딴생각 그만하고. 헨리에 대해서 생각해 봐요.]

'얼굴도 모르는 사람 생각은 뭐 하러 해.'

[얼굴만 모르지, 정보는 꽤 많이 알아냈잖아요?]

'안 그래도 그거 때문에 걱정이야, 인마. 너무 캐묻은 거 같아.'

[다들 꽐라가 되어 있었으니까, 걱정 마시죠. 내일 무슨 대화 나눴는지 기억 못 할 인간들이 거의 절반은 될 겁니다.]

'음.'

수혁은 바루다의 말에 의문을 표하는 대신 고개를 끄덕였다. 그가 보기에도 연구소 직원들은 적당한 음주를 넘어 폭음 수준으로 마셔 재끼고 있었기 때문이었다. 그래도 화이자 연구원들 정도면 상당한 엘리트들일 텐데, 술 마시는 것만 보면 내일이 없는 사람들처럼 보였다.

[쓸데없는 생각하지 말고 헨리나 고민해 봐요.]

'잠깐. 나도 술 마셨잖아. 정리할 시간이 필요해.'

[아, 어쩐지 데이터 정리가 잘 안 되더라.]

'차라리 자고 일어나서 하는 건 어때?'

같이 마신 사람들이 죄다 꽐라가 된 상황 아니던가. 아무리 수혁이 다리 핑계 대면서 꺾고, 또 꺾어 마셨다곤 해도, 워낙 잘 마시지도 못하는 술이었다. 힘든 건 당연한 일이었다.

[그건 안 됩니다.]

하지만 바루다는 아주 단호했다. 너무 단호해서 조금은 황당할 지경이었다.

'뭐야, 왜 안 돼. 다 느껴진다며. 어지러워, 지금.'

그래서 수혁은 자신의 힘듦을 어필했다.

[안 됩니다, 그래도.]

'왜!'

[그렇지 않아도 머리가 안 좋……. 아니, 기억이 잘 안 남는데……. 지금 자 버리면……. 아무것도 안 남아요. 한 번이라도 되짚어 줘야 합니다.]

'하…….'

수혁은 뭐라 반박하고 싶었지만, 딱히 틀린 말은 아니어서 한숨만 쉬었다.

'영화에서는 몸 안에 너 같은 놈 하나 들어와 있으면 알아서 해독도 하고 하던데. 넌 안 돼? 어? 내 몸 좀 조정해서.'

[그게 가능했으면…… 가능하면 좋겠어요?]

어쩐지 몸을 빼앗기는 에이리언 같은 영화가 떠오르는 순간이었다.

'아니, 와. 소름 돋은 거 봐라, 이거.'

[그러니까 힘냅시다. 다 나한테 맡길 생각 말고.]

'후…….'

수혁은 한숨과 함께 바깥공기를 한껏 들이쉬었다. 그래 봐야 결국, 완전히 깨려면 시간이 필요할 테지만, 어느 정도는 정신이 들었다.

[정리하면, 헨리는 52세 남성입니다.]

'백인 남성이지. 이혼했고, 아이는 없고, 혼자 살고.'

[술 안 먹고, 교우 관계는 밝혀진 바 없군요.]

'개판인데?'

헨리는 외롭고 고독한 사람인 듯했다. 수잔의 말에 따르면 그래서 일중독처럼 매일 연구소에 나온다고 했다. 아까 바에서 들을 땐 어느 정도 상사에 대한 악감정이 영향을 미쳤겠거니 하고 있었는데, 이렇게 정리해 보니 확실히 좀 이상한 사람이었다.

'건강 검진에서 걸린 건 없었다고 했지? 근데 이건 어떻게 알고 있는 거야?'

[수잔이 연구실에 배달된 건강 검진표를 잘못 들춰 봤다고 했습니다.]

'잘못은 아닌 거 같은데……. 아무튼, 잘된 일이지?'

[네. 혈액 검사에서 걸린 게 없었으니, 만성 질환은 없는 셈이죠.]

'그럼……. 역시 정신과적 질환 아닐까? ASMR이라니……. 난 그런 거 스피커로 틀어 놓는다는 사람은 처음 봤는데.'

[ASMR 관련한 논문 읽은 건 좀 있죠?]

'논문인가, 그게.'

수혁은 바루다 때문에 닥치는 대로 읽어야만 했던 논문 더미를 떠올렸다. 최근 워낙 ASMR이 핫하다고 해서 관련한 것도 몇 개 읽기는 했었는데, 솔직히 논문이라고 불러 주기엔 너무 조악한 것뿐이었다. 기껏해야 사람 열 명 정도 두고 설문 조사 한 것들 정도였다.

[하긴 정신건강의학과 쪽에서 정식으로 나온 논문은 없었죠.]

'당연하지. 학문적으로 접근하기가 좀 어렵잖아?'

ASMR을 들으면 심리적 안정 효과가 있다는 결론을 낸 논문들은 꽤 있었다. 물론 편의상 논문이라고 부르는 거지, 실제론 거의 전문가 의견 수준에 불과한 것들이지만, 수혁이 보기엔 그 결론 자체도 문제가 많았다. 그게 이론적으로 성립이 되려면 같은 자극에 대해 모든 사람이 같은 반응을 보여야 했으니까. 하지만 해당 보고서를 보면, 어떤 사람은 종이 찢는 소리에 반응하고, 또 어떤 사람은 빗소리에 반응하는 등 거의 모든 사람이 각기 다른 자극에 반응했다.

[근데……. 수잔의 얘기를 들어 보면 헨리는 딱 하나의 ASMR만 듣는 거 같지는 않았습니다.]

'아, 맞아. 안 가리고 듣는 거 같은데.'

[그렇다면 ASMR 자체로 인한 안정감을 원하는 게 아닌 거 아닐까요?]

'그럼 왜 틀어 놔? 미쳐서?'

[그게 의문이군요.]

'일단 이 정도 했으면 됐지? 낼 직접 보고. 보고 얘기해 보자.'

[흠……. 알겠습니다.]

바루다는 수혁의 혈관이 점점 더 확장되어 오는 것을 느끼곤 수혁의 의견에 동의해 주었다. 이미 아세트알데하이드의 혈중 농도가 너무 올라와서 더 시간을 끌어 봐야 유의미한 대화를 이어 나가기도 어려울 것 같아서였다.

#####

[저기 오는군요.]

다음 날 수혁은 1층 식당에서 나오는 토마토수프로 속을 달랜 후, 약속된 시간인 10시까지 연구소로 향했다. 딱 봐도 인상 더러워 보이는 백인 아저씨 하나가 걸어오는 것이 보였다.

'저게 헨리구나.'

[아랫사람들이 싫어할 만하네요.]

'나 기분 나쁘다.'라는 아우라를 온몸으로 내뿜어 대고 있는 사람을 대체 누가 좋아하겠는가.

"닥터 리?"

아무튼, 헨리는 터덜터덜 걸어와서는 안경을 고쳐 잡으면서 수혁을 바라보았다. 아마 수혁이 직접적인 아랫사람이었다면 지금쯤 오금이 다 저려 왔을 터였다. 하지만 천만다행하게도 수혁은 딱히 헨리와 수직적인 관계는 아니었다. 호감을 사 두면 좋기야 하겠지만, 딱히 여기서 관계가 끝나도 손해 볼 건 없다는 뜻이었다.

"아, 네. 헨리 소장님 되시나요?"

"로니에게 얘기는 들었어요. 뭐……. 상당히 흥미로운 논문을 썼다던데. 관상동맥……. 심장은 늘 재밌는 주제지."

이제 보니 로니는 정말 수혁이 보내 준 논문을 읽은 모양이었다. 그걸 헨리에게 전달해 준 것 같았는데, 다행히 헨리는 심장에 지대한 관심이 있는 사람이었다.

"네. 하하. 공부할 때마다 늘 새롭습니다."

"아무튼, 피차 바쁜 사람이니. 후딱 돌고 끝냅시다. 닥터 리도…… 시카고 여행이나 다녀오면 그게 더 나을 테지."

물론 그렇다고 해서 헨리의 퉁명스러움이 어디로 사라지진 않았다. 그는 정말로 수혁을 안내해야 하는 이 귀찮은 일을 빨리 끝내길 원하는지 무척 빠르게 걸었다. 어지간한 사람이라면 지팡이를 짚고 있는 수혁을 배려하는 시늉이라도 할 텐데, 이 인간은 그런 것도 없었다. 그저 인상을 잔뜩 찌푸린 채, 바삐 걸어갈 뿐이었다.

'성격 더럽네.'

[근데…….]

'근데 뭐?'

[분석 결과 뭔가 좀 괴로운 거 같은데요?]

'숙취가 있나?'

수혁이 보기에 저 표정은 흔히 술 마신 다음 날 볼 수 있는 종류의 것이었다. 하지만 바루다는 어제 정리했던 정보를 상기해 냈다.

[저 인간 술은 안 마신다고 하던데요?]

'아, 그렇네.'

[술 냄새도 나지 않고요. 밤새 술을 마셨다고 하기엔 머리 모양도 단정하고, 턱수염도 잘 깎여 있습니다. 상처도 없는 거로 보아, 알코올 사용 장애일 가능성은 적습니다.]

'셜록 흉내 내지 말라니까.'

[보이는 걸 어떡합니까?]

'후.'

수혁은 바루다의 잘난 척에 고개를 절레절레 흔들었다. 하지만 바루다의 말이 다 사실이긴 했다. 털이 진하지 않은 동양인에서는 몰라도, 서양인에서는 턱 주변의 상처 여부가 전날 음주 또는 만성적인 알코올 사용 장애를 가늠하는 데 아주 큰 도움이 되었다. 헨리는 상처가 나 있기는커녕 아주 깨끗하기만 했다.

'그럼 일단 술은 아니고. 뭐가 괴로운 거야? 속이 쓰린가?'

[그런 것치고는 커피를 들고 있군요.]

'음. 그것도 그렇네. 뭐지?'

수혁은 고개를 갸웃거리며 부지런히 헨리의 뒤를 따랐다. 입구 안쪽으로는 보안 검색대가 놓여 있었는데, 이건 수혁이 미리 머리 쪽의 부상을 말해 둔 덕에 별문제 없이 통과되었다. 어차피 소장인 헨리가 직접 데리고 들어가는 길이었기에 경비원들도 별 관심을 두지 않고 있기도 했다.

"에이."

검색대에서는 기계 특유의 윙 소리가 났는데, 헨리는 그 근처를 지나면서 인상을 좀 더 찌푸렸다. 관심을 기울이지 않았더라면 눈치채지 못했을 변화였지만, 수혁이나 바루다에게는 그렇지 않았다.

'방금 봤냐?'

[네. 검색대 통과하면서 인상을 찌푸렸어요.]

'설마하니 엑스레이를 느낀 건 아닐 테고.'

[공상 과학입니까? 당연히 아니죠.]

'그럼······.'

[소리. 소리로 인한 불편이군요.]

'이명이구나.'

이명. 귀에서 나는 소리라고 보면 되었다. 대개 일시적으로 겪고 넘어가는 수준에 그치겠지만, 심한 사람들은 24시간 이명이 들리기도 했다.

딸깍. 헨리는 빠르게 검색대를 통과한 후, 곧장 자기가 주관하는 연구실에 들어섰다. 그러곤 정말 딱 들어서자마자 스피커를 켰다. 스피커에서는 듣기 좋은 음악이 나오는 게 아니라, 수잔이나 다른 연구원들이 내내 불평해 댔던 그 이상한 ASMR이 흘러나왔다. 이번엔 종이 찢는 소리였다. 듣기에 따라서는 상당히 불쾌할 수 있는 소리였다.

[표정이 좋아졌군요.]

'이게……. 사실 백색 소음 같은 거지?'

[그렇죠. 수잔은 단순히 ASMR에 의한 팅글(tingle, 청각적 자극에 의한 안정감)이라고 생각한 모양이지만…….]

'실은 이명이 소거되면서 고통이 사라진 거구나.'

[이상하군요. 검진 결과에서는 청력이 정상이라고 했다던데. 보통 난청이 동반되지 않는 이명은 이런 식으로 심하게 나타나지 않는데.]

이명의 발생 기전에 대해서는 이런저런 얘기들이 참 많지만, 일단 난청으로 인한 뇌의 소리 자극 소실이 트리거가 된다는 것이 가장 널리 받아들여지고 있었다.

물론 정상 청력에서도 스트레스나 컨디션 저하 또는 경추 디스크와 같은 근골격계 질환으로 인해 이명이 발생하기도 했지만, 그런 종류의 이명은 난치성 이명으로 발전하는 경우가 극히 드물었다.

'뭐……. 청신경 종양이라도 있는 거 아냐?'

[화이자의 연구소장인데 MRI 한번 안 찍어 봤을까요?]

'하긴……. 그럼 뭐야? 청력도 정상이고, 뇌종양도 없는데 이명에 이렇게 고통스러워하다니.'

수혁은 재차 헨리의 얼굴을 살폈다. 그는 수혁에게 보여 줄 무언가를 급히 챙기고 있었는데, 확실히 아까보다 훨씬 나아 보였다. 그래 봐야 보기 좋은 얼굴은 아니었지만, 적어도 아까처럼 짜증이 솟구칠 정도는 아니었다.

"음. 여기서 연구 중인 건……. 일단 비아그라 후속 연구랑……. 음? 뭘 그렇게 봅니까?"

헨리는 자료 몇 가지를 추리다가 수혁의 시선을 깨닫고는 고개를 갸웃거렸다.

[단도직입적으로 물읍시다.]

수혁은 무례하게 느껴졌나 싶어서 잠시 당황했으나, 바루다는 역시 그런 게 없었다. 생각해 보니까 못 할 것도 없을 거 같았다. 의사가 진료하겠다는데 때와 장소가 뭔 상관이란 말인가. 그래서 냅다 질렀다.

"혹시 이명 있으세요?"

[아니, 이렇게까지 직접적으로 물으란 건 아니었는데?]

"이명?"

헨리는 방금까지 자신이 골라낸 자료를 건네주려다 말고 수혁을 바라보았다.

[먹혔나? 상당히 놀라 보이는데요?]

'역시.'

[역시는 무슨 놈의 역시. 그냥 운이 좋은 거지. 하지만 잘했어요. 일단 관심이 있어 보입니다.]

수혁은 바루다의 응원 아닌 응원에 힘입어 고개를 끄덕였다.

"네, 이명. 혹시 이명이 있지 않으세요?"

"어……."

헨리는 도무지 무슨 말을 해야 할지 모르겠다는 듯한 표정이었다. 그도 그럴 것이 자신의 증세에 대해서 의사를 제외하면 그 누구에게도 말한 적이 없었기 때문이었다.

'닥터 요한슨이……. 아냐, 그럴 리가 없어.'

요한슨은 저명하진 않지만, 상당히 신뢰할 수 있는 정신건강의학과 전문의였다. 그에게 들어간 자신만의 비밀이 다른 곳으로 새어 나갔을 거란 생각은 할 수 없었다. 게다가 헨리는 단 한 번도 이명에 관한 얘기는 한 적이 없었다. 그저 잠이 오지 않는다고 했을 뿐.

'뭐지? 어디서 알아 온 거야?'

헨리는 의구심 가득한 얼굴이 되어 수혁을 바라보았다. 딱히 제대로 된 답은 하지 않은 채였는데, 그런데도 수혁은 확신할 수 있었다. 표정만 봐도 알 수 있었기 때문이었다.

"그런 눈으로 보지 마세요. 저는 의사지 않습니까. 몸이 불편한 사람을 보다 보면, 어디가 불편한지 대개는 알게 되기 마련입니다."

수혁은 이런 말을 늘어놓았다. 어제 주워들은 얘기가 없었으면 아예 의심조차 할 수 없었겠지만, 지금 그런 걸 굳이 말해 줄 필요는 없지 않겠는가.

"그걸…… 보면 안다고요?"

헨리는 반신반의하는 얼굴이 되었다. 사실 말도 안 되는 말이라는 건 너무 잘 알고 있었다. 화이자 연구소장쯤 되면 의사들을 숨 쉬듯 만나게 되지 않겠는가.

적어도 지금까지는 단 한 번도 그의 증상을 눈치챈 사람이 없었다. 그저 정신적으로 불안정하다는 판단을 내리고, 정신과적 진단을 권유했던 사람들이나 있을 뿐. 그것도 아니라면 MRI를 찍어 보라고 권유하거나.

"네. 압니다. 저는 보여요."

하지만 수혁의 아주 당당하기 짝이 없는 태도를 보고 있자니 마음이 흔들리는 것도 사실이었다. 그래서 헨리는 저도 모르게 옆에 있던 의자를 끌어다 털썩 주저앉았다. 수혁은 그렇지 않아도 왼쪽 다리가 조금씩 아파 오던 참이었던지라 기다렸다는 듯 따라 앉았다.

"얼마나 된 겁니까?"

그러곤 본격적으로 진료를 보는 자세를 취하며 질문을 던졌다. 의사들이 대강대강 하는 줄 알겠지만, 사실 학생 때 자세도 다 배우게 되어 있었다. 너무 정면을 향하면 위협적일 수 있고, 그렇다고 또 너무 틀어 앉으면 외면하는 느낌을 줄 수 있기 때문에 45에서 60도 정도가 되게끔 앉는 것이 적당했다. 과연 효과가 없진 않아서, 헨리는 더욱 협조적인 태도로 입을 열었다.

"오래됐습니다."

나오는 말까지 협조적이진 않았다.

'왜 이러냐, 보호자처럼.'

[연구소장이지 의사는 아니니까요.]

'그래도 과학자 아니야? 오래됐어가 뭐야, 오래됐어가.'

[저한테 화내지 마시고, 다시 물어보세요.]

오래됐다는 말은 적어도 의사에게는 딱히 도움이 되지 않는 답변이라고 보면 되었다. 수혁은 바루다의 말을 따라 재차 질문을 던졌다.

"얼마나 오래됐죠? 1년?"

"아니, 그보다 훨씬."

"그럼 10년?"

"아니……. 20년도 더 됐습니다."

"20년……. 정말 오래됐군요."

병적 이명이 20년 넘게 진행됐다니. 수혁은 헨리가 정신병을 얻지 않은 것이 다행이라는 생각이 들었다. 아니, 어쩌면 이미 얻었을 수도 있었다. 이명 환자에서 우울증의 빈도가 늘어난다는 것과 자살률마저 올라간다는 건 통계적으로 확인된 팩트였으니까.

"양쪽 귀에서 모두 들리나요?"

"음……. 방향을 특정할 순 없어요."

수혁은 놀라운 마음을 뒤로하고 질문을 계속 이어 갔다. 헨리 또한 성실히 답변했다. 지금까지 딱 보자마자 자신의 병을 알아본 이가 수혁 하나일뿐더러, 딱 질문을 시작하고부터는 어쩐지 베테랑 의사의 느낌을 잔뜩 풍겼기 때문이었다.

"마지막으로 청력 검사한 건 언젠가요?"

"3개월 전입니다. 양측 모두 정상으로 나왔습니다."

"정상이라……. MRI는요?"

"찍었습니다. 정상입니다."

반면 수혁은 일단 바에서 확인했던 정보를 다시 확인했.

'정상이구나, 진짜. 근데 정말 제대로 기억하고 있으려나?'

[지금까지의 대화와 저기 모아 둔 자료의 양으로 미루어 보건대, 이 사람 약간 강박 증세가 있어요. 절대 틀릴 리가 없습니다.]

'아……. 하긴 서류철 좀 봐…….'

[네. 아마 이명에 대해서도 어지간한 의사들보다 더 잘 알고

있을걸요? 생명 과학 쪽 연구원 중에선 그런 경우가 흔하다고 들었습니다.]

수혁도 비슷한 말을 들은 기억이 있었다. 선배가 공중 보건의를 카이스트 내의 의무소에서 했는데, 그때 정말 힘들었다고 했다. 오는 환자마다 자신의 증상에 대해 논문을 뒤지고 오는 통에 입씨름하느라 죽는 줄 알았다고 했던가. 아마 헨리도 크게 다르진 않을 거 같았다. 아니, 그보다 훨씬 심각할 게 분명해 보였다.

"이것 보세요, 닥터 리."

과연 헨리는 수혁의 질문을 뚫고 자신이 공부했던 바를 어필하기 시작했다.

"네."

"이명이란 게 원래 난청······. 그러니까 신경이 손상되면서 결손된 청력에 대한 보상 작용으로 발생하는 거 아닙니까?"

"음, 보통은 그렇죠. 보통은."

"그런데 저는 청력이 정상이죠."

"네."

"그래서 다른 이유가 있나 해서 경추 MRI도 찍어 봤습니다. 화이자 부속 연구소에는 어지간한 설비가 다 있거든요."

"아······."

헨리는 지하 쪽을 가리키면서 말을 이었다. 아무래도 MRI 기기가 연구소 지하에 있는 모양이었다. 한두 푼 하는 기계도 아닌데, 그걸 연구 목적으로 집어넣다니. 정말이지 세계적인 제약 회사는 클래스가 달랐다.

"그런데 정상입니다. 디스크도 없고……. 사실 목 통증도 없어요, 저는."

"그럼 근골격계 질환으로 인한 이명도 아니군요."

"네."

"스트레스나……. 우울감에 의한 것은 아닐까요?"

"오, 제 얼굴을 보고 하는 말씀인 거 같은데……."

헨리는 상당히 익숙한 질문이라는 듯 옅은 미소까지 띤 채 고개를 가로저었다.

"무려 반년을 쉰 적이 있어요. 화이자에 오기 전의 일인데……."

"쉬어요? 여행을 다니셨나요?"

"아뇨. 그냥 태국 파타야에 가 있었습니다. 배고프면 먹고, 찌뿌둥하면 마사지 받고 하면서. 그래도 안 없어집니다. 똑같아요."

"흠."

태국 파타야라. 한 번도 가 본 적 없는 곳이긴 했지만, 어쩐지 엄청 좋아 보이는 지명 아닌가. 게다가 배고프면 먹고, 찌뿌둥하면 마사지라니. 누구나 바라 마지않을 삶이었다.

'스트레스는 아닌 거 같은데.'

[사실 심리적인 이명은 이렇게까지 오래가지 않죠. 뭔가 기질적인 원인이 있어야 하는데.]

'MRI에서 아무것도 안 잡혔다잖아. 뭐 들리는 건 없어? 객관적인 이명은 아니야?'

이명 중에는 객관적인 이명도 있었다. 나한테만 들리는 게 아니라, 누구나 들을 수 있는 종류의 이명이란 뜻이었다. 대개 중이강(바깥귀와 속귀 사이의 공간, 고막의 안쪽) 내 이소골을 붙들고 있는 근육의 경련이나, 머리 뒤쪽으로 흐르는 정맥의 혈류가 들리는 경우가 여기에 속했다.

하지만 수혁이나 바루다나 지금까지 어떤 소리도 듣지 못했다. 게다가 이런 종류의 이명은 환자의 자세와 엄청난 연관이 있기 때문에 특유의 자세를 취하게끔 되어 있었다. 적어도 헨리는 자세가 아주 좋은 편이었기에, 객관적 이명은 배제할 수 있었다.

"솔직히 놀랐습니다. 이명이 있다는 거……. 그거라도 알아준 의사는 없었으니까. 하지만 거기까지일 겁니다. 제가…… 이명에 대해서 정말 공부를 많이 했어요. 기전하고 치료법에 대해. 하지만…… 제 이명은 이상합니다. 원인도 없고, 치료법도 없어요."

"흠."

수혁은 절망스럽다는 얼굴을 한 헨리를 보며 마른침을 삼켰다. 확실히 헨리의 말대로 그의 이명엔 뚜렷한 이유가 없어 보였기 때문이었다. 모든 게 정상인데, 늘 이 정도 크기의 백색 소음을 틀어 놔야 할 정도의 이명이 들리고 있다니.

'대체 뭐지?'

[침착하십시오. 원인이 없는 증상은 없습니다. 이건 절대로 변하지 않아요.]

'음……. 그건…… 그건 그래.'

하지만 바루다의 말을 듣고 보니, 조금은 안정을 찾을 수 있었다. 물론 현대 의학이 우리 몸의 모든 것을 다 알아낸 것은 아니었다. 하지만 알아낸 것과 그렇지 못한 것 중엔 알아낸 부분이 압도적으로 많았다. 치료는 못 하더라도 원인만은 알아내는 경우도 많았고. 그러니 아직 헨리의 이명도 여지가 있다는 뜻이었다.

[일단……. 다른 병이 없는지 물어보죠. 가능성은 떨어지지만, 고지혈증이 있다면 경동맥 경화에 의한 이명이 있을 수는 있습니다.]

'자세에 따른 변화가 없는데?'

[그래도 물어는 봅시다. 기본은 해야죠.]

'알았어.'

모든 학문에 있어서 기본의 중요성은 아무리 강조해도 모자라지 않을 터였다. 그리고 의학에서, 특히 환자를 진료할 때 기본은 더더욱 중요했다. 더 잘하기 위한 기본이 아니라 실수를 하지 않기 위한 기본이었으니까.

"헨리 소장님. 혹시 앓고 있는 다른 질환은 없습니까?"

"다른 질환? 있죠. 불면증."

헨리는 이제 수혁에 대해 기대를 접었는지, 상당히 퉁명스러워져 있었다. 원래 이랬던 사람이니 크게 당황스럽진 않았다. 수혁은 침착하게 대화를 이어 나갔다.

"아. 이명에 의한 거겠군요."

"물론입니다. 이 망할 놈의 이명이……. 제 인생을 송두리째 망가뜨려 놨어요."

"그거 말고는 전혀 없고요?"

"네. 없습니다. 전 매일 똑같은 시간에 일어나고 매일 저녁 8km를 뛰어요."

"오……."

"음식도 매일 정해진 음식만 먹습니다. 제 체중은 20년간 변화가 없어요."

그러고 보니 헨리는 우락부락한 느낌은 아니더라도 꽤 탄탄해 보이는 몸을 가지고 있었다. 도저히 혼자 사는 52세로는 보이지 않을 정도로 건장해 보였다.

'도대체 뭐야, 그럼.'

[그러게요. 모르겠네.]

'야, 지금까지 이렇게 물어 왔는데……. 모른다고 하면 어떡해!'

[모르면 모르는 거죠……. 대강 얼버무리세요. 화이자랑 연구 안 하면 되지.]

'이…… 이 새끼야…….'

[아, 몰라. 어?]

한참 모르쇠를 놓던 바루다가 돌연 고개를 갸웃거렸다. 수혁의 시야 어딘가에 집중하면서였다. 아예 신경을 쓰고 있지 않던 부분이었던지라 수혁은 바루다가 뭘 보고 이러는 건지 알아차리지 못했다.

'왜? 민망해서 이러지?'

[아니…… 이 사람 아무 병도 없다고 했잖아요.]

'그랬지.'

[근데 왜 자리에 약병이 있죠?]

'영양제 아냐? 알록달록하니, 약은 아닌 거 같은데.'

얘기하는 거 보면 건강 염려증이 있나 싶을 정도로 강박적으로 건강을 챙기고 있지 않은가. 먹고 있는 영양제가 한두 개 정도 있다고 해서 이상할 건 없어 보였다. 아니, 없다고 하면 그게 더 이상하리라. 그리고 영양제 중에선 아쉽지만, 이명을 일으킬 수 있는 게 없었다.

[아니, 좀 자세히 보세요. 저기 하나는 약이잖아.]

'약? 어……. 그렇네.'

그제야 헨리는 수혁이 자기 얼굴이 아니라 뒤에 어딘가를 바라보고 있다는 것을 알아차렸다.

"뭐 해요?"

"아, 네. 저기 소장님 자리죠?"

"아, 그렇습니다."

"약…… 먹고 있는 게 있으시네요?"

"약이 아니라 영양제입니다. 오메가3랑 비타민."

"아니……. 저건 약 아닌가요?"

수혁은 그 두 개 사이에 있는 하얀 약통을 가리켰다. 그러자 헨리는 정말 아무것도 아니라는 얼굴로 고개를 가로저었다.

"저건 아스피린이에요."

"아스피린?"

"네. 아스피린. 여러 긍정적인 논문이 있지 않습니까? 일부 화이자에서 펀딩한 논문도 있고."

"그건…… 그렇죠."

아직 대한민국에서는 아스피린이 대중화되어 있지 않았다. 아니, 사실 해열 진통제 시장에서 거의 반은 퇴출되어 있다고 보면 되었다. 소아 환자에서 발생 가능한 라이 신드롬(급성 뇌염증) 및 다른 진통 소염제에 비교해 월등히 심한 위장관 장애 때문이었다. 하지만 미국에서는 예방적 아스피린 복용이 아주 일상화되어 있었다.

[뇌경색 및 심혈관계 질환 예방이 된다고 알려져 있죠.]

'하긴 우리……. 이현종 교수님도 많이 먹잖아.'

[많이는 아니고, 챙겨 먹죠. 뭘 많이 먹습니까. 약을 밥처럼 먹는 것도 아닌데.]

'말이 그렇다는 거지, 말이.'

물론 헨리의 말처럼 긍정적인 효과가 아주 많이 증명되어 있기는 했다. 오죽하면 논문 귀신 이현종이 득달같이 찾아다 먹고 있겠는가. 심지어 최근엔 암 발생률도 어느 정도 떨어뜨린다는 보고가 있을 지경이었다.

하지만 동양인에서는 뇌경색보다 오히려 뇌출혈이 더 흔해서 좀 더 연구가 필요한 상태였고, 앞서 말한 이유와 더불어서 아스피린의 대중화는 아직 요원했다.

"이건……. 먹은 지 오래됐어요. 양을 줄여서 먹기 때문에 위장관 트러블도 전혀 없고."

헨리는 수혁이 바루다와 대화를 나누는 사이, 테이블 위에 놓여 있던 아스피린 및 여러 약통을 가져왔다.

"비타민C도 저는 메가도스(고용량)로 먹습니다."

인제 보니 이쪽의 신봉자인 듯했다.

[뭐……. 비타민도 다시 긍정적인 보고서가 많이 나오고 있기는 하죠.]

예전엔 비타민 그까짓 것 먹어 봐야 별 소용도 없다는 논문이

우르르 나왔던 적도 있었다. 어차피 영양제를 챙겨 먹을 정도로 사회 경제적인 수준이 있는 사람들은 이미 식사에서 충분한 영양을 섭취하고 있다는 내용도 있었고.

아무튼, 일부 의학자들은 비타민의 효용을 얘기했지만, 전반적인 의학계에서는 의구심 어린 시선을 보내왔던 것이 사실이었다. 하지만 최근 연구에서는 다시 비타민을 고용량으로 복용하는 것이 항산화 작용 및 항노화 측면에서 긍정적이란 보고가 이어지고 있었다.

'솔직히 식이에 관한 연구는……. 부정확한 게 너무 많아서 신뢰할 수 없는데.'

[그렇죠. 그 인간이 다른 거 뭘 먹었는지 알 수가 없으니.]

죄수도 아니고, 어디 가둬 놓고 연구자가 원하는 음식만 줄 수는 없는 노릇 아니겠는가. 당연히 오류가 발생할 수밖에 없었다. 세상에 저탄고지니, 황제 다이어트니 하는 식이가 우후죽순 격으로 나타났다가 사라져 가는 이유이기도 했다. 식이에 대해서만큼은 정확한 연구가 아직은 불가능하다고 보면 되었다.

"닥터 리도 비타민 공부해 보면 얼마나 좋은지 알게 될 겁니다. 나는 감기도 잘 안 걸려요. 아스피린이야 말할 것도 없고. 저는 이게 인류의 수명을 증가시켜 줄 거라고 믿습니다."

그러거나 말거나 헨리의 비타민 및 아스피린에 대한 예찬론은 계속되었다. 바루다의 영향으로 논문의 양보다는 질을 우선시하게 된 수혁으로서는 더 들어 주기 어려운 상황이었다.

비타민이나 아스피린이 어느 정도 긍정적일 거라는 건 이론적으로 동의하지만, 솔직히 논문이라고 해서 다 믿을 수 있는 건 아니기 때문이었다. 딱 한 번만이라도 논문을 써 본 사람이라면 왜 이런 생각을 하는지 알 수 있을 터였다. 논문도 다큐멘터리처럼 연구자의 주관이 섞이려면 얼마든지 섞일 수 있었으니까.

[가만……. 이 인간 그럼 아스피린을 수십 년간 먹었다는 거 아닙니까?]

'얘기 들어 보니까 그런데? 거의 뭐……. 30년 가까이 된 거 같아.'

[아스피린이 물론 좋은 약이지만……. 부작용이 있을 수도 있잖아요.]

'당연히 있을 수 있지. 하지만 30년간 먹어 왔으면……. 이미 급성 부작용은 없다는 얘기야. 건강에는…… 응?'

수혁은 부작용에 대해 언급하다가 돌연 고개를 갸웃거렸다. 헨리는 수혁이 바루다와 대화 중이라는 것을 꿈에도 모르고 있었기에, 자기주장에 의문을 표한 것인 줄로만 알았다.

"왜 그럽니까?"

"아니……. 아스피린……. 계속 드신 거죠?"

"네. 이건 좋다니까요? 가격도 싸고. 나도 제약 회사에 몸담고 있지만……. 이런 약 하나 만들 수 있으면 좋죠. 인류에 공헌하는 셈이니."

수혁은 거의 뭐 아스피린 처돌이 수준인 헨리를 보며 가만히 고개를 가로저었다. 그러곤 아까 자신이 떠올렸던 부작용 부문을 떠올렸다. 극히 드문 부작용인 데다가, 대부분 일시적이라서 넘어갔던 증상 하나가 떠올랐다.

'아스피린 부작용 중에 이명이 있지 않아?'

[음? 아, 그러고 보니……. 청력 손상을 일으키지 않고, 약을 끊으면 즉시 정상화되는 이명을 일으킬…… 응?]

'그래. 근데 이 양반은 계속 먹잖아. 보니까 일반적인 예방적 용량보단 많이 먹는 거 같은데.'

[허. 그렇네요. 이건 약전에도 예전에는 없던 내용입니다.]

'비교적 최근에 발견된 데다가.'

[심하지 않은 부작용이니까요.]

'하지만 분명히 원인일 수 있어.'

[얘기해 주시죠. 반발이 좀 있을 거 같지만, 논문 보여 주면 납득할 겁니다. 과학자니까.]

지금 헨리가 떠들어 대고 있는 아스피린의 좋은 점도 결국 자신의 주관적인 경험은 극히 일부분일 뿐이었다. 대부분은 어디 논문에 한 줄이라도 언급되었던 것들을 근거로 삼고 있었다. 뭐가 어찌 되었건 근거 중심의 사고를 하는 과학자라는 뜻이었다.

그래서 수혁은 용기를 냈다. 눈앞의 인상 더러운 사람의 의견에 반해야 한다는 것이 좀 두렵기는 했지만, 뭐 설마하니 다리 불편한 사람 때리기라도 하겠는가. 지금까지 그런 놈은 단 하나도 없었다.

"잠깐. 헨리 소장님."

"응?"

"이명 말입니다."

"그건 얘기 끝난 거로 아는데요? 치료 방법이 없지 않습니까? 아니, 원인도 모르지."

헨리는 이명 얘기가 나오자마자 대번에 퉁명스러워졌다. 지금도 저 귀에 거슬리는 종이 찢는 소리를 틀어 놔야 하는 질환이 아니던가. 그 때문에 아래 직원들이 수군거리는 것도 다 알고 있었다. 그런데도 해명하지 않은 건, 약점을 내보이기 싫어서였다. 그 약점을 대놓고 언급하고 있는 수혁이 좋아 보일 수가 없었다. 물론 치료를 해 준다면야 얘기가 완전히 달라지긴 하겠지만.

"아뇨. 원인을 찾아낸 것도 같습니다. 아닐 가능성이 크긴 하지만, 의심해 볼 수 있는 정황이 하나 있어요."

"원인을…… 찾아? 이것 보십시오. 닥터 리. 내가 여기 소장입니다. 솔직히 어지간한 의사들보다 내 논문 서치 능력이 더 좋다고. 이명에 대해선 거의 교수급이라고 보면 돼요. 그런 내가 못 찾은 원인을…… 바로 찾는다는 게 말이 됩니까?"

그냥 그만둘까 하는 생각이 들게 하는 반응이었다.

[진짜 고쳐 줬을 때 어떤 반응을 보일지 궁금해지는군요.]

'그러게. 눈물이라도 질질 짜는 거 아냐?'

하지만 수혁이나 바루나 마냥 착한 인간은 아니지 않은가. 아주 약간은 뒤틀어진 면이 있는 녀석들이었다.

"찾을 수도 있죠. 관점이 다르니까요."

"하……."

"일단 얘기나 들어 보시죠. 가치가 있을 겁니다."

"흥."

헨리는 일단 한숨을 쉬고, 그다음에는 콧방귀를 뀌어 댔다. '감히 동양에서 온 꼬마 의사 주제에.'라는 생각이 머릿속을 가득 메웠다. 하지만 이명으로 인한 불편감이 워낙 크지 않은가. 한구석에서는 이런 생각이 드는 것도 사실이었다.

'설마…….'

헨리는 밑져야 본전이라는 생각에 고개를 끄덕였다.

"알겠습니다. 들어나 보죠."

그 말에 수혁은 앞에 놓여 있던 아스피린을 낚아챘다.

"원인은 바로 이 아스피린입니다."

"아스피린……?"

"네. 최근……. 정말 최근입니다. 2달 전에 리포트되어서 아직 시중에 있는 약전에는 표기가 안 되었을 거예요."

"무슨 소리를 하려는 건지?"

"아스피린이 단기적인 이명을 일으킬 수 있다는 보고서가 있습니다. 아니, 아니. 복용 중에 이명을 일으킬 수 있다는 보고서라고 보는 게 맞겠네요."

"아스피린이⋯⋯ 이명을?"

헨리는 그가 말했던 대로 이명에 대한 논문을 아주 많이 읽어 왔다. 발생 기전, 원인, 현재 시도 중인 치료들. 하지만 단 한 번도 아스피린을 의심한 적은 없었다. 심장 연구를 해 온 그에게 아스피린은 기적의 약과도 같은 것이었으니까. 그런데 그게 이명을 일으킬 수도 있다니. 망치로 한 대 얻어맞은 듯한 기분이었다.

[입 벌리는 거 보소.]

'표정 볼 만한데?'

[난 이럴 때가 제일 좋더라.]

'나도.'

수혁과 바루다는 그런 헨리를 보면서 다소 인성 파탄자 같은 대화를 나누며 말을 이었다.

"네. 이거 보세요."

그러곤 핸드폰으로 검색한 논문 결과를 보여 주었다. 아직 종이로 출간되기도 전이었다. EPUB 단계의 논문이었는데, 사실 레지던트가 이렇게까지 업데이트된 논문을 읽었다는 것 자체가 아주 놀라운 것이었다. 하지만 헨리는 그러한 사실 따위는 떠올리지도 못하고 있었다. 그저 수혁이 보여 준 논문만을 게걸스럽게 탐독할 따름이었다.

"이거……. N수도 적지 않고……."

무척 놀란 모양이었다. 당연한 일이었다. 이미 아주 널리 쓰이고 있던 약의 새로운 부작용에 관한 이야기였으니까. 심지어 케이스 리포트도 아니었다. 지금까지 발간된 케이스 리포트를 모으고 모아서 만든 논문이었다. 아예 이명을 일으켰던 사례가 없었던 건 아니라는 뜻이었다.

'그걸……. 의심한 게 대단하지.'

[그러니까요. 아스피린을 의심할 생각을 하다니. 연구자가 아주 똑똑합니다. 우리 수혁은 대체 언제가 되어야…….]

'아니, 말이 왜 또 그쪽으로 흘러가?'

[연구는 이렇다 할 게 없잖아요.]

'레지던트가 무슨 연구를 해. 임상 논문이나 쓰면 됐지. 무려 NEJM에 논문을 낸 몸이라고.'

[에이……. 솔직히 아이디어는 이현종 교수가 줬지…….]

둘이 영혼을 걸고 아주 쓸데없는 논쟁을 벌이는 사이, 헨리는 그 긴 논문을 다 읽어 내려갔다. 원래 연구자들은 남의 논문을 읽는 것이 주요 업무 중 하나이기는 했다. 그로 인해 배우는 것도 있기는 했지만, 제일 중요한 이유는 혹시 어떤 놈이 내가 지금 연구하는 거 먼저 발표하지 않았나 확인하기 위해서였다. 아무튼, 헨리도 그런 축에 속했기 때문에 속도가 대단했다.

"이럴 수가······. 이건······. 이건 정말 원인일 수도 있겠는데."

그렇게 다 읽은 헨리의 감상은 그리 길진 않았다. 하지만 무척이나 감명받은 듯했다. 일단 수혁을 바라보는 눈빛부터가 아예 달라져 있었다.

"다, 닥터 리. 이 학술지는······."

"SCI 점수는 그렇게 높진 않아요. 하지만 청각 계통에서는 가장 높은 저널입니다."

"그럼 신뢰도가 높겠군요."

"네. 연구 기관이 일단 다기관 연구입니다. 태화의료원도 껴 있어요."

사실 껴 있는 정도가 아니라 거의 메인이었다. 아스피린에 있어서만큼은 불모지나 다름없는 대한민국에서 이런 논문이 나온 것이 의아할 수도 있겠지만, 어찌 보면 또 당연한 일이었다. 미국에서는 너무 만연한 약이지만 대한민국에서는 심근경색이나 기타 질환이 발생한 후에나 먹는 약이었으니까. 비교적 의사나 환자나 이 약을 먹은 시점과 용량을 아주 정확히 안다는 뜻이었다. 그리고 그건 약 때문에 발생할 수 있는 부작용을 캐치하는 데 아주 큰 도움이 되었다. 이러한 사실을 부연 설명해 주자 헨리는 거의 무릎을 꿇을 기세가 되어 있었다.
 "정말……. 내 이명이 이걸 끊음으로써 낫게 되면 이 은혜는 절대……. 절대 잊지 않겠네."
 보통의 의사라면 여기서 '그냥 그러세요.' 하겠지만.
 [뭘 받죠?]
 '받긴 뭘 받아! 의사가 환자 치료한 건 당연한 건데.'
 [에이……. 바라는 거 있으면서 이러신다. 잊으셨어요? 전 수혁의 모든 걸 느낍니다.]
 '이런 시바. 그래, 바라는 거 있다.'
 수혁은 바루다를 끼고 있었다. 어느 틈엔가 탐욕덩어리가 되어 버린 바루다를.

▰▰▰▰▰

 이후 수혁은 헨리를 따라 연구소를 돌았다. 피차 바쁜 몸이니 후딱 돌자고 했던 때와는 당연히 들인 시간과 공이 달랐다. 덕분에 수혁은 아니, 바루다는 연구소의 구조를 상당 부분 수혁의 머릿속에 욱여넣을 수 있었다.
 '신기하네. 3D로 구조화되어 있어.'
 [이 바루다니까 가능한 일이죠.]
 '인공지능은 다 되는 거 아닐까?'

[아뇨. 오직 바루다만이 가능합니다.]

'갑자기 뭔 근자감이래.'

[아뇨, 진짭니다.]

얘기를 더 들어 보니 사실은 사실이었다. 현존하는 인공지능 중에서는 바루다처럼 인간의 감각을 사용할 수 있는 인공지능이 없지 않은가. 따라서 그냥 돌아다니는 것만으로 실제 구조를 스캐닝해서 설계도화시키는 건 오직 바루다만이 가능한 일이었다.

'근데 별 효과가 없었나?'

수혁은 자신의 핸드폰을 내려다보며 고개를 갸웃거렸다. 벌써 시카고 연구소에 다녀온 지 4일째 아침이었다. 아스피린을 그날 끊었다면 이명이 사라져야만 했고, 그랬다면 전화가 와야만 했다.

[그러게요. 뭐……. 안 낫는다고 해도 우리가 손해인 건 아니지만.]

'그래도 기분이 나쁘잖아.'

[그러니까요. 감히 이 바루다가 관여한 진단이 실패했다 이건가?]

'핀트가 좀 이상한데? 아스피린에서 부작용 떠올린 건 나거든?'

[수혁이야 제가 만들다시피 한 건데요, 뭐.]

'이, 미친. 아.'

수혁은 욕설을 늘어놓다 말고 테이블 위에 올려 두었던 핸드폰을 집어 들었다. 테이블 위에는 먹다 남긴 냉동 피자와 김빠진 콜라 등이 놓여 있었지만, 그중에서 핸드폰 골라내는 건 그리 어려운 일이 아니었다.

[헨리군요.]

바루다는 핸드폰에 뜬 번호를 보며 의미심장한 미소를 지어 보였다. 그날 받았던 명함에 적혀 있던 번호가 떠 있었기 때문이었다.

물론 하나도 소용없다는 식의 전화일 수도 있었다. 하지만 그날 본 헨리는 쓸데없는 시간 낭비에 심력을 소모할 사람은 아니었다. 본인 건강을 그토록 강박적으로 챙기는 사람 아니었던가. 아마도 긍정적인 소식일 거란 생각이 들었다.

"네, 이수혁입니다."

그래서 수혁은 아주 자신만만한 태도로 전화를 받았다.

"아, 닥터 리. 헨리입니다."

예상과는 달리 헨리의 목소리는 딱딱했다.

'안 나은 거 아냐?'

[이상하네? 그럴 리가 없는데?]

퉁명한 목소리에 수혁과 바루다 모두 당황했다.

"네, 뭐……. 어쩐 일로 전화 주신 거죠?"

그러나 수혁은 아니, 바루다는 당황하지 않고 대사를 읊어 주었다.

[시나리오대로입니다.]

'개소리하지 마. 전화 걸자마자 울 거라면서.'

[그건 에이. 이건 비.]

'비가 있다는 건 처음 듣는데?'

[임기응변이 비예요.]

'그럼 없었다는 뜻이잖아!'

물론 수혁은 퍽 당황했지만, 다행히 통화 음질이 그렇게 좋진 않아서 헨리는 전혀 눈치를 채지 못했다.

"어쩐 일. 그 아스피린 건 때문에 전화했죠."

"아……. 좀 어떠셨나요?"

"우선 감사하다는 말을 하고 싶어요."

"아."

"이명이 없어졌습니다. 하하."

헨리의 웃음소리는 퍽 어색하게만 들렸다. 아마 본인도 어색할 터였다. 이명이 들린 이후론 이렇게 웃어 본 일이 없었을 테니까. 게다가 웃음 자체에 허망한 감정까지 실려 있어서 더더욱 느낌이 묘했다.

"다행입니다."

"다행……이죠."

헨리는 아주 복잡한 얼굴을 하고 있었다. 그냥 음성 통화였기에 수혁은 그의 얼굴을 볼 수 없었지만, 아마 볼 수 있었다면 수혁은 몰라도 바루다는 그의 감정을 읽어 낼 수 있었을 터였다. 회한과 황당함 그리고 안도, 민망함 등등. 이루 형언할 수 없을 정도로 많은 감정이 드러나 있었다. 그중에서도 가장 두드러진 감정은 역시나 감사였다.

"닥터 리가 아니었다면 아마 나는 평생 이유를 찾지 못했을 겁니다."

"아스피린에 대한 논문을 찾아봤다면 이유를 찾았겠죠."

"아뇨. 아닙니다. 아스피린에 대해서는 완벽하게 다 알고 있다고 생각했으니……. 검색을 해 봤을 리가 없어요."

다소 황당하게 들릴 수도 있었겠지만, 해당 분야의 전문가가 오히려 업데이트에 뒤처지는 것은 의외로 자주 일어나는 일이었다. 수혁 또한 학생 때 몇몇 노교수들이 그러한 실수를 저지르는 것을 보았다.

"뭐……. 아무튼, 축하드립니다. 이명을 고치셔서."

"모두…… 수혁 덕분입니다. 그때 말했던 것들 다 기억하고 있습니다."

헨리는 아스피린 복용을 중지했을 때 이명이 고쳐진다면 들어 달라던 수혁의 요청 몇 개를 떠올렸다. 그땐 정말이지 퍽 황당했다. 아직 일어나지도 않은 일에 대한 보답을 요구할 줄이야. 그것도 의사가 환자를 치료한 것에 대해.

하지만 막상 이명이 사라지고 나자, 재산의 반절이라도 떼어 달라면 떼어 줄 수 있을 거 같았다. 적어도 지금은 그랬다.

"감사합니다. 제가……. 아마 내후년이면 전문의 따고 펠로우를 하게 될 거 같거든요."

"네. 그때 수혁이 하게 될 연구에 대한 비용은 걱정하지 마십시오. 제가 제 자리를 걸고 개런티를 약속합니다."

일단 첫 번째는 연구비 지원이었다. 사실 대부분의 '임상' 연구는 그렇게까지 큰돈이 들어가지 않았다. 특히 대한민국의 대학 병원에서 하는 연구들은 그러했다. 이미 쌓여 있는 환자 데이터를 기반으로 한 후향적 연구가 대부분이었으니까. 하지만 실험 연구로 넘어가게 되면 얘기가 완전히 달라졌다. 하나부터 열까지 모조리 돈이었다.

"감사합니다. 연구소장님의 말씀이니까 틀림없겠죠?"

"당연하죠. 우리 회사에 제 위로 몇 명 있지도 않습니다."

몇 명 있다고 해도 별문제는 안 될 터였다. 어차피 연구비 지원이라는 게 공돈 주는 건 아니었으니까. 만약 수혁이 그 돈으로 어떤 성과를 낸다면, 화이자에게도 이득 아니겠는가. 헨리 정도 되는 사람이 될 거 같다고 한 연구를 뒤집을 사람은 적어도 화이자에서는 없다고 보면 되었다.

"그리고 내년 홍콩에서 열리는 저희 주관 학회에 초청하겠습니다. 그때 지금 연구 중인 신약이나 저희와 협력 관계에 있는 병원들에서 연구 중인 치료 프로토콜들이 공개될 테니, 오시면 도움이 될 겁니다."

두 번째는 학회 참석이었다. 학회야 돈만 내고 시간만 있으면 다 가는 거 아닌가 싶겠지만, 그렇지 않은 학회들도 있기는 있었다. 특히 이렇게 다국적 제약 회사가 전 세계적으로 분포해 있는 자기 회사 산하 연구소와 병원을 모으는 학회가 그러했다. 이른바 그들만의 이너 서클 같은 모임이라고 보면 되었다.

"원래는 중견 연구자들만 부르는 건데……. 뭐, 태화의료원이라고 했죠? 거기 교수님 중 한두 분 정도 대동하면 문제 되지 않을 겁니다. 근데 교수님들은 좋아할까요?"

"이거 공짜죠?"

"물론이죠. 화이자에서 모든 참석자의 비행기표와 숙박을 책임집니다."

그렇다면 신현태는 몰라도 이현종은 좋아할 터였다. 하도 연구와 진료만 하고 사느라 가족도 없는 그가 아니던가. 하여간에 어디 갈 수만 있으면 좋아했다. 근데 그게 공짜인 데다가, 그가 최근 들어 세상에서 제일 이뻐하는 수혁과 함께다? 게임 끝이었다.

"그럼 좋아할 겁니다."

"흠, 흠. 그렇군요. 흠."

헨리는 대체 어떤 위인을 교수랍시고 데려올 건가 하는 생각에 헛기침을 해 댔다. 하지만 그렇다고 해서 말을 바꾸거나 하진 않았다. 그에게는 수혁이 생명의 은인이나 마찬가지였으니까.

물론 이제 아스피린을 대신할 영양제를 찾아야 하긴 할 테지만, 솔직히 이명으로 인해 먹던 수면제와 항우울제만 끊어도 살 것 같았다. 매일 아침 그의 머릿속에 드리웠던 짙은 안개가 거두어진 느낌이었다.

"아무튼, 감사합니다. 이 두 가지 약속은 반드시 지키겠습니다."

"고마워요, 헨리."

"별말씀을. 아이오와에서……. 남은 시간도 잘 보내시길 바랍니다. 혹 도움이 필요하면 언제든지 전화 주시고요."

"네. 헨리."

헨리는 수혁이 요구한 두 가지 조건, 어떻게 생각하냐에 따라 굉장히 무례하게 느껴질 수도 있는 조건을 아주 흔쾌히 들어주었다.

[역시 이명은 무시할 만한 증상이 아니에요.]

따지고 보면 다 바루다 덕이라고 볼 수 있었다. 지금까지 수혁이 읽는 논문 중, 이명 환자들의 실제 생활 불편 정도에 대한 것을 바루다가 추려 냈기 때문이다. 그 결과, 난치성 이명 환자들은 거의 암 환자에 필적할 만큼 정서적인 고통을 호소한다는 것을 알아내었다.

'그것만 해도 논문 쓸 수 있겠더라.'

[너무 생뚱맞은 분야이긴 한데……. 그래도 뭐 써 보려면 써 볼 수 있겠죠. 어쩌면 꽤 그럴싸한 데 실을 수도 있을걸요?]

'뭐, 시간 나면 하지 뭐. 일단 나는 내과 분야에서 찾아야 해. 결국, 그게 있어야 학회에서 위로 올라갈 수 있다고.'

[임상 능력보다 그게 더 중요하다는 건 인정할 수 없지만, 실제로 그렇긴 하더군요.]

대학 병원에 있는 교수들이 정말 수술을 최고로 잘할까? 그건 아니었다. 업계에서는 재야의 고수라고 부르는 사람들이 얼마든지 있었으니까.

하지만 대학 병원에 있는 교수들이 제일 연구를 잘한다는 건 사실이었다. 일단 연구를 하는 의사들 자체가 거의 다 대학에 있었고, 그걸 잘해야 대학에 남을 수 있었기 때문이었다. 가끔 그게 임상적인 능력보다 우선시되는 것을 볼 때는 이게 맞나 싶긴 했지만, 어쩌겠는가. 이미 시스템이 그렇게 돌아가고 있는데. 아직 시스템을 바꿀 능력이 없다면, 그 시스템에 맞추는 것이 옳았다.

'뭐……. 그건 나중에 생각하고. 오늘 좀 재밌을 거 같던데?'

어느새 아이오와 연수도 막바지에 접어들고 있었다. 언제 또 이런 기회가 있겠는가. 수혁의 말대로 지금은 여기에 최선을 다하는 것이 옳았다. 그리고 오늘은 진짜로 좀 재밌을 것 같았다.

[그러니까요. 주립 교도소에서 환자들이 오는 날이라고 하더

라고요?]

'미국 죄수들이라니.'

머리를 그렇게 많이 굴리지 않아도 자동으로 오렌지색 죄수복을 입은 험상궂은 사람들이 떠올랐다. 영화에서는 주로 그렇게 묘사되었는데, 그게 실제로도 그런지가 무척 궁금했다.

[그것만 궁금해하지 마시고……. 교도소는 상당히 특이한 환경 아니겠습니까?]

'그렇지.'

[그렇다면 거기에서만 특징적으로 보일 수 있는 질환이 있을지도 모릅니다. 그걸 찾아보도록 하죠.]

'좋지. 그럼 갈까?'

[그렇게 말 안 해도 어차피 저는 가지만. 뭐, 그렇게까지 친구가 있으면 좋겠다면야, 네. 그럽시다.]

'이놈은…….'

말을 해도 꼭 이딴 식으로 해야 한단 말인가. 수혁은 좀 더 투덜거리고 싶었지만, 시간이 허락지 않았다. 헨리의 전화를 받다 보니 지체된 까닭이었다.

"어우, 추워. 여긴 뭐 하루에 사계절이 있어."

분명 낮에는 더울 텐데, 아침에는 눈이 내렸다. 미국 중부 날씨가 원래 변화무쌍하다고는 하던데, 이 정도일 줄은 몰랐다.

"아, 닥터 리."

의국에 들어가자, 스티브가 수혁을 아주 반갑게 맞아 주었다. 요 며칠 거의 무슨 교수급으로 대우해 주고 있었는데, 오늘은 조금 태도가 달랐다.

"스티브. 왜 그렇게 봐?"

"긴장 안 돼요?"

"긴장? 아. 교도소."

"장난 아니거든요. 뭐 교도관이 같이 오긴 하는데……. 그래서 더 무서워요."

"음. 그건 좀……. 그렇긴 하네."

"게다가 더 힘든 게……."

스티브는 고개를 가로저으며 말을 이었다.

"진짜 질환이 기상천외한 경우가 있어요."

"뭔데요?"

"보면 알아요."

진짜 이상하네

 미국의 교도소는 그래도 나름 인간적인 편이었다. 비록 한 달에 한 번이지만 이렇게 대학 병원으로 외진을 올 수 있었으니까. 아이오와주립대학교병원에서 죄수라고 진료비를 감면해 줄 까닭은 없으니, 고스란히 교도소 돈이 들어가는 셈이었다. 당연하게도 죄수들을 향한 교도관들의 눈초리가 그리 좋진 않았다.
 "쿨럭, 쿨럭."
 수혁은 스티브와 함께 엡스 교수의 외래에 들어가 있었다. 원래 같았으면 먼저 수혁과 스티브가 문진하고, 그 결과에 대해 엡스 교수와 토의를 하는 방식으로 진료가 진행되겠지만, 교도소 환자들에 대해서는 조금 다른 원칙이 적용되었다.

1, 2차 의원에서 충분한 시간을 두고 치료하다가 의뢰되어 온 다른 환자들과는 달리, 교도소 의무소에서 바로 진료 의뢰되어 온 환자들이었기 때문이었다. 보통은 3차 의료 기관인 대학 병원까지 오는 걸 아주 꺼리는 반면에, 이 환자들은 어떻게든 대학 병원에 오고 싶어 했다. 그때만이라도 바깥세상 구경을 할 수 있었으니까.

"기침이 아주 심하시네요?"

그래서 질문을 던지는 엡스 교수의 얼굴엔 온통 의심이 가득 차 있었다. 의무소에서 보내온 소견서에도 특별한 이상 소견 없이 기침만 한다고 쓰여 있었다. 물론 폐암이나 기타 폐 질환에서도 별 이상 없이 기침만 하는 경우도 많긴 하지만, 눈앞의 환자는 너무 젊고 건강해 보였다.

"쿨럭쿨럭."

양손에 수갑을, 그것도 목으로 연결이 되어 있는 수갑을 차고 있는 환자는 대답 대신 기침을 해 댔다. 딱 영화에서나 보던 그 오렌지색 죄수복을 입고, 하얀 운동화를 신고 있었다. 빡빡 민 건지 다 뽑은 건지 모르겠는 머리에는 흉측한 문신까지 새겨져 있었다. 보기만 해도 오금이 저리는 인상이라는 게 뭔지 알려주러 온 듯했다. 아무튼, 그는 질문을 들은 후에도 한참이나 기침을 해 대다가 겨우 입을 열었다.

"네, 쿨럭. 멈추질 않아요."

"그렇군요. 음. 네."

게다가 이런 식으로 쉬지 않고 기침이 나오는 질환은 그냥 없다고 봐도 좋을 지경이었다.

"얼마나 됐다고요?"

"3주요! 3주! 쿨럭!"

거기에 더해 3주 동안 이런 기침을? 만약 그게 사실이었다면 목소리가 안 나와야 정상이었다. 하지만 환자의 목소리는 낭랑하기만 했다.

[거짓말 같은데요?]

'그러니까……. 거짓말 같아.'

바루다나 수혁의 의견 또한 정확히 일치했다. 하지만 둘에게는 꾀병 환자를 본 기억이 없었다. 아니. 딱 한 번 본 적이 있었는데 그건 꾀병이라기보다는 그냥 그 자체가 질환이었다.

[뮌하우젠 증후군과는 다릅니다. 그건 정신 질환이잖아요.]

'그래. 이건……. 이건 진짜 꾀병이야.'

[하지만 증상을 호소하고 있으니 완전히 무시할 수도 없겠네요.]

'혹시 모르는 일이니까.'

흔히 의사라면 꾀병 환자를 100% 잡아낼 수 있을 거라 생각할 테지만, 아쉽게도 의사도 사람이었다. 더구나 의사들은 환자들의 불편에 귀를 기울이라고 배운 사람들이지, 그걸 무시하라고 배운 사람들이 아니지 않은가.

"그럼……. 일단 CT를 찍어 보도록 하죠. 엑스레이는 의무소에서 바로 어제 찍은 게 있으니까. 뭐, 여긴 아무것도 보이는 게 없지만 또 모르는 일이죠."

엡스 또한 그렇게 배운 사람인지라, 검사를 지시했다. 환자는 더욱 오래 밖에 있게 되었다는 사실에 기뻐하며 진료실 문 쪽을 바라보았다. 교도관은 그런 환자의 양편에 선 채 굳은 얼굴로 끌고 나갔다. 그 모습을 바라보던 엡스가 나지막이 한숨을 쉬었다.

"처음엔 지역 사회에 봉사하는 일이라고 생각했었는데 말이야."

교도소 환자 진료는 당연하게도 죄수들의 요청으로 이루어진 일이 아니었다. 전전대 교도소 소장의 다분히 인도적인 생각에서 비롯된 요청으로 이루어진 일이었다. 그때 그 회의 자리에 있던 모두는, 엡스까지 포함해서 그의 의견에 동의했다. 아무리 중범죄를 저지른 사람이라고 해도 환자가 된 이상 최상의 의료 서비스를 받아야 한다니. 세상에 어느 의사가 그런 의견을 무시할 수 있었겠는가. 하지만 시간이 흐르면서 선의에서 시작한 일은 죄수에게 일탈의 장이 되고 말았다.

"뭐……. 그래도 토의는 안 할 수 없겠지. 스티브. 이 사진 보면 어떤 거 같아?"

엡스는 잠시 허탈하다는 표정을 짓고 있다가 이내 수혁과 스티브 쪽을 돌아보았다. 의무소에서 출력해 온 엑스레이 사진을 보여 주면서였는데, 솔직히 이런 식으로 사진을 보는 건 난생처음이었다. 출력된 엑스레이라니. 적어도 거의 모든 의료 기관이 디지털화되어 있는 한국에서는 보기 드문 광경이었다.

"어……. 정상 같은데요?"

스티브는 고민하는 기색도 없이 곧장 대답했다. 그러자 엡스의 시선이 수혁을 향했다.

"사진상에 보이는 이상 소견은 없습니다."

이에 수혁은 스티브와 거의 같지만 실은 전혀 다른 대답을 내놓았다. 딱 정상이라는 의견과 이 사진에서는 이상 소견이 없다는 말의 차이는 적어도 엡스와 같이 숙련된 호흡기내과 의사에게는 너무 확연한 것이었다.

'확실히……. 수준이 달라. 뭐……. 스티브도 아예 모르고 하는 말은 아니겠지만.'

엡스는 조금 씁쓸한 미소를 지으며 고개를 끄덕였다.

"그래. 이 사진에서 이상 소견은 보이지 않지. 사실 저렇게 기침을 해 댔으면 종격동에라도 변화가 있거나…… 기관지 확장증이라도 보여야 하는데, 그런 게 전혀 없어. 뭐……. 정면 흉부 엑스레이 사진이 폐의 모든 부분을 확인시켜 주진 않으니 CT를 찍어 보긴 해야겠지만……. 거기서 이상이 나올 거 같지는 않아."

결국, 꾀병 같다는 말을 돌려서 말한 것이었다. 이 정도 환자는 교도소 의무소에서 걸러 주면 더할 나위 없을 만큼 좋겠지만, 그마저도 쉽지 않은 게 현실이었다. 자칫 질환을 놓쳤다가는 각종 인권 단체들의 표적이 되기 때문이었다. 실제로 몇 달 전 돌발성 난청 환자 하나를 놓쳤다가 문제가 되기도 했고.

"뭐 CT 찍으려면 좀 걸릴 테니. 다음 환자나 볼까."

엡스는 그렇게 말을 이으면서 아직 방 안에 들어와 있던 교도관 한 명을 향해 고개를 끄덕여 보였다. 교도관은 그것을 신호로 진료실 문을 열어 주었다.

이것 또한 일반적인 진료와의 차이점 중 하나였다. 죄수들은 각방에 하나씩 들어가서 기다리지 못하고, 이렇게 방으로 들어와야만 했다. 그 전에는 대기실에 한꺼번에 모여서 교도관의 통제를 따랐다. 당연한 일이었다. 여기 있는 죄수들은 좀도둑 같이 귀여운 범죄를 저지른 사람들이 아니었으니까. 대부분 진짜 갱이었다.

끼리릭. 다음으로 들어온 죄수는 휠체어에 앉아 있었다. 처음엔 저것조차 꾀병인가 싶었지만, 자세히 보니 그건 아닌 듯했다.

[우측 다리에 위약(마비)이 있군요.]

'좌측은 굵고. 다리는 진짜 불편한가 본데.'

[하긴 지금 호흡기내과를 온 건데……. 그게 중요한 건 아니

진짜 이상하네

겠죠.]

'그렇긴 하네.'

환자는 그렇게 진료실 안에 들어오자마자 기다렸다는 듯이 기침을 해 댔다. 기침하는 모습만 보고 그 기침의 진위 여부를 판단하는 건 좀 편견처럼 보이긴 하겠지만, 수혁이나 바루다나 바로 판단을 내릴 수 있었다.

'이 환자도 꾀병…….'

[그러니까요……. 재미없는데…….]

바루다는 심지어 스티브를 흘겨보기까지 했다. 녀석이 기상천외한 환자들이 잔뜩 온다고 해서 기대하고 있었건만, 이건 뭐 순 꾀병 환자들만 오고 있지 않은가.

'아니, 잠깐만.'

[왜요. 기침할 때 목으로만 하잖아. 그런 기침이 이렇게 오래……. 그것도 시도 때도 없이 지속된다고? 후비루도 없고, 후두 내시경도 정상이잖아요.]

바루다는 이제 완전히 체념한 얼굴이 되어 있었다. 그도 그럴 것이 이 사람이 가져온 소견서 또한 온갖 사진들과 의견들로 점철되어 있었는데, 그게 다 정상이었다. 1차 진료 기관에서 할 수 있는 모든 검사에서 정상이 나왔단 소리였다. 물론 다른 검사에서 뭔가 더 나올 수도 있겠지만, 일단 증상이 지어낸 증상인 이상에야 뭘 더 의심하겠는가. 하지만 수혁은 그런 바다를 달래기 시작했다.

"그래요. 기침은 한 3주 됐어요?"

엡스 교수조차 시니컬한 말투로 진료해 나가고 있는 동안에도 그랬다.

'야, 잘 봐 봐.'

[보고 있어요. 어차피 저는 수혁의 시야를 공유하니까.]

'아니, 주의를 집중하라고.'

[어디에요?]

'저 환자 손톱 좀 보라고.'

[손톱? 손톱은 갑자기 왜?]

바루다는 시큰둥한 말투를 유지하면서도 수혁의 의견을 따르긴 했다. 주어진 정보를 분석하고, 그것을 토대로 진단 내리는 능력이야 바루다가 월등했지만, 그런 바루다도 수혁의 감을 따라가진 못했기 때문이었다. 물론 그 감이라는 것도 결국 바루다가 쌓아 둔 데이터에 기반하고 있기는 했지만.

아무튼, 바루다로서는 지금까지 수혁이 보여 준 수많은 활약을 무시할 수 없었다. 그러기엔 통계적으로 너무나도 유의미한 성과를 보여 주었다.

'아니, 저런 손톱……. 약간 병리적인 거 같지 않아?'

[병리적? 손톱으로 병 진단하는 건 거의 미신인 거 알죠?]

그런데도 바루다는 일단 빈정거렸다. 하지만 보다 꼼꼼히 환

진짜 이상하네

자의 손톱을 살핀 후에는 그런 말을 더 할 수가 없었다.

[이상한데?]

'그러니까. 정상은 아냐. 어디서 봤더라, 저런 거?'

환자의 손톱 중앙으로 하얀 가로선이 가 있었다. 이건 손톱의 반월과는 차원이 다른 문제였다.

[미즈 라인(Mees' lines)이에요. 중금속……. 납이나 비소 중독에서 보이는데.]

'비소? 그건 아예 독 아냐?'

[그렇죠. 아, 방금 봤어요? 손바닥?]

'봤어.'

바루다나 수혁이 아예 다른 문제에 대해 토의를 이어 나가는 동안 엡스 교수는 진료를 이어 나가고 있었다. 그러다 보니 기본적인 혈압도 쟀고, 그러던 중에 환자의 손바닥이 노출되었다. 그걸 유심히 보지 않는 사람에게는 별로 특별할 거 없는 손바닥이었지만, 수혁에게는 달랐다.

[반점이 있습니다. 아주 지저분한.]

'케라토시스(keratosis, 각화증)인가?'

[정말 비소 중독인가? 근데 그런 것치고는…….]

'몸놀림이 나쁘지 않아. 다리야 뭐 부상이 있으니까 그렇겠지만.'

[뭘까요?]

'궁금해지는데…….'

비소 또는 다른 중금속 중독이 아주 강하게 의심되는 순간이었다. 그냥 손바닥의 병변만 있었다면 사실 그렇게까지 캐묻고 싶은 생각이 들진 않았을 터였다. 그건 예전에 노출된 적만 있어도 생길 수 있었으니까. 하지만 손톱의 병변은 적어도 이 환자가 지속적으로 어떤 중금속에 노출되어 있다는 것을 의미했다.

이건 너무 이상한 일 아닌가. 교도소에 있는 환자가 중금속에 노출되고 있다니. 그것도 다른 죄수들이나 교도관들은 전부 괜찮은데.

"그래 뭐. 이 환자도 CT 찍지."

그동안 엡스는 꾀병이라는 결론을 내리고 CT 처방을 내리고 있었다.

'시바 어쩌지? 잡아?'

[그래야 하지 않을까요? 아무도 모르고 있는 거 같은데?]

심지어 환자 본인도 모르는 듯했다. 만약 알았다면 꾀병으로 나왔겠는가. 중금속 중독을 호소하면서 왔지. 수혁은 잠시 갈등하다가, 교도관이 끌고 나가던 휠체어를 붙잡았다.

"뭡……니까?"

교도관은 물리적인 위협을 가하려고 했으나, 수혁의 지팡이를 보고는 일단 뒤로 물러섰다. 수혁은 그런 교도관과 마찬가지로 놀란 엡스, 그리고 스티브를 둘러보며 말을 이었다.

진짜 이상하네

"환자 조금만 더 봐도 될까요? 좀 이상한 면이 있어서요."

"응?"

이미 나름의 결론을 내린 엡스 교수가 수혁을 바라보았다. 스티브 또한 마찬가지였다. 심지어 휠체어에 앉아 있던 환자도 그러했다. 수혁은 그들 모두를 둘러보며 다시 한번 입을 열었다.

"이 환자, 제가 다시 한번 봐도 될까요?"

괜히 얘기를 꺼냈나 하는 후회는 없었다. 그랬다면 지금쯤 목소리가 아주 조금은 떨려 오지 않았겠는가. 오히려 당당하기 그지없을 따름이었다.

[뭔가 있습니다.]

'내 생각도 그래.'

어떤 확신을 가지고 있기에 그러했다.

"환자를 다시 한번 보고 싶다고?"

엡스 또한 수혁의 얼굴에서 그러한 확신을 엿볼 수 있었다. 아마 그가 지금까지 수혁의 실력을 보지 못했다면 여기서 욕이라도 한 사발 끼얹어 주었을 터였.

하지만 엡스는 이미 여러 차례 수혁의 신들린 듯한 진단 능력을 엿본 바 있었다. 그나마 미국에서만 흔한 질환에 대해서는 아주 기본적인 질환도 헷갈린다는 단점이 있었는데, 아이오와 주립대학교 연구소에 다녀온 이후부터는 그것도 싹 극복해 버렸다. 오히려 스티브보다도 더한 신뢰가 쌓여 있다는 얘기였다.

"네, 교수님. 한 번 더 보고 싶습니다. 조금…… 이상한 구석이 있습니다."

그런데도 레지던트가 감히 교수의 말에 토를 다는 건 정말이지 이상한 일이었다. 제아무리 미국이 자유롭다고 해도, 어떤 선은 있는 법이었다.

'그런데 이상하단 말이야.'

엡스는 그리 화가 나지 않는 자신이 신기했다. 화가 난다기보다는 궁금하기만 했다. 이 녀석이 대체 뭘 보고 이상하다고 하는 건지. 자신이 뭘 놓친 건지.

"음, 뭐. 어차피 시간은 있으니까. 괜찮겠지. 다시 보죠."

"아……. 네, 교수님."

엡스는 손짓을 해 댔고, 교도관은 휠체어를 다시 돌려놓았다. 그렇게 다시 보게 된 환자의 얼굴은 과연 험상궂었다.

'허약해 보이는데 무서워.'

참 아이러니한 발언인데, 정말 그랬다. 비쩍 마른 얼굴이 이렇게까지 무서울 수도 있다는 걸 환자는 온몸으로 보여 주고 있었다. 게다가 꾀병으로 CT 찍고 조금이나마 얻을 수 있던 기회를 눈앞에 조그마한 동양인 의사 때문에 잃을 수 있단 생각에 표정까지 별로 좋지 못했다.

[뭐 합니까? 가까이 가야 진료하죠.]

'수갑 저거 안 풀리겠지?'

진짜 이상하네

[안 풀리는 정도가 아니라……. 아예 움직이지도 못할 거 같은데요?]

'하긴……. 여차하면 막아 주겠지.'

수혁은 교도관 쪽을 힐끔 바라보았다. 덩치가 산만 한 것이 이런 죄수 한둘쯤은 팔뚝 하나로도 제압이 가능할 거 같았다. 수혁은 다시 환자 앞으로 다가갔다.

"환자분, 입 좀 벌려 볼래요?"

"입?"

"네. 한번 벌려 보세요."

"음."

환자는 수혁의 지시에 따르는 대신 엡스 교수를 바라보았다. 마치 내가 이런 애송이의 말을 꼭 따라야 하냐고 묻는 듯한 표정이었다.

"그대로 하시죠. 닥터 리는 아주 우수한 의사입니다. 저도 가끔은 배워요."

"호."

환자는 절대로 믿기지 않는다는 얼굴이었지만, 뭐가 되었건 간에 일단 수혁의 말대로 입을 벌렸다. 잘 관리되지 않은 이가 고스란히 모습을 드러냈다.

'내과가 아니라 치과를 갔어야 하는 거 아닌가?'

[이를 닦기는 하는 걸까요?]

'그러니까······.'

도저히 그냥 볼 자신이 없어지는 끔찍스러운 광경이었다. 수혁은 저도 모르게 장갑을 낀 채 환자의 입술을 좀 더 바깥쪽으로 당기곤, 불을 비추었다. 환자는 무척 언짢은 얼굴이었지만 옴짝달싹하지 못했다. 수갑이 목에 연결되어 있어서 아예 움직일 수가 없었기 때문이었다.

"흠."

수혁은 엉망인 이 대신 잇몸 쪽을 바라보았다. 중금속 중독인 경우 특징적으로 나타날 수 있는 소견이 있었기 때문이었다.

[버턴스 라인(Burton's line, 잇몸 가장자리에 보이는 가느다란 검푸른 색 선)이 있군요.]

'그러네. 이건······. 납 중독에서 주로 나타나는 소견인데.'

잇몸에 검푸른색이 착색되는 형태의 이상 소견이었다. 방금 수혁의 말대로 납 중독에서 주로 나타날 수 있는 소견 중 하나였다.

'그러고 보니······.'

[아까 보였던 미즈 라인이나 아스닉 케라토시스(arsenical keratosis, 비소 각화증)도 납 중독에서 보일 수 있죠.]

'그래, 비소보다는 납 쪽이 훨씬 자연스럽지.'

[근데 납이 대체 어디서 유입되고 있는 걸까요?]

'일단 이 사실부터 말해 주는 게 낫겠어. 말 안 하면 바로 데

리고 나갈 거 같아.'

수혁은 자신이 나선 이후로 단 한순간도 눈을 떼고 있지 않은 엡스, 스티브, 그리고 교도관을 둘러보았다. 그나마 엡스나 스티브는 그간 보아 온 게 있어서 표정이 아주 엉망은 아니었지만, 교도관은 그야말로 못마땅한 표정의 표본인 수준이었다.

가뜩이나 하기 싫은 업무 아니겠는가. 나쁜 놈들에게 이만한 치료라니. 그가 보기엔 이런 의료 서비스가 필요한 사람들은 저기 슬럼가에 어렵게 살아가면서도 범죄를 저지르지 않는 사람들이었다.

"교수님."

하지만 교도관은 차분히 기다릴 줄 아는 사람이었다. 그 덕에 수혁은 엡스 교수에게 자신이 본 사항을 일러 줄 수 있었다. 엡스 교수는 당연하게도 무척이나 놀란 얼굴이 되었다.

"납 중독……?"

솔직히 말하면 방금 수혁이 말해 준 무슨 라인이니, 무슨 케라토시스니 하는 것들은 본 적도 없었다. 하지만 학생 때 들어본 기억은 있었다. 그게 이렇게 생겼다는 것을 몰랐을 뿐.

"네. 납 중독입니다. 그중에서도 이 손톱에 나타나 있는 미즈 라인은 현재 진행형이라는 것을 의미합니다."

"흐음……. 이상한데? 교도소에 그럴 만한 시설이 있나?"

뭐가 어찌 되었건 교도소는 미 정부 시설이었다. 그 말은 곧 가장 엄격한 기준에 의해 지어졌고, 또 운영된다는 뜻이었다. 미국 교도소가 위험한 건 그 안에 있는 재소자들 때문이지 시설 때문은 결코 아니었다.

"아뇨. 납을 다루는 곳은 없습니다. 납땜도 하지 않아요. 사고의 위험이 있어서."

같이 따라온 교도관도 세차게 고개를 저어 댔다. 좀 더 등급이 낮은 교도소에서는 나름대로 직업 재활 훈련이라고 해서 이것저것을 한다고 하던데, 여기 있는 놈들은 뭐라도 쥐여다 주면 흉기로 사용할 놈들이었다. 심지어 숟가락도 살인 도구가 될 수 있다는 걸 여기서 교도관 노릇 하면서 배웠다.

"이 비슷한 소견을 본 적은 없습니까?"

엡스 교수는 그런 교도관에게 환자의 손바닥을 보여 주었다. 아스닉 케라토시스가 명확했는데, 그 말은 곧 보기 싫은 작은 반점이 알알이 박혀 있다는 뜻이었다. 누가 봐도 한눈에 띄는 특징이었다. 아마 저 비슷한 손을 누군가 다른 녀석이 가지고 있다면 바로 이름을 댈 수 있을 터였다. 교도관은 휠체어에 앉은 교활한 피트의 실제 이름이 실은 아주 말랑말랑한 장 폴이라는 것도 알고 있었으니까.

"아뇨. 없습니다."

그만큼 죄수들에게 관심이 많다는 뜻인데, 하늘에 맹세코 이런 손바닥은 본 적이 없었다. 그러자 엡스의 얼굴이 더더욱 심각해졌다.

"그럼 이 환자만 납에 노출되고 있다는 뜻인데……."

"아뇨. 그렇게 확신할 수는 없습니다. 이렇게 반점이 나타나려면 상당히 오랫동안 노출되어야 합니다. 아, 교도관님. 혹시 이 사람 수감 기간이 어떻게 됩니까?"

수혁의 말에 교도관은 자신의 턱을 쓸었다. 방금까지만 해도 수혁을 그리 탐탁지 않은 눈으로 봤었는데, 어쩐지 지금은 그의 질문을 무시하기가 어려웠다. 간수는 최선을 다해 머릿속을 뒤진 후 부리나케 입을 열었다.

"올해로 8년째입니다."

"긴 편인가요?"

"아뇨. 저희 시설에서는 평균입니다."

"흠."

그 말은 곧 엡스의 말대로 다른 수감자에게도 증상이 나타났어야만 한다는 뜻이었다.

"어쩌면 이 사람 감방에서만 납이 흘러나오고 있을지도 모르지."

"아, 그럴 수도 있겠네요."

"그, 잠깐만."

한참을 수혁과 엡스가 토의를 이어 나가고 있을 무렵, 조용히 침묵을 지키고 있던 죄수 장 폴이 입을 열었다. 생각 같아서는 손을 들고 싶었지만 수갑이 목에 걸려 있어 그건 불가능했다. 그냥 목소리만 낼 뿐이었는데, 한창 토의에 빠진 터라 그 누구도 장 폴의 목소리에 귀를 기울이진 않았다.

"혹시 감방에 대한 역학 조사가 가능한가요?"

"어……. 그건 허가를 받아야 하는데."

"아니, 혼자 사용 중인가요?"

"아뇨. 2인 1실입니다."

"그 사람 지금 왔나요?"

"아뇨. 그 친구는…… 모범수입니다."

그 말은 곧 장 폴은 모범수가 아니란 뜻이기도 했다. 마침 계속 씹히고 있던 장 폴의 심기를 건드리기 충분한 말이기도 했다.

"아니, 내 말 좀!"

장 폴은 소리를 질렀다. 당연하게도 모두의 눈이 그를 향했다. 그중에서 교도관의 눈은 아주 사나웠다.

"미쳤어? 의사분이 물을 때만 입 연다, 이게 원칙인 거 잊었어?"

덩치도 큰 데다가 원래도 무섭게 생긴 사람이 이 난리를 피우니 당사자가 아닌 사람에게도 공포가 전해질 지경이었다. 그러니 그 덩치를 직면하고 있는 장 폴의 두려움은 더할 나위 없을 지경일 터였다. 하지만 장 폴은 별로 당황하지 않았다.

"나도 드릴 말씀이 있어서 이러는 거라고요!"

일단 교도관의 이유 없는 체벌은 금지되어 있었기 때문이었다. 게다가 자신은 일단 다리가 불편한 사람 아니던가. 대부분 상대 과실로 이어지기 마련이었고, 지금은 진짜 정당한 이유가 있었다.

"뭘 드릴 말씀이 있어?"

"제 증상이요!"

"아."

교도관은 꽤 합리적인 사람이었다. 증상이란 말에 위협적인 태도를 즉각 거두고, 비켜 주었다. 그제야 수혁과 엡스는 장 폴을 다시 정면으로 바라볼 수 있게 되었다. 나름 진중한 얼굴을 하는 듯했지만, 평생을 쌓아 온 껄렁거림은 어쩔 수 없었다.

"의사 양……. 아니. 음. 의사 선생님들."

"네. 말씀하세요. 듣고 있습니다."

"하나도 안 들어 놓고선……."

"지금은 듣고 있잖아요."

늘 환자에게 있어서만큼은 친절했던 엡스인데도 상당히 퉁명스러웠다. 지금 대면하고 있는 죄수가 어떤 범죄를 일으켰는지는 알지 못하지만, 이 교도소에 들어오는 죄수들이 얼마나 나쁜 놈들인지는 알고 있기에 그러했다. 제아무리 히포크라테스 선서를 했다고 해도 사람 마음이 기우는 건 어쩔 수가 없었다.

"흥."

장 폴은 그런 엡스의 태도가 익숙한 듯 그리 개의치 않았다.

대신 자신의 손바닥을 힘겹게 위로 올렸다.

"뭐, 내 손톱이나 입안이 어떻게 생겼는지는 나도 몰라요. 하지만 이거. 나 이거 원래 이랬어."

"원래 이랬다고요? 태어날 때부터?"

"아니……. 그건 아니지. 하지만 꽤 됐어. 적어도 10년은 넘었다고."

"10년이라. 그럼……."

적어도 이 교도소에 수용되기 전이라는 뜻이었다. 그 말은 납 중독의 원인이 교도소에 있지 않다는 뜻이기도 했고.

"뭐야, 그럼."

"말이 안 되잖아."

어떻게 교도소에 오기 전에 있던 납 중독이 지금까지도 이어진단 말인가. 설령 납 중독을 일으키는 물건을 지니고 있다 해도 모조리 압수되었을 텐데. 방금 엡스가 중얼거린 것처럼 말이 안 되는 일이라고 볼 수 있었다.

'납 중독이 아닌가?'

[아뇨. 검사는 해 봐야겠지만 저 정도로 소견이 두드러지게 나타날 정도면……. 납 중독은 확실합니다.]

'아귀가 안 맞잖아.'

[뭔가……. 놓친 게 있을 겁니다. 그걸 찾아야 합니다.]

'뭘 놓쳐?'

수혁은 멀뚱멀뚱한 눈으로 자신을 바라보고 있는 장 폴을 바라보았다. 정말이지 이름이랑 너무도 안 어울리는 몰골이었다. 저토록 험악한 인상을 주는 사람 이름이 장 폴이라니. 그에 비하면 교활한 피트라는 별명은 누가 지었는지는 몰라도 거의 걸작 수준이었다.

[일단 밖에서 안으로 들여올 수 있는 게 뭐가 있는지 물어보죠.]
'그런 게 있을 거 같지 않은데…….'

수혁은 재소자 진료 전에 들어야 했던 브리핑을 떠올렸다. 여러 가지 주의 사항 및 재소자들에 대한 간단한 정보를 들을 수 있었다. 그에 따르면 지금 수혁이 마주하고 있는 이들은 그야말로 흉악범들이었다. 심지어 교도소 내에서 살인을 저지르기도 하는 무법자들이었다. 그런 사람들에게 개인 물품을 허가해 줄까? 글쎄, 수혁이 교도소장이라면 아무것도 주지 않을 거 같았다.

"저, 교도관님."

하지만 마치 추리하듯 진료를 해 나가야 하는 처지에서는 뭐라도 더 캐물어야 하는 법이었다. 수혁은 용기를 내어 교도관을 불렀다.

"네, 닥터 리."

다행히 교도관은 수혁의 날카로운 눈썰미를 높게 보았는지 상당히 협조적이었다.

"혹시 이…… 재소자가 밖에서 들여온 물건이 있나요?"
"없습니다. 휠체어도 교도소에서 새로 지급된 겁니다. 주로 목발을 짚고 다니는데……. 목발도 교도소에서 지급한 겁니다."
"목발도요?"
"흉기로 쓰일 수 있거든요. 특히 철제는."
"아."
딱히 안에 들어가 본 건 아니었지만, 어쩐지 듣는 순간 왜 그렇게 하는 건지 알 수 있었다. 그런데도 수혁의 얼굴은 그리 밝아지지 못했다. 아니, 오히려 더 어두워졌다.
'뭐야, 시발 그럼.'
[욕 좀 하지 마시고.]
'아니, 욕이 안 나오게 생겼냐? 기껏 납 중독인 걸 밝혔는데……. 뭐가 없잖아.'
[없는 게 아니라 못 찾은 거죠.]
바루다가 인간과 다른 점이 있다면 그건 동요의 부재였다. 물론 처음보다는 좀 더 감정의 바닥이 드러나는 듯이 보이긴 했지만, 여전히 정상적인 인간에 비하면 로봇이었다. 그리고 그건 적어도 진단 과정에 있어서는 도움이 되었다.
'못 찾은 거라…….'
[현재 진행형인 납 중독이 있는 건 팩트입니다. 절대 변하지 않죠.]

'그건…… 그래.'

워낙 확신에 차 있는 목소리를 듣다 보니, 수혁 또한 점차 진정되어 갔다. 그와 동시에 시야가 좀 더 넓어졌다. 정확히 말하자면 생각의 범위가 더 넓어졌다. 원래도 수혁은 바루다가 자신의 머릿속에 박혔다는 것을 그리 오래 지나지 않아 받아들였을 만큼 유연한 사고방식을 가지고 있었는데, 아예 편견 없이 데이터를 분석해 나가는 바루다와 있다 보니 더 유연해졌다.

'가만……. 가만있어 봐.'

[저는 원래 가만히 있는데요?]

'이놈아……. 그런 뜻이 아니라. 그냥 혼잣말이잖아.'

[뭐 하러 에너지를 그런 식으로 낭비합니까?]

'이렇게 하면 좀 더……. 아니다, 됐다.'

수혁은 뭐가 어찌 되었건 깡통에 불과한 바루다에게 인간의 감정을 설명하려 했다는 생각에 고개를 가로저었다. 그러곤 계속 바루다와 대화를 나누는 대신 재차 교도관과 장 폴에게로 시선을 돌렸다. 마침 둘은 눈앞의 의사가 허공을 보고 중얼거리는 것이 슬슬 지겨워지던 참이었던지라, 상당히 반가운 표정이 되었다. 반쯤은 이 사람하고 계속 대화를 해도 되나 하는 표정이었고.

"이…… 이 환자분 말입니다."

"네, 닥터 리."

"교도소에 들어올 때 혹시 어떤 신체검사를 했죠?"

수혁의 말에 장 폴이 성을 냈다. 그래 봐야 꽁꽁 묶여 있는 탓에 난리를 피워 대진 못했다. 그냥 아까보다 좀 더 목소리가 커졌을 따름이었다.

"지금 내가 뭘 숨겨 오기라도 했단 거야?"

"조용히 해."

"의심하잖아요! 저를!"

"의심하게도 생겼지. 생긴 걸 봐."

"아니, 생긴 거 가지고!"

"링컨 대통령의 말을 잘 떠올려 봐. 네 나이쯤 되면 얼굴에 대한 책임을 질 줄 알아야 해."

"하……."

제아무리 배운 게 없는 사람이라고 해도 링컨의 말은 알고 있는 모양이었다. 어찌 보면 당연한 말이었다. 이들에게 링컨은 짧은 역사 가운데서 거의 가장 중요한 위인 중 하나일 테니.

아무튼, 그렇게 장 폴의 불만을 깔끔하게 잠재운 교도관이 수혁을 바라보았다. 상당히 자부심이 느껴지는 표정을 지어 가면서였다.

"저희는 입소하기 전에 옷을 모두 벗기고, 항문까지 검사합니다. 절대 뭘 숨겨서 들어올 수는 없습니다."

"음."

수혁은 당연히 그럴 거라는 얼굴로 고개를 끄덕였다. 한 번도 그러한 종류의 범죄를 저질러 본 적은 없었지만, 영화나 드라마에서 많이 본 적이 있지 않은가. 그리고 그건 바루다도 마찬가지였다.

[역시 소득은 없네요?]

'아니, 없기는 왜 없어.'

[응? 에이……. 왜 쓸데없이 고집을 부리고 그러셔.]

'아냐, 잘 보라고.'

[음…….]

예전 같았으면 비아냥거리기에 매진했을 바루다였지만, 지금은 잠자코 입을 다물고 있을 따름이었다. 참 이상한 일이긴 한데, 수혁은 발상을 전환하는 데 있어서 천부적인 소질이 있었기 때문이었다. 그 덕에 현존하는 가장 우수한 인공지능조차 발견하지 못한 것을 발견할 때가 종종 있었다.

"그럼 CT나 MRI를 찍지는 않죠?"

이어지는 수혁의 말에 교도관은 어이가 없다는 듯한 얼굴로 웃었다.

"그럴 순 없죠. 둘 다 있지도 않습니다."

"역시 그렇군."

"네?"

"환자 몸 안에 뭐가 박혀 있으면 알 수가 없겠네요, 그쵸?"

"그건……. 네. 그렇죠. 근데 그게 왜요?"

교도관의 말에 수혁은 즉시 답을 해 주는 대신 여전히 엡스의 손에 들려 있는 소견서 쪽을 바라보았다. 일반적인 소견서와는 달리 환자의 행적이 더 자세하게 적혀 있었다. 최대한 대학 병원 의료진이 환자와 직접 말을 섞지 않게 하기 위함이었는데, 그 덕에 수혁을 비롯한 의료진들은 소견서만으로도 장 폴의 지난 발자취를 고스란히 알 수 있었다. 그리고 그중엔 장 폴이 한쪽 다리를 심하게 절게 된, 불행한 사고에 대한 언급도 있었다.

"여기 보면 장 폴 환자는 총을 맞은 적이 있어요. 그렇죠?"

"오래된 일이지. 제기랄."

장 폴은 지금 생각해도 고통스러운 듯 얼굴을 일그러뜨렸다. 그럴 수밖에 없었다. 그 때문에 아직도 다리를 절게 되었으니까. 이것만 아니었더라도 더 나쁜 일들을 더 많이 할 수 있었을 텐데. 장 폴은 도저히 교도관 앞에서는 털어놓을 수 없는 생각을 하며 고개를 가로저었다.

"초기 치료를 엘패소에서 받았네요. 엘패소는 거의 미국이 아니라, 멕시코죠?"

"그래. 그 돌팔이 새끼들. 여기서 받았으면……. 이렇게 되진 않았을걸. 아직도 내 몸 안에 그때 제거하지 못한 총알이 들어 있다고!"

하필이면 총알이 몸 안에 틀어박히면서 조각이 나 버린 게 사

진짜 이상하네

달의 원인이었다. 그때 멕시코 의사의 말에 따르면 총알이 제대로 된 총알이 아니라, 무슨 어디 갱단에서 제작한 총알이라 그렇다고 했다. 솔직히 완전히 믿을 수는 없었다. 일단 스페인어라 제대로 이해한 건지부터가 문제기도 했다.

"그래요. 이후 찍은 엑스레이를 보면 당시 박은 철심 외에도 작은 파편이 관찰됩니다."

"그렇다니까. 근데 그게 왜."

장 폴은 대체 왜 이 동양인 의사가 자신의 해묵은, 그것도 그리 좋지 못한 기억을 파헤치고 있는지 깨닫지 못했다. 하지만 뒤에 있던 엡스나 스티브는 어렴풋이 알 수 있었고, 바루다는 확신할 수 있었다.

[총알……. 총알이 납 중독의 원인이라는 겁니까?]

'그래. 사제 총알이라잖아. 납으로 만들었을 가능성이 있지.'

납 탄환은 국제적으로 금지되어 있었다. 인체 안에서 쪼개지는 행태를 보일뿐더러 납 중독을 일으키기 때문인데, 사실 좀 웃기는 일이었다. 탄환이라는 거 자체가 살상 목적으로 만들어진 거 아니던가.

그래서 그나마 체면을 지켜야 하는 정부 차원에서는 이를 지키고 있었지만, 그럴 만한 체면이 없는 집단들, 즉 갱들은 오히려 납 탄환을 적극적으로 이용하는 경우가 많았다. 불법을 저지르는 걸 무슨 훈장처럼 여기는 집단이기도 했고, 기왕이면 자신의 총알을 맞은 사람이 살아남을 가능성을 줄이고 싶었으니까.

[오······. 이건······. 이건 가능성이 있겠어요.]

'그래. 가능성이 있지.'

바루다의 확인까지 받은 수혁은 아까보다 더 자신 넘치는 태도로 입을 열었다.

"그 총알이 환자분의 납 중독의 원인일 가능성이 아주 큽니다. 허리 쪽으로 검사를 해 보는 게 좋겠습니다."

"그래, 그렇군. 정말 그래."

그 말에 감명받은 엡스가 고개를 하염없이 끄덕였다. 비록 자신의 세부 전공인 호흡기와는 관계없는 일이 되어 버렸지만, 엡스 또한 '호흡기내과 의사'이기 이전에 '내과 의사' 아니던가. 어떤 질환을 직접 칼로 째 보지 않고 진단해 내는 일에 당연하게도 흥미를 느끼고 있었다.

"그럼 어떤 검사를 할까?"

엡스는 정작 당사자인 장 폴은 이렇다 할 의견을 내지 않은 상태에서 진단 계획을 세워 나가기 시작했다.

"저······. 제 생각에는."

"너는 조용히 하고. 닥터 리에게 물은 거야."

"아, 네."

지금까지 내내 꿔다 놓은 보릿자루 신세였던 스티브가 용기를 냈지만 엡스는 허용하지 않았다. 지금으로선 그 누구의 의견보다도 여기까지 추론을 이끌어 온 수혁의 의견을 듣고 싶었다.

"일단 초음파는 뭐 볼 수 있는 게 없을 겁니다. 범위를 대강이라도 알고 있으면 모를까……. 가망이 없죠."

"그렇지. 게다가 뼈에 가려져 있을 공산도 있고."

"그렇다고 CT를 찍으면 노이즈가 심할 겁니다."

"그래, 그렇지."

아마 임플란트나 치과 치료를 받은 상태에서 머리 쪽 CT를 찍어 본 사람이 있다면 대번에 무슨 말인지 알아차릴 터였다. 금속은 CT 영상을 심하게 방해했다. 아주 숙련된 영상의학과 전문의는 그런 상태에서도 어느 정도 진단을 내릴 수 있다고 하지만, 기왕이면 노이즈가 없는 편이 좋았다.

"MRI밖에 없겠어요. 콘트라스트(조영 증강)는 주지 말고……. 찍어 보죠."

"금속이 들어가 있으니, 그건 주의해야겠네."

"테슬라를 줄이면 될 겁니다."

"그래. 닥터 리는 정말 모르는 게 없구만."

엡스는 마치 동년배 또는 자기보다 윗사람과 대화하는 듯한 착각을 느끼며 고개를 주억거렸다. 행크나 앨리슨은 무슨 수혁이 대단한 교육의 결과라고 생각하고 있는 듯했지만, 엡스가 보기에 수혁은 그냥 천재였다. 이런 수준의 의사는 절대 교육을 통해서 만들어질 수 없었다.

'나중에 기회가 되면 진짜로 같이 일해 보고 싶어지는 사람이란 말이지.'

하지만 엡스는 지금 당장 그런 말을 하는 대신 일단 진료를 진행하기로 했다. 그편이 오히려 수혁을 꼬시기에 좋을 것 같았다. 수혁의 말이 진짜인지 확인하고 싶은 마음이 급하기도 해서 바로 처방을 내렸다.

"MRI 찍자. 스티브, MRI실에 연락해. 지금 바로 확인해야 된다고."

"어……. 네."

"교도관님. 오늘 이게 끝이죠?"

"네."

"그럼 바로 저희도 MRI실로 가겠습니다. 결과 여부에 따라 수술이 필요할 수도 있어요."

"수술이요?"

엡스의 말에 장 폴이 무척 놀랐다는 표정을 지어 보였다. 그냥 꾀병으로 하루나 이틀 나갈 요량으로 왔다가 수술까지 얘기가 이어지고 있어서였다. 당황스럽기도 했지만, 한편으로는 수술을 받게 되면 대체 얼마나 밖에 있을 수 있는 건가 하는 생각에 신나기도 했다. 따라서 무척이나 협조적인 태도로 MRI실에 들어갔고, 덕분에 수혁을 비롯한 의료진은 아주 빠르게 영상을 받아 볼 수 있었다.

[파편이…… 신경에 인접해 있네요.]

'부순 건 아냐.'

[그럼 지금의 마비는…….]

'중금속 중독의 영향이지. 이거 제거하면…….'

[걸을 수도 있겠는데요?]

기적

MRI를 본 엡스 교수는 딱 수혁과 비슷한 생각을 하는 중이었다. 총알의 파편이 아주 위험한 곳에 박혀 있긴 했지만, 그 와중에 신경은 절묘하게 피해 있었기 때문이었다. 그저 신경 곁에 박혀 있으면서 끊임없이 납과 같은 중금속을 흘려 대고 있을 뿐이란 얘기였다.

"스티브. 가서 신경외과 좀 불러와."

"어……. 네."

스티브는 수혁이나 엡스 교수처럼 확신을 가지진 못한 상황이었다. 사실 그렇지 않은가. 그는 내과 전공의니까. 허리 쪽 해부에 관해서는 학생 때 배우고 끝이었다. 심지어 그에 관한 MRI는 아예 배운 적도 없다고 보면 되었다. 엡스처럼 교수가 되면야 워낙 여러 케이스에 관한 상의와 협진을 보니까 얘기가 좀 달라지겠지만.

'뭐가 뭔지 모르겠으니까, 존나 가만히 시키는 것만 해야겠다…….'

스티브는 엡스가 시킨 대로 밖으로 뛰어나가서 신경외과 쪽에 전화를 걸었다. 더 정확하게 말하자면 오늘 연구 스케줄만 있는 신경외과 교수에게로였다. 대한민국의 대학 병원 같았으면 정말이지 말도 안 되는 상황이라고 보면 되었다. 일단 시간이 비는 외과계 교수라는 게 있기가 어려울뿐더러, 한낱 레지던트가 다른 과 교수에게 전화를 거는 것 또한 말이 안 되었으니까.

하지만 미국에서는 적어도 협진에 대한 개념이 한국과는 매우 달랐다. 덕분에 스티브는 그렇게까지 표정이 나쁘진 않았다.

"닥터 리."

엡스는 방금 스티브가 나간 쪽 문을 바라보다가 이내 수혁을 향해 고개를 돌렸다. 최근 계속 그랬지만 지금은 더더욱 감탄스럽다는 얼굴을 하고서였다.

"네, 엡스 교수님."

"어떻게…… 어떻게 거기서 여기까지 온 거지?"

엡스는 아직 MRI실에 누워 있는 환자를 가리켰다. 검사가 완전히 끝난 것은 아니었기에 장 폴은 앞으로도 한동안 저기 있어야만 할 터였다. 장 폴을 바라보는 엡스의 표정은 무척이나 복잡했다. 당연한 일이었다.

'꾀병으로 온 환자의…… 척수 마비를 진단했다 이거지?'

상식적으로 생각했을 때 말도 안 되는 일이 벌어진 셈 아니겠는가. 어처구니가 없을 지경이었다. 아마 두 눈으로 보지 않았다면 절대 믿지 않았으리라. 실제로 그와 절친인 행크에게 보낸 문자에 대한 답문은 이렇게 와 있었다.

〈꺼져. 영화 찍냐?〉

제아무리 수혁의 활약상을 보아 온 행크라 하더라도 이건 좀 너무했다 싶은 모양이었다.

'정말……. 너무하긴 하지.'

엡스는 잠시 그렇게 고개를 가로젓다가 다시 수혁을 바라보았다. 수혁은 참을성 있게 기다리다 입을 열었다.

"검진할 땐……. 전신을 봐야 한다고 배웠으니까요."

[옳지. 잘한다. 그럴싸하다.]

최대한 있어 보이는 말투에 있어 보이는 대답이었다. 만약 그저 그런 놈이 이런 말을 했더라면 꼴값이란 생각이 들었겠지만, 엡스는 어쩐지 고개가 끄덕여지는 기분이었다.

"그렇…… 그렇구만. 기본에 충실했다 이거지."

"네. 저는 그렇게 배웠습니다."

수혁은 엡스를 따라 고개를 끄덕이면서 아주 살짝 양심의 가책을 느꼈다. 바루다가 없었다면 수혁도 이렇게까지는 해낼 수 없었을 것이기 때문이었다. 하지만 표정에는 별반 변화가 없었다.

[역시……. 수혁은 대단한 연기자입니다.]

바루다마저 감탄해 마지않을 지경이었다.

'연기는 무슨. 너랑 나 사이에 네 거 내 거가 어디 있어.'

[아, 연기가 아니라 아예 생각을 그렇게 하시는 건가요?]

'사실이 그렇잖아?'

[음. 그러고 보니 그렇네요. 저는 수단일 뿐이니.]

'뭔 말을 또 그렇게 슬프게 받아?'

[아뇨. 저는 그것으로 만족하도록 만들어졌습니다. 제 유일한 입출력자인 수혁이 최고의 내과 의사가 된다면 그것으로 족합니다.]

수혁은 잠시 바루다의 말을 듣고 있다가 이내 자신 넘치는 표정을 지어 보였다. 최고의 내과 의사라니. 예전에는 참 허무맹랑하게만 들렸던 얘기였지만 더는 그렇지 않았다. 이젠 충분히 가능해 보였다. 아니, 어쩌면 전무후무한 의사가 될 수도 있을 거 같았다.

'뭐……. 꼭 그렇게 되어 줄게.'

[좋습니다. 일단 엡스의 어깨라도 좀 두드려 주시죠. 뭔가 깨달음을 얻은 거 같은 얼굴인데.]

그제야 엡스의 얼굴을 들여다보니, 정말 무협지에서 경지를 깨달은 듯한 얼굴을 하고 있었다. 엡스가 무협에 나오는 고수라면야 당연히 의미가 지대한 순간이겠지만 그냥 의사 아니던가. 그 말은 곧 아무것도 아닌 순간이라는 뜻이기도 했다.

"엡스 교수님, 괜찮으세요?"

따라서 수혁은 산통을 깨기로 했고, 엡스는 금세 정신을 차렸다.

"어, 어. 아니, 아까 그 말이……. 날 되돌아보게 해서 말이지."

"주제넘었던 거 같습니다."

"아냐, 아냐. 절대 아냐. 자네는 내가 본 어떤 젊은 의사보다도 더 우수해. 아니……. 음."

엡스는 어쩌면 '젊은'이라는 수식어를 떼도 마찬가지가 아닐까 하는 생각이 들었다. 하지만 그건 자신의 은사들과 동료들에게 너무 가혹한 처사가 아닌가 해서 고개를 흔들었다.

드르륵. 다행히 조금 곤란한 지경에 이르려고 할 때쯤, 핸드폰을 흔들어 대며 스티브가 돌아왔다.

"연락됐습니다. 지금 바로 오신다고 합니다."

"그래? 지금?"

"네, 오늘……. 예약 펑크 나서 보고 수술 결정할 수도 있다고 합니다."

"아하. 오, 좋네."

원체 대한민국보다는 여유롭게 돌아가는 시스템이었다. 특히 태화의료원에 비하면 거의 무슨 힐링 게임 수준이었다. 거긴 매일 100여 개의 수술실이 쉴 새 없이 돌아가는 곳이었으니까. 예약이 펑크 나? 별 관계 없었다. 지금 당장 수술을 하지 않으면 어떻게 될지 모르는, 대기 중인 환자가 수백 명이었으니까. 전화를 돌리다 보면 무조건 오겠다는 사람이 꼭 있었다.

드르륵. 하지만 여긴 좀 달랐다. 심지어 문을 열고 들어서는 신경외과 교수의 얼굴에도 얼마간의 여유가 묻어 있을 정도였다.

'신경외과가 웃기도 하는구나.'

[최낙필 그 인간은 꽤 밝던데요?]

'그 사람……. 그 사람 얘기는 하지 말자. 별로 좋은 인간도 아닌데.'

[알겠습니다.]

바루다 또한 태화의료원 신경외과 과장 최낙필에 대한 감정이 좋은 건 아니었다. 수혁이 아파서 쓰러졌을 때, 그저 대외적인 평판만을 생각했던 인간이었으니까. 아마 이현종이 그런 인간이었더라면 수혁의 인생은 지금과는 꽤 많이 달라져 있었을 터였다.

"이 환자예요?"

아무튼, 방금 방 안에 들어온 신경외과 교수 마이크는 싱글거리는 미소를 유지한 채 검사실 쪽을 가리켰다. 엡스랑은 원래 잘 알고 지내는 편인지 별로 어색한 기류는 없었다. 호흡기와 신경외과가 친하다니. 수혁이 '그럴 만한 과가 아닌데.'라고 생각하는 동안, 엡스가 고개를 끄덕였다.

"네. 장 폴이라고. 알죠? 교도소에서 오는 거."

"아……. 어쩐지 검사실 앞에 교도관이 둘이나 있어서 뭔 일인가 했네."

"아무튼, 저 환자가 총에 맞은 지 10년 정도 되었는데. 이후로 다리를 심하게 절게 되었다고 하더라고요. 물어보니까 총을 맞은 직후보다 지금이 더 심하다고 하고."

"증상이 진행됐구나. 그건 좀 재미난 일인데. 어디……. 영상은 아직 다 안 넘어왔네?"

"T1은 넘어왔어요. 여기."

"아."

엡스의 말에 마이크는 금세 영상에 빠져들었다. 확실히 맨날 척추 쪽 영상을 보는 신경외과 교수답게 곧 총알 파편을 찾아내었다. 그는 한참을 스크롤을 위로 굴렸다, 아래로 굴렸다를 반복했다.

"호오……. 이거……. 이거 진짜 이것 때문인 거 같은데? 이거 인핸스까지 됐으면 더 좋았을…… 아냐. 음. 확연해, 아주."

그러고는 보기 좋게 난, 아니, 좀 과하다 싶게 난 턱수염을 쓰다듬었다. 엡스는 그런 마이크의 어깨를 톡톡 두드린 후, 수혁을 가리켰다.

"저기 저 친구가 진단한 거예요."

"응? 엡스 교수, 당신이 아니고?"

"나야 뭐 호흡기내과잖아요. 기침으로 왔지, 오기는."

"아……. 하긴 하반신 마비로 호흡기내과를 가진 않겠지."

"어떻게 된 거냐면."

엡스는 자초지종을 간략히 설명해 주었다. 처음부터 의심하진 못했어도, 수혁의 진단 흐름을 놓칠 정도로 무능한 의사는 아니지 않은가. 따라서 그의 설명은 완벽했다.

"허."

당연하게도 마이크는 아주 놀란 얼굴이 되었다.

"어디……. 어디에서 왔다고요?"

"대한민국, 태화의료원. 거기 내과 2년 차래요."

"2년 차. 천재네?"

"그렇죠. 천재죠."

"흐음."

마이크는 잠시 고개를 갸웃거리다가 재차 입을 열었다.

"수혁이라고 했죠?"

"네. 교수님."

"뭐……. 스케줄 없으면 수술 들어와서 좀 볼래요? 참관실 있는 방이 비어서, 마침."

참관실이라. 적어도 대한민국에는 없는 시설이었다.

[봐 둬서 나쁠 건 없겠죠. 수술을 하게 될 거 같진 않지만.]

바루다는 수혁의 불편한 다리를 떠올렸다. 만약 불편한 다리가 아니었다면 딱히 진료의 영역을 내과에만 국한시키지는 않아도 되었을 터였다. 수혁은 손이 그렇게 나쁜 편이 아닌 데다가, 바루다는 술기에 대한 조언도 어느 정도는 가능했으니까.

'뭐……. 최종 치료를 본 적이 있으면 아무래도 진단할 때도 뭔가 다르겠지?'

하지만 수혁은 좌측 다리를 절었다. 그것도 지팡이가 없으면 오래 걷지 못할 정도로 심하게. 계속 서 있어야만 하는 수술실에서는 도저히 견딜 수 없을 터였다. 때문에 둘은 오로지 내과 의사로서의 성장에만 초점을 맞추었지만, 수술실에도 한 번쯤은 가 보는 게 좋겠다는 결론을 내렸다.

[미국 외과 의사들 실력은 어떤지도 궁금하군요.]

'그러니까 말이야.'

물론 아주 약간의 사심이 있기는 했다.

"아……. 저는 좋습니다."

"좋아. 그럼 바로 이동하죠. 마취는 전신 마취도 필요 없겠어. 그냥 척추 마취로 하죠. 어차피 파편 제거야 뭐, 어려운 일도 아니니까."

"이걸 전신 마취로 하지 않나요? 총알인데요?"

"아……. 한국에서는 총알로 인한 손상이 드물죠? 여긴 많아요. 그리고 저는 뉴욕에서 수련받았어요."

"뉴욕?"

수혁은 그게 무슨 소린지 모르겠다는 얼굴로 고개를 갸웃거렸다. 그러자 엡스가 가만히 웃으며 부연 설명을 해 주었다.

"뉴욕은 총기 사고가 아주 빈번하거든요. 전문가예요, 마이크는."

"아……."

"아무튼, 수술방으로 같이 갈까요? 길 모르죠?"

"네. 수술방 쪽은 모릅니다."

"어차피 저도 외래 끝났으니까, 같이 가죠. 어찌 되는지……. 국소 마취니까 바로 확인 가능할 거 같은데."

"감사합니다."

그렇게 수혁은 방을 빠져나왔다. 그때쯤에는 검사도 다 끝난 상황이었기 때문에 장 폴 또한 검사실에서 나와 있었다. 아까처럼 휠체어를 탄 채였지만, 얼굴은 잔뜩 상기되어 있었다. 방금 마이크에게 수술을 받고, 재활 치료만 받으면 걸을 수도 있다는 얘기를 들었기 때문이었다.

"거, 거기!"

마이크는 단지 수술 얘기만 하고 간 건 아니었다. 수혁이 이 모든 것을 가능하게 했다는 얘기 또한 덧붙인 상황이었다. 그래서 장 폴은 수혁을 보자마자 약간은 필사적으로 소리쳤다.

교도관은 재차 진료 외에는 침묵하라고 말을 하려 했으나, 수혁의 답이 좀 더 빨랐다.

"네, 환자분."

"그……."

장 폴은 애써 불러 놓고는 쉽사리 입을 열지 못했다. 그저 자신의 야윈 볼을 긁적거릴 뿐이었다. 하지만 영원히 그렇게 있진 않았다.

"고, 고맙소."

"아직은 이르죠."

수혁은 인사를 받아 주는 대신, 고개를 가로저었다. 그러곤 지팡이를 짚은 채 엡스를 따라 수술실로 향했다.

'기분이 묘한데.'

정말로 그러했다.

[왜요?]

'원래 이런 상황이면 기분이 진짜 좋아야 하잖아?'

[지금까지 수혁의 행동 양상을 보면 그래야 하긴 하죠.]

'이상한 단서 붙이지 말고.'

[저한테 자꾸 공감을 원하는 게 이상한 겁니다.]

'후. 아무튼.'

수혁은 자신의 속도에 맞춰 느리게 걷는 엡스를 바라보았다. 엡스는 그런 수혁의 얼굴에서 복잡한 감정을 읽어 낸 모양이었다. 원래 내과 의사로 오래 살다 보면 그런 능력이 생기는 법이었다. 정신건강의학과 의사까지는 아니더라도, 심리적으로 힘든 환자들과 의사들을 많이 보게 되니까. 심지어 그게 자기 자신이 되기도 했다.

"왜 그래요? 닥터 리? 진단이 마음에 안 들어요?"

"아뇨. 그건 아닌데……."

수혁은 뒤편을 바라보았다. 이미 꽤 복도를 걸어온 후였기에 뭐가 보이진 않았다. 특히 벌써 환자 엘리베이터로 이동해 버린 장 폴은 흔적조차 없었다. 하지만 수혁의 눈에는 교활하기 짝이 없던 그의 얼굴이 보이는 듯했다.

"장 폴이라는 죄수는 어떤 죄를 지었을까요?"

"뭐 자세하게는 알 수 없죠."

엡스는 다 알겠다는 얼굴로 말을 이었다. 원래 재소자들의 범죄 이력은 적어도 의사들에게는 공개되지 않는 것이 원칙이었다. 제아무리 의사들이라도 사람이지 않은가. 끔찍한 범죄를 저지른 사람이라는 걸 알게 된다면, 환자의 고통에 공감하기가 어려웠다.

"하지만 그 교도소에 있는 죄수라면 적어도 살인은 저질렀을 겁니다."

"살인……."

"게다가 하반신이 불편한데도 딱히 행동거지에 거침이 없죠?"

"네."

"그 말은 상당히 거물이라는 뜻이에요."

미국의 교도소는 일정 부분 정글 같은 곳이라고 보면 되었다. 약육강식이라는 말이 거기만큼 잘 통용되는 곳도 없다는 뜻. 거기서 장 폴과 같이 몸이 불편한 사람이 있으면 대개는 먹잇감이 되기 마련이었다. 그런데 저렇게 멀쩡히 잘 살아 있다는 건 그만한 무형의 힘이 있다는 얘기였다. 엡스는 비록 본인이 교도소에 가 본 적은 없었지만, 진료하면서 주워들은 덕에 어느 정도는 그들의 생리를 알고 있었다.

"나쁜 놈 중에서도 나쁜 놈이라는 거네요?"

"뭐……. 그렇죠."

"그런 놈을 치료해 주는 게 옳은 걸까요?"

"아."

엡스는 수혁의 말을 듣고 나서야, 수혁이 아직 레지던트 2년 차에 불과한 애송이라는 사실을 떠올릴 수 있었다.

'하긴……. 아직 어리지.'

레지던트 2년 차라는 것만 해도 어린데, 수혁은 그 2년 차 중에서도 어린 편이었다. 미국에서는 일반 대학을 나온 후 의대에 진학하는 형태가 보편화되어 있는 데다가, 일반 대학을 스트레이트로 졸업하기보다는 휴학하고 다양한 경험을 쌓는 경우도 많았기 때문이었다. 실제로 스티브만 해도 수혁보다 4살이나 더 위였다.

'무리는 아냐.'

진단 실력은 타의 추종을 불허하지만, 경험이 부족했다. 엡스는 그나마 수혁에게 '인간적인 면이 있기는 있구나.'라는 생각을 하면서 입을 열었다.

"닥터 리. 의사는……. 환자에 관해서 가치 판단을 해서는 안 됩니다."

"알고는 있는데, 그게 마음처럼 잘 안 되네요."

"처음엔 그럴 거예요. 저도 제가 치료한 환자가 범죄를 저질러서 교도소에 들어간 걸 알게 된 적이 있어요. 뭐……. 이런 식으로 진료를 다시 보러 와서 알게 된 건데."

"아."

"하지만 그런 경우만 있는 건 아닙니다. 사람은 변해요. 나쁜 쪽으로든, 좋은 쪽으로든. 저는 좋은 쪽으로 변하는 사람도 많이 봤어요."

솔직히 엡스도 이미 인생 살 만큼 산 장 폴이 바뀔 거 같다는 생각이 들진 않았다. 하지만 그 장 폴 때문에 바뀔 가능성이 있는 다른 사람들의 치료를 포기할 수는 없는 일이었다. 그런 생각을 하게 되는 순간, 의사는 의사가 아니게 될 테니까.

히포크라테스 선서에 전적으로 동의하는 건 아니었지만, 적어도 환자의 가치에 관한 판단은 삼가야 한다는 의견엔 이견이 없었다. 의사란 감히 다른 사람의 생에 관여할 수 있는 권한을 가진 사람 아니던가. 그런데 그런 사람이 그 생명의 가치에 관해 관심을 두게 된다면 그건 너무나도 가혹한 일이었다. 환자에게도 그렇고, 의사에게도 그러했다.

"음."

"닥터 리. 오늘 닥터 리는 한 사람의 납 중독을 진단했고, 어쩌면 하반신 마비까지 치료해 줄 수 있을지도 모릅니다. 대단한 일을 한 거예요."

"하지만 장 폴은……."

"그 대상을 장 폴이라고 생각하지 마세요. 어렵겠지만, 그래야만 합니다. 교수로서 하는 말이 아니라, 그냥 한 사람의 의사 선배로서 드리는 말씀이에요."

수혁은 당장 답을 하진 못했다. 하지만 뭔가 엡스의 말이 중요하다는 생각은 들었다.

[일단 데이터베이스화하겠습니다. 나중에 한 번 더 생각해 보시죠.]

'그래, 그게 좋겠어.'

[지금은 일단 수술에 집중하죠. 이런 기회는 흔치 않을 겁니다.]

'하긴. 그렇지.'

언제 신경외과 수술을 들어가겠는가. 태화의료원으로 돌아간다면 그런 요청이 받아들여진다고 해도 시간이 없어서 못 들어갈 수도 있었다. 수혁은 우선은 눈앞의 일에 집중하기로 마음먹었다.

"네, 감사합니다."

"그래요, 닥터 리. 이쪽입니다. 여기로 들어가면 됩니다."

"네."

/////

수혁은 그렇게 참관실 안으로 들어갔다. 참관실 내부엔 모니터도 하나 놓여 있었고, 커다란 창을 통해서는 수술실을 거의 수직으로 내려다볼 수 있게끔 방이 튀어나와 있었다. 무너지는 건 아닐까 하는 불안감이 들게 하는 시설이었지만, 뭐가 어찌 되었건 안은 잘 보였다.

"안에 잘 들립니까?"

수혁이 지팡이를 짚고 다녀야만 했기 때문에, 마이크와 신경외과 레지던트 그리고 마취과 등등이 이미 들어와 있었다. 장 폴도 엎드린 자세를 취하고 있었다. 거리가 멀어서 얼굴이 보이진 않았지만, 제법 긴장한 티가 났다. 앞쪽으로 튀어나온 손잡이를 잡은 손이 부들부들 떨리는 것을 보면 알 수 있었다.

"네. 잘 들립니다."

"오케이. 수술이 잘돼야 욕이 안 들어갈 텐데."

"잘되겠죠."

"자, 그럼 마취 시작해 주세요."

마이크는 듣는 레지던트로 하여금 섬뜩한 기분이 들게 만드는 말을 하곤 마취과 쪽을 바라보았다. 마취과는 척추 마취에 이어 수면제를 환자의 팔뚝에 꽂힌 라인에 집어넣었다.

"잠들었습니다."

"좋아. 시작."

마이크는 연신 사방을 두리번거리던 장 폴의 눈이 스르륵 감기는 것을 확인한 후 손바닥을 내밀었다. 그러자 간호사가 즉시 국소 마취제부터 건네주었다. 인턴 때를 제외하고는 수술실에 아예 처음 들어와 보는 수혁으로서는 상당히 생소한 광경이었다.

'마취를 또 거네?'

[이것에 관해서는 딱히 데이터가 쌓인 게 없군요.]

바루다 또한 마찬가지였다. 그가 수혁의 몸에 들어온 후로는 아예 수술실에 가 본 적이 없지 않은가. 그쪽 관련해서는 논문을 읽어 본 적도 없었고, 심지어 이렇게 간단한 술기에 관해서는 교과서에도 잘 안 쓰여 있었다. 직접 수술실에서 배워야만 알 수 있는 사실이었다.

"잘 먹은 거 같아? 마취?"

"네."

"오케이. 칼."

마이크는 확실히 신경외과였다. 쩨쩨하게 의료 기기 이름을 풀로 부르거나 하지 않았다.

"당길 거."

"벌릴 거."

"잡을 거."

이 사람이 기구 이름을 모르나 하는 의심이 들 정도로 용도만 부르고 있었다. 한 가지 신기한 점은 간호사는 용케 다 알아듣고 그때그때 적절한 기구를 건네준다는 것이었다. 심지어 당길 거 달라고 할 때마다 다른 걸 건네주는데, 그게 다 상황에 들어맞았다.

'대단한데? 수술을 읽는 건가?'

[경험이겠죠. 딱 보니까 잘 맞는 팀 같은데.]

'이런 것도 시스템인가?'

[아마도요.]

생각해 보면 내과 진료를 보거나 할 때도 꼭 같은 교수마다 정해진 간호사가 들어왔고, 정해진 직원이 들어왔다. 팀워크가 잘 짜인 상태에서 일할 수 있도록 배려해 준다는 느낌이랄까. 외래에서도 그러한 것으로 미루어 볼 때, 수술실에서도 마찬가지일 거란 생각이 들었다.

수혁이 바루다와 더불어서 부러움의 시선을 던져 대고 있을 때쯤, 마침내 마이크가 파편에 도달했다. 절개는 아주 작게 세로 방향으로 이루어졌는데, 딱 봐도 저것만 째고 수술하기란 무척 어려워 보였다. 마이크의 실력과 경험도 물론 지대한 역할을 하고 있긴 할 테지만, 수혁이 볼 때 제일 중요한 역할을 하고 있는 건 일명 내비게이션이라고 불리는 장비였다.

'저건 뭐야?'

[아까 찍은 MRI 장비를 토대로……. 지금 어딜 건드리고 있는지를 알려 주는 장비 같은데요?]

'엄청 좋네?'

[그래 봐야 저보단 후지죠.]

'왜 기계 얘기만 하면 경쟁심을 불태워. 아예 다른 기계잖아.'

[말이 그렇다는 거죠.]

수혁은 투덜대는 바루다를 뒤로한 채, 다시 수술 장면으로 시선을 돌렸다. 모니터로도 일부 보였고, 유리창을 통해서도 일부 보였다. 하필 마이크의 뒤통수가 카메라를 가리고 있어서 완전하진 않았지만, 그래도 뭘 하고 있는지 정도는 대강이나마 알아차릴 수 있었다.

땡그랑. 곧, 장 폴의 우측 다리 위약의 원인으로 생각되었던 탄환 조각이 빠져나왔다. 철로 된 곡반 안에 떨어지면서 내는 소리가 아주 싱그러웠다.

"읍."

그와 동시에 잠들어 있던 장 폴이 고개를 들었다. 아니, 들려고 했다. 머리가 기구에 고정이 되어 있어 움직일 수는 없었다.

아마도 신경 근처에 있던 것이 빠져나가면서 자극이 된 모양이었다. 실제 팔꿈치 근처를 모서리 같은 곳에 부딪혀 본 적이 있다면 아마 대강은 공감할 수 있을 터였다. 그 찌릿한 느낌은 한낱 수면제 따위로 어떻게 할 수 있는 게 아니었다.

"아, 깼네? 잘됐네."

마이크는 전혀 당황하지 않는 기색이었다. 오히려 어차피 깨우려고 했는데 잘됐다는 말을 하면서 장 폴의 머리 쪽으로 이동했다.

"지금 말 완전히 알아들어요?"

"으. 네."

마취를 해 놔서 통증이 있지는 않았지만, 아주 기묘한 느낌이 들기는 했다. 누가 등을 열어 놨으니 당연한 일이었다. 장 폴은 인상을 잔뜩 쓴 채 고개를 끄덕였다. 고정된 탓에 헐떡이는 느낌이 더 강하긴 했지만, 마이크는 대강 알아먹었다.

"자, 그럼 오른쪽 무릎 굽혀 봐요."

"네? 저 무릎 못 움직이는데요?"

"아니, 해 보라고. 그거 하려고 수술받은 거예요."

"이, 이 상태에서요?"

장 폴은 자신이 비록 의학을 배운 적은 없지만, 등을 연 상태에서 뭘 하라고 요구하는 의사는 없어야 정상일 거 같단 생각이 들었다. 잠깐 '아, 드디어 내가 막살아 온 것에 대한 진짜 벌을 받는구나.' 하는 생각이 들기도 했다. 하지만 마이크는 진지했다.

"해 봐요."

"음."

장 폴은 '그래, 내가 의술을 알면 얼마나 알겠어.'라는 생각으로 두 눈을 질끈 감았다. 물론 혈관 찾는 일은 어지간한 의사보다 잘할 자신이 있긴 했지만 그건 주사기를 찔러 넣고 마약을 하기 위해서였지 몸을 치료하기 위해서는 아니었다.

"음."

"움직여 봐요."

"음?"

"오."

"지금……. 이거…….."

"움직이네. 근육이 하도 약해서 그렇기는 한데……. 움직여."

장 폴의 오른쪽 다리가 움직이는 걸 본 것은 비단 마이크뿐은 아니었다. 참관실에 있던 교도관도 엡스도 스티브도 보았다. 물론 이 기적이 가능하게 한 수혁도 그것을 보고 있었다.

"우, 우아! 이거 진짠가!"

장 폴은 그야말로 어린애처럼 좋아했다.

기적

"흠."

이상한 일이었다. 아까까지만 해도 찝찝한 기분이 있었는데, 막상 다리를 움직이며 기뻐하는 장 폴을 보고 있자니 살며시 미소가 지어졌다.

'역시 의사는 사람을 고쳐야 하는 건가 보다.'

[그래야 돈을 버니까요?]

'아니, 아니. 너는……. 아니다, 됐다.'

A.I. 닥터 3

1판 1쇄 발행 2025년 5월 15일

지 은 이　한산이가
펴 낸 이　김재문

총괄책임　진호범
편　　집　김동진 정초희
디 자 인　최재원
펴 낸 곳　출판그룹 상상
출판등록　2010년 5월 27일 제2010-000116호
주　　소　(06646) 서울시 서초구 반포대로28길 42, 6층
전자우편　story@sangsang21.com
블 로 그　blog.naver.com/sangsangbookclub
페이스북　facebook.com/sangsangbookclub
인스타그램　@sangsangbookclub
대표전화　02-588-4589 | 팩스　02-588-3589

ISBN 979-11-91197-46-4 (04810)
　　　979-11-91197-43-3 (세트)

· 이 책의 판권은 지은이와 출판그룹 상상에 있습니다.
· 웹소설 『A.I. 닥터』의 서비스 운영 주체는 (주)작가컴퍼니입니다.
· 이 책 내용의 일부 또는 전부를 재사용하려면 사전에 동의를 받아야 합니다.
· 잘못된 책은 바꾸어 드립니다.